LA PROMESSE D'UNE LUNE ROUSSE

De la même auteure :

Vers un même horizon
Éditions BoD
Mars 2024

Sur mon cœur, une hirondelle
Éditions BoD
Juin 2024

La promesse d'une lune rousse
Éditions BoD
Octobre 2024

Les Enfants de la grange, Anette, Tome 1
Éditions BoD
Février 2025

Les Enfants de la grange, Fannie, Tome 2
Éditions BoD
Avril 2025

Nadine JOLY

La promesse d'une lune rousse

Roman

© 2024, Nadine Joly
Édition : BoD · Books on Demand,
31 avenue Saint-Rémy, 57600 Forbach, bod@bod.fr

Impression : Libri Plureos GmbH,
Friedensallee 273, 22763 Hamburg (Allemagne)

ISBN : 978-2-3225-5838-4
Dépôt légal : Octobre 2024
Réédition : Avril 2025

« Quand la lune rousse est passée,
On ne craint plus la gelée »

Chapitre I

Les bonnes nouvelles

Violette était heureuse, elle allait enfin pouvoir changer de vie, partir loin d'ici, enterrer son passé, ses souffrances, sa vie misérable. Creuser un grand trou très profond, qui, une fois son fardeau déposé, sera recouvert d'une terre lourde bien tassée, piétinée, pilonnée. Ensuite, une épaisse couche de caillasses dures finira d'obturer cette fosse... Oublier pour toujours, telle une amnésie fulgurante et salutaire. Nul besoin de thérapie, de séance de psychologie, d'hypnose, de gélules roses ou bleues. Aucun rappel, aucun flash, aucun souvenir.

Lessivé, balayé, anéanti.

Elle ne se retournerait jamais.

Une nouvelle vie s'offrait à elle, grâce à la mort de sa mère, d'une approximative mère ! Elle ne l'avait pas choisie. Le destin la lui avait imposée, aussi vite que sa mère l'eut aimée. Juste le temps d'ahaner, de souffler, de s'époumoner, de l'expulser et de la déposer, juste à côté, enfin pas trop près, comme un vulgaire paquet.

Un malheur pouvait bien apporter un peu de bonheur. Pour une fois, une seule fois, mais enfin la bonne !

Violette n'eut jamais de bonnes relations avec sa mère, disons qu'elle était obligée d'être sa fille puisqu'il en était ainsi, ça s'arrêtait là !

Une mère, une fille, fin de l'histoire.

L'éloignement, le temps passant, les divergences et les rancœurs firent qu'elles ne se voyaient plus depuis bien longtemps… depuis la mort de son père assurément.

Son père. Il avait été un homme adorable, aimant, joyeux. Ses yeux brillaient dès qu'il l'apercevait. Il la chérissait. Il aurait pu l'aimer encore plus si cette mère lui avait permis de le faire. Elle avait bâti un mur autour du cœur de cette petite fille pour mieux l'isoler de la moindre affection altruiste. Ce même cœur qui à présent ne pouvait laisser couler une seule larme pour cette femme décédée aujourd'hui. Toutes les larmes de son corps avaient été versées pour son père voilà plusieurs années déjà…

Elle était donc l'héritière d'une jolie maison en plein Marais poitevin, à Arçais plus exactement.

C'était un magnifique village entre eau et verdure, une perle des Deux-Sèvres qui inspirait au repos et à la joie de vivre, pourvu que ses habitants veuillent bien vous le permettre ! Sa mère lui avait interdit aussi cela.

C'était un endroit tellement différent du Loiret où elle vivait depuis l'âge de ses vingt ans. Elle y avait suivi ce qu'elle crut à l'époque être l'amour de sa vie.

Douze années de trop... Douze années de tristesse, de dureté, de rancœurs et de douleurs. L'amour dura si peu de temps, aussi peu ou autant que celui de sa mère, c'était pour dire !

Mais tout ceci ne serait bientôt qu'une vieille histoire à enterrer avec le reste au plus profond de la croûte terrestre, là où le feu vous dévore goulûment en quelques secondes.

Une nouvelle naissance était en route... la liberté !

La colère, les regrets, l'incompréhension de ce manque d'amour maternel, ou d'amour tout court, ne lui laissaient aucune honte à minimiser son chagrin. Sa mère en avait-elle eu une seule fois pour elle, sa fille unique ? Quand elle était terriblement seule. Quand elle avait si mal. Quand l'humiliation l'avait anéantie. Quand son ventre criait famine. Quand le même ventre s'était arrondi, rempli puis débondé dans la douleur.

Non, jamais sa mère n'eut pitié d'elle !

Ce soir, elle avait de belles choses à dire à ses deux amours, Milaine et Théo. Les fruits de son ventre, de son corps, de son cœur. Ses amours rien qu'à elle. Ce ne fut que sa seule raison de rester debout, de se battre, de vivre…

Milaine était une adorable fillette de cinq ans, jolie blondinette aux grands yeux bleus qui lui mangeaient un visage au teint rosé d'une poupée de porcelaine, tout en délicatesse et finesse. Cette enfant, souriante et aimante, possédait une maturité incroyable pour son âge, un esprit vif et curieux et une rare sagesse. Oui, Milaine était parfaite aux yeux de sa maman. Un trésor qui méritait tellement plus que ce qu'elle put lui offrir jusqu'à aujourd'hui !

Puis vint Théo, deux ans après Milaine. Le diablotin aux yeux noirs d'un éclat si particulier. Contrairement à sa sœur qui illuminait par sa clarté, ce garçonnet de trois ans, brun à la peau mate, charmait par ses tons chauds méditerranéens. Il savait déjà jouer de sa séduction pour arriver à ses fins. Un adorable petit coquin qui savait manipuler la gent féminine avec perfection ! Serait-ce une qualité ou un défaut pour l'homme qu'il sera plus tard ? Violette se le demandait souvent.

Il fallait dire que les pères respectifs étaient eux-mêmes le jour et la nuit, le soleil et la lune, le désir et le hasard, la déception et l'acceptation, le rêve et la réalité…

Deux enfants si différents et pourtant, pour rien au monde, elle n'aurait souhaité ne jamais les avoir eus.

Et il y avait Lison, sa meilleure amie, sa protégée, sa sœur de cœur. Celle qu'elle aurait tant aimé avoir lorsqu'elle était une enfant si esseulée... Elle va être si heureuse Lison quand elle lui parlera de tous ses projets, de leur avenir. Car Lison fera partie du voyage au même titre que ses enfants. Jamais elle ne pourrait l'abandonner à son sort.

Violette, avec toute la douceur d'une mère aimante, prit ses enfants par la main pour les conduire vers le canapé pour enfin, leur annoncer la grande nouvelle, la belle promesse de bonheur, celle d'une vie tant rêvée pour eux.

— Mes chéris, assoyez-vous là et écoutez-moi bien, j'ai à vous parler. Enfin, plutôt vous annoncer une bonne nouvelle.

Milaine et Théo furent très surpris par le ton solennel de cette demande. Alors, sans rechigner, ils s'installèrent tous deux sur le divan tout râpé, dont la teinte entre beige et gris fortement décolorée par le temps faisait encore office d'assise confortable !

— Voilà mes anges, on va aller vivre à la maison de votre grand-mère, au grand air, au soleil, ce sera chez nous dorénavant !

— Celle qui est morte ? demanda Milaine.

— Oui, ma puce, celle qui est morte... C'est une jolie maison avec de l'eau tout autour et beaucoup d'arbres et de fleurs, un grand jardin, rien que pour vous !

— Pour jouer ? s'esclaffa Théo tout excité par cette idée.

— Oui, pour jouer, se rouler dans l'herbe, chanter à tue-tête, taper dans le ballon, construire une cabane, répondit Violette, tout aussi emballée que ses enfants.

— Pourquoi on n'a jamais vu ta maman, osa Milaine, elle était méchante ?

Juliette eut un coup au cœur, pensant que ses enfants avaient été privés du bonheur que devaient apporter normalement des grands-parents ! Pour cela aussi, elle haïssait sa mère…

— Oh non, mes amours, elle n'était pas méchante, non, juste… différente ! cherchant les mots appropriés pour ne pas choquer ses enfants. Elle ne voulait surtout pas leur apprendre la haine…

— Et ton papa, il était différent alors, lui aussi ? continua sa fille.

Théo s'arrêta de remuer dans tous les sens pour mieux écouter la réponse qui allait suivre.

— Oh, lui, c'était mon grand chevalier, mon héros, et il vous aurait adorés ! Si seulement ? les yeux embués par le chagrin.

— Si seulement, quoi ? reprit Théo de plus en plus intéressé.

— Si seulement il pouvait être encore là parmi nous, il aurait été très fier de vous, de mes deux petites grenouilles, leur chatouillant le dessous du menton pour leur faire oublier cette discussion bien trop douloureuse.

— Et c'est quand on part, tout de suite ? continua le garçonnet très pétulant de cet agréable changement qui les attendait !

— Bientôt mes anges, bientôt, encore deux semaines… pour les prochaines vacances scolaires ! Il va falloir commencer à bien tout trier, faire des cartons de vos jouets, jeter ceux qui sont cassés, les vêtements trop petits aussi, puis nettoyer la maison. Et… bonjour le Marais poitevin ! leur ébouriffant les cheveux en tous sens !

— Le quoi, maman ? s'enquit Milaine tout en pouffant sous la caresse joyeuse de sa mère.

— Le Marais poitevin. C'est une très belle région, pas très loin de la mer, où il fait bon vivre, avec du soleil, du bon air, des oiseaux, le paradis, mes chéris !

— Le paradis ! reprirent les enfants en chœur, les yeux grands ouverts et un large sourire rêveur.

— Et on ira à l'école où ? s'inquiéta Théo tout à coup.

Il venait tout juste de commencer sa première année de petite section maternelle.

— Là-bas ! Il y a aussi une jolie école avec des tas de copains qui t'attendent, et puis Milaine y sera aussi ! voulut le rassurer Violette.

— Mais, y a pas mon meilleur copain Mathieu avec moi dans la nouvelle école ? s'inquiéta alors le garçonnet.

— Pas celui-ci, mais je suis certaine qu'il y aura un nouveau Mathieu pour jouer avec toi.

— Non, je veux mon mien à moi ! se fâcha Théo.

— Le mien Théo, le reprit Milaine, aussi inquiète que son frère de ce grand changement.

Milaine aussi avait ses amies et habitudes, et sa maîtresse était tellement gentille. Mais en voyant le bonheur de sa maman à cette perspective de départ, elle ne pouvait pas l'ennuyer avec ça. Elle était la grande sœur et se devait de donner l'exemple.

— Tu verras Théo, on sera bien là-bas ! Milaine prit alors la main de son frère pour le rassurer, mais aussi, pour se rassurer elle-même.

Violette savait que ce serait difficile au début, mais les enfants s'habitueront bien vite. Elle ne voulait pas s'inquiéter plus que cela, son nouveau bonheur ne devait pas être entaché.

Elle comprit à ce moment précis que sa tendre fille venait de lui donner l'absolution et qu'elle prendrait soin de Théo pour que tout se passe au mieux…

Elle se leva pour mettre un terme à son annonce et posa un regard tendre sur ses deux amours. Que c'était bon de pouvoir enfin se tourner vers un avenir meilleur, prometteur !

Enfin un « chez elle » rien qu'à eux…

Puis un peu d'argent aussi… celui que sa mère a économisé toute une vie. A-t-elle su qu'un jour tout cela lui reviendrait, à elle, sa fille indigne ?

Violette émit un doute quant à cette éventualité, mais le destin en décida autrement, ou plutôt la mort…

Elle devait donc faire un aller-retour sur une seule journée, ce 31 juillet jusqu'à Arçais, pour les funérailles de sa mère.

Ce fut Lison qui vint s'occuper des deux enfants. Que n'aurait-elle fait pour son amie, plus que cela, une sœur, toujours si présente et bienveillante envers elle ? Elle arriva chez Violette à 5 heures du matin, lorsqu'elle fut certaine que Paulo cuvait et dormait profondément. Les ronflements sonores et réguliers lui en avaient fourni la preuve… Il reprendrait ses esprits bien plus tard, juste avant midi.

Violette prit la route aussitôt Lison arrivée, rassurée de pouvoir compter sur son amie pour garder ses enfants… Ils n'étaient pas habitués à ce qu'elle s'absente aussi longtemps…

Il y eut peu de monde aux obsèques. Quelques voisins, très peu d'amis, et encore moins de famille.

Tout fut organisé à l'avance par la défunte, du début jusqu'à la fin. Un contrat souscrit à peu près au même moment de l'enterrement de son père.

« Je suis sûre qu'elle a eu une sacrée ristourne pour penser à faire son propre contrat ! Elle a dû prétexter le sacrifice financier réalisé pour enterrer mon pauvre papa ! » maugréa Violette intimement.

La fille de la défunte fut présente au même titre que les autres, en simple spectatrice. Elle se sentait si étrangère dans ce lugubre cimetière, et essuya bien des regards intrigués ou réprobateurs. Pas de larmes, peu d'échanges verbaux ou réconfortants, et encore moins d'amabilité. Un enterrement d'une froideur sans nom ! Comme sa mère…

Elle devait passer pour une bien mauvaise fille, pour ne pas dire, une peste, pour laisser mourir sa propre mère ainsi, seule et malheureuse… Depuis toutes ces années passées sans venir lui rendre une visite ! Ça ne pouvait être qu'elle la seule responsable de ce manque de gentillesse, sa mère étant forcément une personne trop bien pour mériter cela…

Si vous le dites !

Mais Violette n'en était pas à régler ses comptes ni à se justifier, il faudra bien que ces habitants s'habituent à la voir revenir dans la région. Elle connaissait si peu de monde en réalité.

Elle vit le notaire dans la foulée pour éviter de revenir une nouvelle fois. Fille unique, la succession en était plus que facilitée, tout lui revenait, enfin normalement ?

« Comptez deux à trois mois, madame, et tout ceci vous appartiendra », lui avait rétorqué maître Moreau, l'air franchement offusqué !

Il lui demanda ce qu'elle comptait faire de la propriété, car il avait un potentiel acheteur. Il lui posa diverses questions sur sa vie, ses enfants, son travail, et il fut très surpris quand elle lui répondit qu'elle avait la ferme intention de venir s'installer dans la maison familiale.

Familiale… Ce terme dut le faire sourire intérieurement !

Elle ne parla pas volontairement des problèmes relationnels avec sa mère, il était trop tard pour lâcher toute son aigreur. L'aurait-il cru d'ailleurs ? Il devait bien en savoir plus qu'il ne voulait bien le laisser paraître ! Sa mère dut toutes ces années se faire plaindre ou pleurnicher sur son sort…

Violette quitta ses réflexions pour reporter son attention sur cet homme peu affable. Le fait de voir ses sourcils frôler la ligne du front où autrefois il dut avoir quelques cheveux lui confirma la façon dont il la jugeait.

Violette prit tout de même le temps de décomposer son visage si curieux, lui rappelant ces personnages de dessins animés à faire peur aux enfants.

Il avait la bonne cinquantaine, chauve, le visage maigre aux saillies osseuses taillées au couteau, avec en son milieu, un nez tout aussi fin, mais cruellement crochu. Sa bouche sans lèvres disparaissait dans un pincement amer. Ses yeux myopes sortant presque de leurs orbites, globuleux derrière d'épaisses lunettes rondes, lui donnaient un air fureteur, étrange, déconcertant, peu à même de vous confier, et encore moins de s'éterniser !

Ce soir-là, quand Violette rentra d'Arçais, Lison eut juste le temps de repartir à temps pour ses clients du soir. Les enfants dormaient déjà.

— Il faudra que je te parle très vite, ma belle, je passerai te voir ! Allez, file ma Lison si tu ne veux pas d'ennuis !

Paulo n'y avait vu que du feu ! Pourvu que les filles soient au turbin à l'heure le soir, il se souciait peu d'elles en journée, même s'il gardait tout de même un œil sur leur vie privée, histoire de montrer qui était le maître…

Le notaire fit le nécessaire assez rapidement, comme pour se débarrasser de ce dossier impropre ou contagieux, en lui renvoyant quelques jours plus tard, l'évaluation sommaire des biens mobiliers, immobiliers et comptes détaillés. Bien entendu, il n'omit pas les frais de succession s'y référant. Cela lui devint subitement moins contagieux, plaisanta Violette en détaillant les sommes alignées.

Il rajouta en fin de page un post-scriptum pour lui renouveler sa proposition d'une vente rapide pour un acheteur très intéressé, lui précisant bien que le prix était bien au-delà du cours du marché.

« Oh, non merci, maître, je suis la propriétaire de ce bien, ne vous en déplaise, et je n'ai pas besoin d'argent, enfin plus à présent ! » s'amusa Violette, imitant l'air pincé du notaire tout en repliant le courrier.

Elle sera réellement propriétaire vers la mi-novembre, et signera alors les papiers notariés définitifs.

« Il sera bien temps au moment voulu à ce que les gens s'habituent à mon retour au pays », pensa Violette, quelque peu inquiétée par la froideur des personnes entrevues lors des obsèques.

Ce n'était pas tant pour elle, elle en avait l'habitude, mais pour ses deux amours innocents qui avaient dû subir l'indifférence de leur grand-mère depuis leur naissance. Elle espérait bien qu'ils seraient acceptés et intégrés sans souci dans leur nouvelle vie.

Elle était certaine que les villageois pensaient qu'elle avait délibérément délaissé sa mère, un comportement encore plus ignoble, sur ses vieux jours. Eux qui jugeaient, mais ne connaissaient rien de ce qui s'était réellement passé ! Les histoires de famille cachaient souvent de lourds secrets, des douleurs éternelles, des rancœurs aux failles à tout jamais ouvertes…

Et tout cela la rendait malade, car elle n'avait jamais voulu en arriver là. Ce fut bien sa mère qui lui ferma voilà bien longtemps son cœur et sa porte.

Elle seule connaissait la vérité sur ce passé…

Violette se détourna de toutes ses pensées pour reprendre le dialogue avec ses enfants.

— Je dois m'absenter un moment ce soir, je dois voir Lison, et ça ne peut pas attendre ! Aussi, je vais fermer les volets et la porte d'entrée et vous regarderez un petit moment la télévision. Je vous veux très sages, n'est-ce pas Théo ? la mère fronçant les sourcils.

Le petit bonhomme lui fit un sourire enjôleur comme il savait si bien le faire pour toute réponse.

— Milaine, je ne vais pas rentrer tard, une heure tout au plus. Je vous fais confiance, vous ne touchez à rien, et je vous…

— Interdis de répondre à la porte ou d'ouvrir ! coupèrent les enfants en chœur !

— C'est bien mes chéris, tout en faisant claquer un gros baiser sur chacune des joues roses et rebondies de ses enfants. Elle revêtit sa veste en jean délavé et prit son sac à main, d'un rouge couleur verni à ongles, un cadeau de Lison.

Après avoir fermé les volets tout en jetant un dernier coup d'œil aux enfants, elle claqua la porte derrière elle et tourna la clef dans la serrure.

« C'est mieux ainsi, Théo est trop intrépide, il pourrait avoir l'idée de s'échapper pour s'amuser, se cacher. Il taquine tellement sa sœur ! Puis je vais faire au plus vite », se persuada-t-elle en rangeant la clef dans la poche de sa veste.

La maison se situait dans une étroite rue, où seule la porte d'entrée, donnant sur un escalier abrupt reliant l'étage, ornait la façade. Une fois en haut, on trouvait trois pièces. Deux chambres séparées par un minuscule cabinet de toilette et une salle commune avec un coin cuisine. Les trois fenêtres à l'arrière de la maison donnaient sur une végétation dense et mal entretenue le long d'un ancien sentier longeant le canal. Plus personne ne passait par ici depuis bien longtemps.

Le seul luxe de cette habitation était les volets roulants manuels rénovés depuis peu par le propriétaire, qui remplacèrent les vieilles fermetures en bois rongées par l'humidité qui demandaient bien des contorsions pour les bloquer. Bien entendu, le loyer augmenta à l'issue de ces menus travaux, pour récupérer au plus vite le pécule de cet investissement !

Violette louait le logement meublé, enfin, il fallait ne pas être trop exigeant, il s'y trouvait le strict minimum pour vivre ! Deux grands lits aux matelas affaissés, une table, quatre chaises et un bahut.

Mère isolée avec deux enfants, la famille touchait quelque prestation qui permettait de payer une modique somme mensuelle pour cette location. De toute manière, il aurait été absurde de s'octroyer une plus grande dépense étant donné la vétusté du bâtiment, Violette en était bien consciente. Mais les loyers restaient très chers dans la ville, alors, faire la difficile avec deux enfants, ce n'était pas dans ses cordes. Puis la rue restait discrète et peu passante.

Chaque centime était compté et il n'y avait pas de place pour les dépenses dérisoires. Mais pour autant, les enfants ne manquaient de rien. Ils mangeaient à leur faim et étaient correctement vêtus ! C'était un point d'honneur pour cette maman qui travaillait dur pour eux. Le luxe, ils ne l'avaient jamais côtoyé, ainsi, ils étaient heureux de cette vie simple et remplie d'amour maternel…

Violette donna rendez-vous à Lison dans un chic commerce de la rue du port où passait le canal de Briare. Ce quartier de la pêcherie approvisionnait autrefois Paris de ses poissons vivants. La ville de Montargis, aussi appelée la Venise du Gâtinais pour ses nombreux canaux, ne possédait pas moins de cent trente ponts ou passerelles qui reliaient les ruelles traversées par le Vernisson, canal de Briare, d'Orléans et le Loing. La ville faite d'îlots était magnifiée par ses maisons à colombages, ses tourelles et ses hôtels particuliers du style Renaissance… Ses habitants pouvaient profiter d'un parc immense, en plein cœur de la cité, arrosé par le Vernisson et le Puiseaux, qui appelait à la détente, loisirs et promenades. On pouvait y admirer également les vestiges du château de Montargis, gardien du temps royal…

Cet endroit aurait pu être absolument agréable si Violette y avait vécu sereinement… Mais une chose était bien certaine, elle ne regretterait rien ni personne quand elle sera définitivement partie de cet endroit. Son passage ici même lui laissera toujours un goût amer, une plaie ouverte envenimée, un traumatisme sanieux...

Lison, l'amie confidente, la partenaire de certains soirs, la sœur de cœur aura eu une bien drôle de vie elle aussi. Une célibataire sans enfant. Elle fut abusée et violentée, toute jeune fille, depuis ses seize ans plus exactement, et, encore aujourd'hui, à vingt-huit ans, elle restait sous l'emprise et la contrainte de Paulo.

Paulo, le beau Paulo, le séducteur, le gentil, l'amant parfait ! Pour ensuite découvrir un Paulo hargneux, un Paulo rabatteur, un Paulo proxénète ! Il les avait toutes ensorcelées pour arriver à ses fins. Les mettre sur le marché de la rue ou d'une pauvre chambre sale et délabrée. Toutes les filles un peu pommées tombaient amoureuses de lui pour finir dans ses filets... Enfin à l'époque, car aujourd'hui, ce n'était plus sa beauté qui les ficelait, mais plutôt sa cruauté ! Paulo, c'était le grand patron à présent, il recrutait de jeunes et beaux rabatteurs qui travaillaient pour lui. Mais le carnage était le même au bout du compte !

Lison était un joli brin de fille. Brune, bien proportionnée, très sensuelle, qui avait du chien. Elle avait de grands yeux noirs magnifiquement ourlés de longs cils recourbés, mais au regard si triste. Elle ne possédait rien d'autre que sa beauté. Elle était juste une des prisonnières de Paulo qui veillait à son derrière et ne la lâchait pas d'une semelle. Un tiroir-caisse, voilà ce qu'elle représentait en tout et pour tout, et il ne se cachait pas pour le lui rappeler régulièrement !

Violette l'aimait tant sa jolie Lison ! Elles vécurent la même chienne de vie, la même misère, la même emprise, les mêmes sévices... Mais ce soir, elle avait une idée derrière la tête, une sacrée belle idée même. Sa sœur de cœur allait être drôlement surprise, c'était certain...

Violette rentra dans le pub le sourire aux lèvres rien qu'à l'idée de l'annonce qu'elle allait faire. Une délicieuse odeur vaporeuse, sucrée et chocolatée, lui saisit les narines.

Ce n'était pas le bistrot où Paulo exerçait à coups de verres de rouge et chopes de bière, tout en pouvant à sa guise surveiller et placer ses filles, attirant le client et faisant circuler l'argent sale. Non, ici, c'était un endroit chic, d'un certain standing, d'un autre monde, et surtout, qui ne drainait pas la racaille de la ville. Ici, il n'y avait que les gens de bonne famille qui venaient déguster une pâtisserie, un thé, un bon chocolat chaud ou un café gourmand... Des gens qui s'exprimaient bien, avec des paroles et des gestes mesurés, retenus, feutrés. Des gens respectables !

Il était 19 h 15. Il lui avait fallu à peine quinze minutes pour arriver au pub en coupant à travers les ruelles. Quinze minutes pour changer le cours de leurs vies, s'amusa-t-elle à se répéter en posant son sac sur un des fauteuils libres en face de Lison. Elle ne resterait pas longtemps, elle pensait à ses enfants restés à la maison, mais elle avait confiance en Milaine pour gérer Théo un court moment...

L'endroit était très agréable. Le pub reluisait tant par sa propreté que par son décor luxueux. De magnifiques lampes Tiffany, vivement colorées et tamisées, trônaient judicieusement dans la salle. De jolies petites tables drapées de nappes blanches dissimulaient des fauteuils crapauds au velours bleu nuit invitant au confort. Une ambiance musicale douce appelait à la rêverie ou aux confidences étouffées. Des cadres muraux représentant des fleurs, des eaux vives, des natures mortes apaisaient les regards. Le comptoir réfrigéré était copieusement achalandé de succulentes pâtisseries et confiseries. Tout ceci traduisait un raffinement certain et alléchant. Comme elle aurait aimé travailler dans un endroit si sympathique et agréablement odorant. Elle imagina la bouille de ses enfants devant tant de belles choses, eux qui en avaient si peu eu.

Quel contraste avec la blanchisserie où elle travaillait, qui dégageait des odeurs âcres de produits de lavage, d'assouplissants, de détachants, de blanchisseurs, de solvants pour les nettoyages à sec ! Mais aussi, les vapeurs lourdes et moites des machines à laver, à sécher, de la presse à repasser… Tout ceci lui donnait des sueurs terribles en lui laissant un goût acide au fond de la gorge, malgré un système de ventilation important. Il fallait travailler dur en supportant tous ces désagréments. Mais jamais Violette ne s'en était plainte, trop heureuse d'avoir un emploi stable.

Lison était déjà arrivée et patientait bien sagement à une table. Elle avait demandé à la serveuse d'attendre l'arrivée de son amie pour prendre la commande. Elle s'était faite particulièrement jolie en allégeant son maquillage et en choisissant sa tenue vestimentaire sans vulgarité. On aurait pu croire à une jeune dame de bonne vie !

Elle sortit Violette restée debout de ses contemplations, accrochant son regard au moindre détail…

— Bonjour, ma Violette, je vois que tu apprécies le décor ! C'est vrai que c'est beau ici ! Tu en oublierais presque que je suis là du reste, s'amusa Lison.

— Oh, salut, ma sœurette, comment vas-tu ? s'enquit-elle joyeusement. J'admire toujours avec envie toutes ces belles choses, c'est plus fort que moi. Mais contrairement à ce que tu penses, tu en fais partie aussi !

— Merci, c'est gentil, et comme je te comprends, lui lançant une œillade tout en passant une main dans ses cheveux. Je t'attendais impatiemment, j'en ai l'eau à la bouche de voir toutes ces pâtisseries, si tu savais ! J'étais si heureuse quand j'ai trouvé ton message plié sous le pot de fleurs de ma fenêtre m'invitant à te rejoindre ici. Tu as tellement bon goût, c'est naturel chez toi. À croire que tu es née avec une petite cuillère en argent dans la bouche ! lui souriant avec espièglerie.

— Ne remue pas la cuillère dans la plaie, Lison ! s'installant à la table.

Violette était ravie de voir briller les yeux de sa chère Lison, ses yeux habituellement si sombres et tristes, et pourtant, si beaux. Elles avaient eu si peu de moments agréables comme celui-ci. Mais tout cela allait définitivement changer…

Les deux jeunes femmes commandèrent un chocolat chaud et choisirent un éclair au café. Elles allumèrent une cigarette et se mirent à discuter, ou plutôt non, Lison écoutait parler son amie en la dévorant des yeux…

— Bon Lison, j'ai peu de temps, les enfants sont seuls, alors écoute-moi bien. J'ai reçu tous les papiers notariés, la succession est clôturée, la maison est bien à moi à présent. On part dans deux semaines, et tu viens avec nous, j'ai tout prévu. Tais-toi et laisse-moi finir ! Pas d'adresse, pas de téléphone, pas de bagages… Tu viens juste comme tu es là avec ton sac à main, tes papiers et ton fric, et surtout tu ne dis rien à personne. C'est bien compris ? Je te recontacte pour le jour et l'heure exactes du grand départ et je te dirai où m'attendre. Je te laisserai un nouveau message là où tu sais. Une quinzaine de jours pour tout préparer, et, à nous le bonheur, ma Lison ! Tu verras comme c'est beau là-bas, et si tranquille, calme. Les gens prennent le temps de regarder la nature, le soleil, les oiseaux, la vie, quoi ! Tu vas adorer la jolie maison au bord de l'eau, laissant son regard rempli d'espoir accroché à celui de son amie...

Lison était abasourdie par ce déballage de belles paroles, se laissant aller à imaginer une nouvelle vie... mais elle revint vite dans la réalité.

— Tu me fais rêver, Violette, et comme j'aimerais te croire ! Mais je ne sais pas, je ne sais pas si je vais y arriver, j'ai si peur, si tu savais à que point ! Si Paulo se doutait ou l'apprenait, tu sais qu'il me tuerait, tu le comprends ça, Violette ? implora Lison, le corps secoué de spasmes nerveux.

— Il n'en saura rien, Lison, il n'y a aucune raison qu'il se doute de quoique ce soit si tu fais comme je te dis, tu entends ? Tu ne changes pas tes habitudes ni ton comportement. Tu restes bien docile surtout, et il n'y verra que du feu. Quand il se rendra compte que tu n'es plus là, on sera déjà loin. Ah, autre chose. Ne viens pas jusque chez moi, il pourrait se méfier ! Tu as bien tout retenu ?

Lison avait beaucoup de mal à ingérer toutes ces informations. Elle répétait les mots, les consignes comme une élève studieuse, mais ô combien, elle était effrayée ! Paulo pouvait être si violent quand il était en colère ou soupçonneux. Déjà en temps normal, il fallait filer droit, ne jamais le contrarier, et surtout, ne rien lui refuser.

« Les clients sont les rois chez Paulo », aboyait-il bien souvent aux filles ! Il avait la fâcheuse habitude de renifler les problèmes avant même qu'ils n'arrivent. Un don chez lui, ou plutôt, une poisse !

— D'ici là, on se reverra ici même au besoin. Ça m'étonnerait que Paulo mette les pieds dans ce pub un jour, ce n'est pas son genre ! Tu l'imagines avec sa tasse à thé et le petit doigt levé ? s'amusa Violette pour détendre son amie. Allez, file donc ! Ne sois pas en retard, il se mettrait en colère pour de bon, et c'est bien ce que l'on doit éviter à tout prix pendant ces deux semaines ! Courage, ma grande, et rien ne t'empêche de ralentir un peu en attendant, fais donc languir tes clients, lui conseilla Violette.

— Oui, c'est ça, en rêve ma belle ! répondit Lison tout en cherchant de la monnaie dans son sac à main.

— Laisse, c'est pour moi, ne suis-je pas une toute nouvelle héritière ? À très bientôt ma sœurette, lui envoyant un baiser du bout du doigt.

Lison partit rapidement pour son premier client d'une longue soirée bien harassante et mouvementée… Paulo n'aura de cesse de lui trouver des « rancards enrichissants », comme il s'en vantait si souvent avec son rire glauque.

« Si seulement ça pouvait marcher ? Partir loin de tout ça, loin de Paulo, loin de cette foutue vie de merde… Oh, Violette, je vais prier chaque jour jusqu'à notre départ ! », se jura Lison en revenant vers sa lugubre chambre en accélérant le pas. Son cœur battait la chamade et les larmes lui brouillaient la vue…

Violette finit de boire rapidement son chocolat déjà tiédi, et se dirigea vers le comptoir pour régler. Il fallait faire vite afin de rejoindre ses enfants.

« Eh bien, c'est quand même cher pour seulement un peu de lait chaud chocolaté et deux pâtisseries ! », pensa-t-elle en sortant son porte-monnaie.

Elle n'aurait pu s'offrir ce luxe bien souvent, mais c'était le prix à payer pour rester discrètes et tranquilles, et surtout en sécurité !

Elle sortit vitement du pub et reprit les nombreuses ruelles transversales pour rejoindre son domicile. Il lui tardait de retrouver ses deux amours pour leur annoncer que leur chère Lison serait aussi du voyage. Elle allongea le pas le cœur léger…

Elle n'entendit ni ne vit l'homme arriver juste derrière elle à mi-chemin…

Paulo avait vu sortir Lison vers 19 heures et se mit à la suivre discrètement. Il n'était pas habituel qu'elle parte ainsi, juste avant le couvre-feu. Il se doutait bien que cette charmante demoiselle devait avoir un rendez-vous très spécial, et, il pensait même savoir avec qui ! Il jubilait comme un jeune premier…

En se postant précisément à ce croisement, il était certain de ne rater aucun piéton, et il était convaincu qu'il trouverait ce qu'il était venu chercher… Violette ! Il savait bien que ces deux filles étaient inséparables. Depuis que Violette se croyait devenue une grande dame, il en avait encore moins de respect pour cette pimbêche prétentieuse et arrogante !

Il dut patienter 45 minutes en faisant quelques pas sur le trottoir tout en rasant les murs. Il vit passer deux ou trois passants, lorsqu'il aperçut Lison qui filait tel un fantôme. Il se fit la remarque, en vérifiant sa montre, qu'elle serait à l'heure pour vendre ses services et cela lui arracha un contentement. La nuit tombait, les gens ne traînaient pas pour vite rentrer dans leurs foyers douillets et chauds…

Il reconnut le claquement de ses talons sur l'asphalte et surtout le rythme de sa démarche. Il la connaissait par cœur ! Aussi, eut-il le temps de se caler dans le renfoncement d'un porche sombre pour attendre sa proie.

Elle sursauta en entendant une voix tout près d'elle, une voix qu'elle aurait pu reconnaître dans le brouhaha d'un rassemblement populaire ! Rocailleuse, grognarde, bilieuse, acerbe. Celle qui vous met la peur au ventre et vous serre la gorge aux premières intonations. Celle qui ne connaît que les injures, le plus souvent suivies de coups...

— Alors, où elle va ma belle Violette comme ça ? lui chuchota Paulo, les yeux anormalement brillants et l'haleine chargée d'alcool.

Violette cacha sa crainte et trouva le courage de prendre un ton dégagé, mais qu'elle voulut ferme.

— Là où tu n'as pas le droit de venir, tu te souviens, Paulo ? Je rentre chez moi !

— Oh, que oui, je me souviens même très bien, comment oublier que tu m'as vendu à la flicaille, sale traîtresse ! siffla-t-il l'air mauvais. T'étais pourtant bien contente à une certaine époque de gagner ton fric grâce à moi ! C'est comme ça que tu me remercies, sale petite garce ? la haine lui sortant par les narines, tel un taureau soufflant au milieu d'une arène.

— Je ne t'ai pas vendu, Paulo, je n'ai jamais dit que tu étais un sale proxénète. Tu t'es fait choper tout seul avec tes mauvais coups, il ne faut t'en prendre qu'à toi-même ! Puis, il faudrait arrêter de ressasser le passé, ça fait plus de trois ans que ma vie a pris une autre direction. Je n'ai pas eu besoin de toi, et encore moins pour me refaire ! Ce n'est pas ma faute si toi, tu es toujours dans ton sale trou à rats ! Alors, oublie-moi une bonne fois pour toutes, Paulo.

— Oh, comment qu'elle cause la dame, avec ses grands airs ! Et tu crois que je vais avaler tout ce que tu veux bien me faire croire ? Tu penses vraiment que j'sais pas pourquoi qu'on m'a mis au placard deux années, deux longues années, Violette ? Et le bouquet, avec l'interdiction d'approcher de ton domicile, de tes sales mouflets, et surtout, ce qui me contrarie le plus, ma jolie, de ton beau postérieur ! Mais laisse-moi rire ! s'esclaffa-t-il moqueur. Tout est de ta faute, pauvre cruche... Si t' avais fermé ta gueule, mes affaires auraient marché du tonnerre ! Tu sais combien ça a été dur de relancer le business après ça ? Heureusement que j'avais un bon associé pour veiller sur ta chère Lison et le bistrot... Et j'ai du manque dans la caisse, le compte n'y est pas, tu comprends ça ?

Paulo jeta un regard en biais tout en l'invectivant de ses reproches pour voir sa réaction en parlant de Lison. Il connaissait trop bien les liens qui les unissaient, et il avait un drôle de pressentiment quant à ces deux magouilleuses...

Violette le connaissait tout autant, aussi, elle ne tomba pas dans son piège afin de ne pas le rendre soupçonneux vis-à-vis de sa protégée. Ce n'était pas le moment de tout faire foirer, il fallait tenir deux semaines encore...

— On n'a plus rien à voir ensemble, Paulo, et il y a bien longtemps que je ne fréquente plus personne de par chez toi, alors, tes états d'âme, je m'en moque pas mal ! C'est fini, tu ne me feras plus jamais peur. J'en ai assez bavé comme ça avec toi, mais, mets-toi bien ça dans ta sale caboche monsieur le barbot. Tout est fini, balayé, nettoyé ! Alors, dégage, et laisse-moi passer ou je préviens la police, et cette fois, ça ne sera pas deux ans de trou que tu prendras, tu peux me croire ! essayant de l'intimider crânement...

Violette voulut forcer le passage, mais Paulo se cabra devant elle, menaçant et aboyant comme un chien enragé.

— Non, Violette, on a encore à voir tous les deux justement. Tu sais combien de fric tu m'as fait perdre ces deux ans passés à l'ombre ? Donne-moi un montant approximatif, essaie-donc pour voir, de toute façon, tu serais bien en dessous de la vérité ! Lison a travaillé doublement à cause de toi. La pauvre petite chérie, elle est en surchauffe, c'est qu'ils ne lui font pas de cadeaux, ses habitués, ils en redemandent ! Et elle n'est pas rendue, il faut encore le remplir le tiroir-caisse ! T'as pas de cœur, Violette, t'as une drôle de façon de l'aimer, ta Lison adorée, savourant l'effet de ses paroles. Alors, elle en pense quoi la lavandière du canal, c'est bien ce que tu es à présent, une blanchisseuse qui laisse trimer sa jolie copine. T'as perdu ta langue tout à coup ?

Violette avait la gorge serrée, les larmes lui brûlaient les yeux, car elle savait que tout ce que lui disait ce sale type était vrai. Lison trimait encore plus depuis cette histoire. Elle payait cher à cause de son témoignage.

— Laisse donc cette pauvre Lison qui n'a rien fait de mal, encore moins contre toi, parce que tu l'effraies, comme toutes les autres ! Ça t'en a bouché un coin que j'ose me rebiffer, c'est ça que tu ne digères pas Paulo, tu es trop fier, mais surtout aigri ! Tu me fais pitié, tiens !

— Oh, le méchant Paulo ! faisant pendre sa lèvre inférieure comme un animal bavant d'agressivité. Tu crois que je ne vois pas ton petit jeu à tourner un peu trop autour de Lison ? Et qu'est-ce que tu lui veux à la poulette ? Hum… tu voudrais peut-être refaire un p'tit duo avec elle, c'est qu'ils seraient contents les clients de vous retrouver toutes les deux, tu sais, t'as de beaux restes, ma Violette ! lui caressant le bas des reins impudiquement…

Violette fut malmenée par Paulo pendant plusieurs années, comme toutes les autres filles du reste. Pas une n'échappait à sa violence et ses exigences. Mais avec un certain coup de pouce de la justice, il fallait bien le reconnaître, et pour protéger ses enfants, elle avait réussi à quitter le milieu de la prostitution. Elle témoigna contre Paulo pour harcèlement et sollicitation à la prostitution, sans pour autant l'accuser de proxénétisme craignant pour sa petite famille, de sévères représailles.

Elle pensait aussi à Lison, qui, par peur, s'était refusée à témoigner, et avait fini par s'enterrer dans le métier ! Violette ne put rien faire d'autre pour l'aider, aussi, elle resta dans les parages pour la voir de temps en temps et prendre soin d'elle, à sa façon !

Paulo connaissait du monde dans le milieu, et un certain Jo, un tout aussi sale type que lui, avait tenu le bistrot pendant ces deux années d'enfermement en gérant au mieux ses affaires, ce qui incluait, Lison et les autres filles !

Violette désirait seulement aspirer à une vie tranquille avec ses enfants, en bonne mère de famille et en travaillant honorablement. Milaine avait deux ans alors, et Théo venait de naître.

Elle trouva bien vite du travail dans une blanchisserie pas très loin de chez elle. Elle gagnait sa vie honnêtement et était très appréciée par ses employeurs pour son ardeur au travail et sa discrétion. Ils furent du reste très chagrinés par l'annonce de son futur départ. Ils savaient qu'ils ne retrouveraient jamais une si courageuse et agréable employée, se lamentaient-ils.

« Je ne permettrai jamais à personne d'entraver cette vie honnête que je mène avec mes enfants. Et surtout pas ce sale type ! », finit-elle par s'affirmer intimement.

Violette laissa de côté ses pensées furtives pour retrouver bien vite ses esprits. La colère et la haine prirent alors le dessus, portant le verbe haut, les yeux révulsés de dégoût.

— Et alors, tu crois que j'ai honte ? Il vaut mieux laver le linge sale des autres que de tapiner pour un pauvre pochtron comme toi !

— Ah oui ? Et bien c'est ce qu'on va voir petite garce ! sortant un couteau pour le lui mettre contre la gorge. Tu vas me suivre gentiment, il faut qu'on fasse nos comptes tous les deux, tu me dois un paquet de pognon ! Avance, dépêche-toi, la poussant violemment dans la ruelle.

Violette prit peur. Elle sentit la lame froide plaquée contre sa peau, si fine à cet endroit. Un mauvais geste et elle pouvait être égorgée comme un agneau. Son sang se glaça, ses tempes se mirent à la marteler, ses mains devinrent moites et ses jambes se dérobèrent sous elle, l'obligeant à tomber à genoux.

Dans un dernier souffle de lucidité, elle supplia Paulo.

— Laisse-moi rentrer chez moi Paulo, mes enfants sont seuls, tu ne peux pas faire ça, sois raisonnable, je t'en prie. Tu te mets en tort pour rien ! Si tu te fais arrêter, tu finiras ta vie en prison pour tentative de meurtre ! Tu y penses à ça, Paulo ? Allez, c'est ridicule, laisse-moi partir, et l'on n'en parlera plus jamais ! Je ferai comme si je ne t'avais pas vu, d'accord ?

Elle essaya sur un ton compatissant de faire reprendre ses esprits à cet homme devenu subitement fou. Mais alors qu'elle s'attendait à un relâchement de sa part, elle sentit la lame faire pression encore plus fortement sur son cou.

Violette comprit alors que rien ne pourrait arrêter cet homme insensible et déraisonné.

Paulo n'entendait pas les plaintes de sa proie tant sa haine envahissait tout son corps, tout son cœur, toutes ses pensées. Il en avait rêvé tellement souvent d'assouvir sa vengeance. Ce soir, il savourait sa victoire. Au diable les interdictions policières, il n'en avait que faire à présent. La seule chose qui comptait, c'était faire payer Violette.

Il l'attrapa par les cheveux violemment pour la relever, et la poussa encore et encore, toujours plus fort. Violette trébuchait à chaque poussée, sentait sa force la quitter, elle ne pouvait pas combattre. En cet instant, elle se sentit avalée par un grand trou noir.

Paulo lui saisit alors le bras furieusement et la fit décoller en partie du sol comme une poupée de chiffon. Il la traîna en avançant de plus en plus vite dans les étroites rues déjà sombres et désertées à cette heure de ce mois d'octobre automnal.

La dernière pensée qu'eut Violette avant de perdre conscience, fut pour ses deux enfants restés seuls à la maison…

Chapitre II

Des pleurs calfeutrés

Dans une maison isolée, deux enfants, seuls, attendaient le retour de leur maman. La nuit arrivait sournoisement et le silence humide et lent du canal donnait au quartier une tristesse d'une grisaille lourde, blanchâtre et brumeuse, pénétrant insidieusement jusque dans le moindre recoin…
— Je veux maman, pleurait Théo. C'est maman qui me couche, pas toi, t'es vilaine !
— Non, Théo, elle a dit de se coucher si elle n'était pas rentrée, allez sois gentil, il y a école demain !
Milaine devait jouer à la petite maman, mais sans la crédibilité de l'adulte ! Théo le savait et en profitait largement. Quand leur mère rentrera, avec ses sanglots feints et son regard enjôleur, il aura toute l'attention souhaitée. Alors Milaine sera la sage et gentille grande sœur qui aura bien veillé sur son frère.

Cela l'agaçait bien souvent, mais elle succombait comme sa mère au regard enjôleur de ce petit diablotin !

— Fait comme tu veux, moi je dors. Bonne nuit, Théo, lui tournant le dos dans le grand lit de leur chambre.

Le garçonnet se cala tout contre le corps chaud de sa sœur, laissant juste apparaître de sous les draps, son joli nez retroussé.

— Bon d'accord, mais raconte-moi une histoire pour m'endormir alors, s'il te plaît ma Milaine, geignit-il encore.

Milaine se prêta bien volontiers au jeu, adorant inventer de belles histoires pour son frère.

« Il était une fois, deux enfants très sages qui habitaient une maison tout en bois dans la forêt. Une nuit, une gentille fée... »

Le matin se leva gentiment sur un nouveau jour, et Milaine et Théo dormaient toujours comme des bébés ! Aucun bruit ou appel de leur maman ne les avaient dérangés.

En se réveillant, Théo sauta du lit sans attendre et fila tout droit dans la chambre de sa maman, mais, il s'arrêta brusquement devant le grand lit vide, abasourdi.

— Milaine, viens voir, vite ! cria-t-il étonné de sa voix aiguë.

— J'arrive, mais tu fais doucement, si maman dort encore !

Mais elle se figea également en passant son bout de nez à la porte, constatant que le lit était vide et toujours impeccablement bien tiré.

— Tu vois, elle est pas là maman ! Où elle est, moi je veux maman ! tapant du pied et faisant glisser le long de ses mollets le bas de son pyjama rayé trop grand pour lui.

Milaine resta stupéfaite un bon moment. Elle réfléchissait. Jamais sa maman n'était pas rentrée le soir, encore moins en les laissant seuls toute une nuit. Et encore moins partie tôt le matin sans les préparer pour l'école. Puis, elle devait travailler à la blanchisserie aujourd'hui ? Elle essaya d'analyser au mieux la situation pour trouver une explication…

Théo devint blême, se retenant pour ne pas pleurer. Il ne voulait pas que sa sœur le traite encore de bébé ! Aussi, Milaine décida encore une fois de le tranquilliser. C'était elle la grande sœur après tout.

— Écoute, Théo, on va se préparer. Maman a dû sortir acheter du pain ou de bons croissants comme tu aimes, et on ne l'aura pas entendue ! Elle va revenir très vite. Aussi, on va tout bien faire, elle sera contente. D'accord ? le rassura Milaine, pourtant pas plus sereine que son frère en cet instant.

— D'accord, je veux bien, on va lui faire une surprise à maman ! courant jusqu'à sa chambre choisir ses vêtements. Puis, il fila à la salle d'eau, tout heureux de se faire beau comme un grand.

— Moi, je fais le lit et le petit-déjeuner, cria Milaine en direction de la cuisine.

En à peine une demi-heure, les enfants étaient habillés, bien coiffés, leurs sacs d'école posés à côté de leurs chaussures devant la porte d'entrée.

La table, composée ce matin de lait froid et de biscottes à la confiture, était débarrassée. Les bols lavés étaient déposés sur le rebord de l'évier.

Les enfants étaient fiers de leur travail. Mais toujours pas de maman à la maison !

Les lumières étaient encore allumées, car il faisait bien sombre à cause des volets fermés. Milaine ne pouvait pas les ouvrir, le bras du mécanisme était bien trop dur à tourner, mais aussi, pour ne pas désobéir à sa mère.

« Ma chérie, il est interdit d'ouvrir les volets et la porte, c'est dangereux, surtout pour Théo », se rappelant les paroles de sa mère.

Ce fut pour cette raison que Violette opta pour fermer la porte à clef derrière elle, car elle craignait que Théo ne désobéisse et se rende sur le bord du canal derrière la maison. Cet endroit lugubre la faisait souvent frémir, un accident aurait pu arriver très facilement entre les herbes et ronces bien trop hautes, cachant une eau sombre et glaciale.

Théo était un petit garçon extrêmement remuant et rapide, aux bêtises toujours inattendues.

« Il vaut mieux prévenir que guérir avec un enfant tel que lui. Si seulement il pouvait être aussi calme et raisonnable que sa sœur ! », se répétait souvent Violette.

Elle n'aimait pas laisser ses enfants. C'était exceptionnel, comme ce soir, pour aller voir Lison. Si elle avait besoin de sortir, elle privilégiait le temps d'école pour honorer un rendez-vous médical ou une course urgente. Elle vouait une énergie et un rythme de vie sans faille pour le bien-être de ses enfants. Elle voulait être une maman exemplaire, irréprochable et surtout, aimante, tout ce qui lui avait tellement manqué lorsqu'elle était enfant…

Théo regardait la télévision pour passer le temps. Milaine tournait en rond, ne sachant que penser. Plus elle réfléchissait, plus elle se disait que sa maman n'était pas rentrée de la nuit. Rien n'avait bougé dans la maison depuis son départ. Pas un verre d'eau bu. Son comprimé qu'elle prenait chaque soir avant de s'endormir était encore sur la table de chevet. Les draps du lit n'étaient pas froissés, et il n'y avait aucun linge sale dans la chambre ou la salle d'eau.

Milaine avait tout bien regardé, analysé, scruté. Non vraiment, elle avait bien vérifié et rien n'avait bougé dans la maison !

Ce fut le garçonnet qui la sortit de ses questionnements.

— Milaine, je m'ennuie moi. Je veux aller à mon école pour jouer ! se plaignit Théo.

— Mais Théo, on n'a pas le droit d'y aller sans maman ! Tu sais quoi ? On va faire un joli dessin, comme à l'école, et on lui offrira quand elle rentrera !

— Oh oui, trop bien ! On en fait un chacun… mais… qu'est-ce qu'on dessine ? demanda-t-il avec une mimique de réflexion trop sérieuse pour son âge !

— On va dessiner… euh… la maison de grand-mère avec l'eau, les fleurs et le jardin ! s'esclaffa la fillette en grande organisatrice innée.

— Et ma cabane Milaine, je veux une cabane, moi. Puis, sur un ton plus feutré, comme pour dire un secret. Milaine ?

— Quoi, Théo ?

— Elle était méchante, grand-mère. Elle venait jamais nous voir ! affirma le petit bonhomme déçu.

— Je ne sais pas Théo, maman nous a dit qu'elle était différente, mais pourquoi, ça, elle ne nous a pas expliqué ? Mais tu as raison, c'était une grand-mère bizarre, c'est sûr !

— Bin moi z'aime beaucoup maman, jusqu'au ciel, mais z'aime pas grand-mère ! écartant ses bras fluets le plus possible tout en faisant la moue.

Et c'est ainsi qu'avec beaucoup d'application et d'imagination, les deux enfants firent deux magnifiques dessins remplis de couleurs et de rêves, qu'ils accrochèrent fièrement au vieux réfrigérateur avec un aimant. Ils admiraient leurs œuvres, un peu apaisés par ce projet de nouvelle maison où ils allaient vivre très bientôt, et sans la grand-mère bizarre !

Leur maman était si heureuse de partir. Milaine avait bien vu les éclats d'or dans ses yeux quand elle leur avait parlé de leur déménagement. Ils brillaient si fort !

Théo se plaignit d'avoir faim. Milaine commençait juste à lire l'heure du haut de ses cinq ans. Elle essaya de la déchiffrer au radio-réveil pour lire à voix haute « 11-48 », les 11 heures lui en disaient beaucoup plus que les 48 ! Pour rassurer Théo, elle décida d'improviser un repas, cela ferait arriver leur maman qui devait avoir bien faim, elle aussi.

La fillette sortit du réfrigérateur, ce qui lui semblait judicieux pour un repas de midi.

— Oui, trop chouette ! C'est moi qui fais Milaine, c'est moi tout seul, insista le garçonnet.

— D'accord et applique-toi. Regarde, tu mets bien pareil dans les trois assiettes, et tu fais joli aussi.

Les enfants s'amusèrent à faire des « assiettes anglaises » comme leur maman faisait souvent le dimanche soir. Du jambon blanc, une demi-tomate, une tranche d'emmental, une feuille de salade, et une biscotte beurrée. Il n'y avait pas de pain frais, comme celui que leur maman rapportait chaque jour en revenant du travail.

— Regarde, Milaine, la mienne est plus belle que toi ! montrant fièrement son assiette.

— Que la tienne, Théo, pas que toi ! reprit Milaine avec un petit air entendu.

Milaine sentit sa gorge se serrer, et une angoisse lui remplit l'estomac.

Il y avait quelque chose d'anormal, de ça, elle en était sûre. Mais que faire d'autre qu'attendre ?

Elle réfléchissait à ce qu'ils pourraient bien entreprendre pour être vus ou entendus…

« Essayer d'ouvrir les volets ? Mais je ne verrai rien ni personne sur cette partie du canal, puis Théo pourrait se pencher par la fenêtre. Non, c'est trop dangereux. Même si je crie, personne ne m'entendra de ce côté. La plus proche voisine est la mamie, côté rue ! »

Milaine se mit à penser que c'était idiot qu'il n'y ait pas un téléphone dans la maison pour appeler au travail, mais sa maman économisait le plus possible ! Aussi, avait-elle juste un portable avec un forfait le moins cher par mois, en cas d'urgence. Mais le portable, c'était sa maman qui l'avait, et l'urgence, elle était dans la maison à présent…

Elle alla vérifier la porte d'entrée en tournant la poignée dans un sens, puis dans l'autre, encore une fois, au cas où. On ne savait jamais, un oubli, une mauvaise manipulation ! Mais la porte était bel et bien fermée à clef de l'extérieur.

Elle s'installa à table en soufflant, regardant l'assiette de sa maman en attente sur le coin de la desserte. La sienne ne lui inspirait rien, l'angoisse lui coupait l'appétit. Par contre, Théo dévorait avidement les aliments froids qu'il trouvait tellement bons, répétant à tue-tête « C'est moi qui l'a fait ! » Et Milaine, de rectifier comme à chaque fois « C'est moi qui l'ai fait ! ».

L'après-midi s'écoula lentement et bien tristement. Théo trouva le sommeil en début d'après-midi sur le divan en regardant un dessin animé. Milaine tua le temps en lisant quelques livres d'images, essayant de déchiffrer phonétiquement quelques mots.

En dernière année de grande section maternelle, elle apprenait les lettres et chiffres, et savait écrire son prénom, maman, Théo et bien d'autres encore. Par contre, elle refusait systématiquement d'écrire papa, car elle n'en avait pas ! La maîtresse, connaissant la situation de la fillette, en parla un jour ouvertement à la maman à la sortie de la classe, précisant que ceci n'enlevait en rien les facultés d'apprentissage de cette élève fort douée.

Violette sourit intérieurement du caractère déterminé et bien trempé de sa fille.

« Au moins, elle ne se laissera pas sottement embobiner comme moi plus tard ! », pensa-t-elle secrètement.

Bien que la maison fût sombre avec les volets clos, la nuit rentrait insidieusement un peu plus encore. Sur les rives du canal, l'humidité se faisait ressentir. Cette fin octobre distribuait des jours bien plus courts et frais, apportant vent et pluie. C'était souvent la saison ou morosité et angoisses ressurgissaient pour les plus fragiles ou esseulés.

Mais à l'heure actuelle, deux enfants avaient grand besoin du réconfort de leur maman !

Un deuxième repas froid avait fait leur souper. Théo mangea l'assiette réservée pour sa maman ce midi. Milaine avait l'estomac de plus en plus noué, elle ne put toujours rien avaler.

Plus tard dans la soirée, les enfants se mirent à frissonner, aussi, ils se glissèrent sous la couette en attendant sagement le retour bien trop tardif de leur maman. La lumière restait constamment allumée dans chaque pièce pour apaiser la crainte de l'obscurité. Ce silence devenait de plus en plus terrifiant.

Milaine raconta une autre histoire à son frère. Celle d'une jolie maison lumineuse, remplie de soleil et de chaleur, qui sentait bon les fleurs du jardin. Dans ce dernier, il y avait une grande balançoire pour elle, et une plus petite pour lui. On pouvait voir aussi une magnifique cabane dégorgeant de jouets éparpillés.

Un coin de légumes cultivés par leurs soins et qu'ils devaient arroser chaque soir. Et bien sûr, un chien, non, ou plutôt une chienne, qui s'appellerait Griotte, comme les petites cerises au sirop qu'aimait tant leur maman. C'était un endroit magique…

Et cette histoire merveilleuse emporta rapidement les deux enfants dans un rêve doux et joyeux, pour un moment seulement. Milaine fut réveillée par les gémissements de Théo qui appelait sa maman.

« Est-il encore endormi ou mal réveillé ? », se demanda-t-elle en lui prenant la main tout en le réconfortant avec des mots doux.

Théo dut se rendormir, il ne gémissait plus, mais Milaine, à présent sortie de son sommeil, se mit à penser à sa maman.

« Qu'est-il arrivé pour qu'elle ne rentre pas, ce doit être grave pour qu'elle nous oublie ? Pourquoi Lison, n'est pas venue, c'est elle qui vient nous garder d'habitude ? Maman aurait dû envoyer quelqu'un nous chercher, ou nous surveiller ? Et que va dire la maîtresse et celle de Théo ? Et madame Léonnard ne va pas être contente non plus si maman n'est pas à son travail ? Et si on n'a plus rien à manger, si on a trop froid ? Et si Théo tombe malade ou pleure trop ? Et si j'ai trop peur… »

Elle se posait tellement de questions que des coups douloureux lui cognaient l'intérieur de la tête. Des larmes coulaient sans bruit le long de ses joues rebondies pour finir ruisselantes et chaudes au creux de son cou. À cinq ans, même en étant une grande sœur, elle avait bien le droit de pleurer encore un peu !

Elle ne put se rendormir sereinement, serrant toujours la main de son frère endormi tout contre elle. Au petit matin, ses yeux étaient gonflés de chagrin et d'inquiétude, mais aussi par le manque de sommeil.

Théo fut de très mauvaise humeur à son réveil. Il réclama encore une fois sa maman en criant très fort. Il ne comprenait pas pourquoi elle n'était toujours pas rentrée, et pourquoi sa sœur restait aussi calme ! Il alla tout de même revérifier dans la deuxième chambre, et devant le lit vide, il se mit à hurler.

— Méchante maman, t'es vilaine, t'es pas venue, je t'aime plus, t'es méchante, comme la grand-mère bizarre ! se jetant sur le grand lit vide et froid en pleurant à chaudes larmes.

Milaine en eut le cœur brisé. De voir ainsi son frère si triste, lui qui avait encore tant besoin de sa maman ! Elle se reprit et s'interdit de se laisser aller à son propre chagrin. Elle devait lui montrer qu'elle était là pour s'occuper de lui, elle, la grande sœur ! Non, elle n'avait pas le droit de se laisser aller, pour Théo, pour sa maman, elle devait être très courageuse…

— Théo, si on faisait un concours de la plus grosse biscotte de confiture sans en faire tomber sur la table ? l'encouragea-t-elle.

— Non, je veux maman ! répéta le garçon, le regard renfrogné.

— Bon… et… si on jouait à qui serait le premier lavé et habillé, et attention, bien coiffé et tout et tout, essaya encore Milaine.

— Non, je veux ma maman, répéta-t-il, hoquetant de chagrin.

— Alors j'ai une super idée ! Si on écrivait une belle lettre à maman pour qu'elle revienne bien vite, mais seulement après avoir déjeuné et s'être faits beaux…

Théo fut interpellé cette fois-ci. Si une gentille lettre devait faire revenir sa maman, alors oui, il voulait bien.

— Tu crois que ça va marcher ça ? s'arrêtant net de pleurer.

— Bien sûr ! Et on glissera la lettre sous la porte et comme ça, elle la verra de suite en arrivant !

— Alors, je veux bien, se relevant, le regard empli d'espoir.

Il fila dans la salle d'eau pour se faire tout beau, Milaine lui avait sorti des habits propres. Elle mit les vêtements sales dans la panière à linge.

Du haut de ses presque 6 ans, cette fillette était une vraie petite maman, attentive, dévouée et aimante, comme l'était sa propre mère ! Mais voilà, où était-elle en ce moment ? Elle ne pourrait pas la remplacer ainsi indéfiniment !

Elle se prépara également et sortit de quoi manger. La faim fit le reste. Ils engloutirent trois belles biscottes de confiture et un grand verre de lait froid au chocolat. Bien entendu, Théo râla une fois de plus, la poudre chocolatée faisant de gros grumeaux à la surface de son verre !

Le moment d'écrire la lettre fut plus compliqué pour le garçonnet, mais Milaine eut encore une idée grandiose. Décidément, elle était pleine de ressources insoupçonnées. Mais elle désirait par-dessus tout que son frère retrouve un semblant de joie de vivre…

— Moi j'écris, toi tu dessines. Si j'écris, maman, tu la dessines, si j'écris, une maison, tu la dessines aussi. Tu as compris Théo ?

— Oui ! Et si tu écris, Théo pleure, je dessine Théo qui pleure.

La lettre faite de deux feuillets bien distincts par chacun des enfants avait été réalisée avec une application sans pareille !

Milaine avait quelque peu triché ne sachant tout écrire, mais on pouvait y lire maman, Milaine, Théo, maison, bisou… Théo n'y avait vu que du feu ! Par contre, ses dessins étaient très représentatifs de son état d'âme. Il expliqua à sa grande sœur les grosses larmes coulant des yeux tout ronds d'un garçon., une fillette qui préparait à manger en tenant une énorme biscotte.

— C'est toi là Milaine ! pouffant de rire.

Puis il y avait aussi un joli cœur pour sa maman, une maison avec un chien, et un grand lit avec trois têtes qui dépassaient. Tout y était raconté !

Milaine savait parfaitement déchiffrer les dessins encore malhabiles de son frère, faits le plus souvent de bâtons et de ronds. Elle était sa professeure attitrée dans leurs moments de jeux.

Ils plièrent consciencieusement la lettre en deux et la glissèrent sous la porte d'entrée. Juste un bout de papier blanc pouvait être vu de l'intérieur.

— C'est sûr que maman peut pas la louper la lettre ! s'esclaffa Théo, fier de lui en cet instant d'espoir.

Et une longue journée les attendait encore, avec toujours les mêmes occupations. Télévision, dessins, livres, grignotages, sieste et… télévision, livres, dessins…

La seule chose qui changea le rythme de cette nouvelle journée était de bien vérifier que la pointe de leurs lettres se trouvait sous la porte. Leur maman n'était toujours pas rentrée…

Puis Théo eut subitement une idée ! Il voulait faire un joli dessin aussi pour sa maîtresse Sonia, il l'aimait beaucoup. Il disait souvent à sa maman qu'elle était très jolie et très gentille. « Comme toi, ma maman chérie », ajoutait-il espièglement.

Milaine trouva cette idée formidable. Pourquoi ne pas écrire aussi à sa maîtresse Justine ? Pour une fois que c'était son frère qui proposait une activité ! Cela lui fit le plus grand bien de ne pas toujours être la grande qui devait penser ou décider.

Théo tirait la langue tant il s'appliquait à dessiner sa classe avec tous ses copains, et tout en bas de la feuille, le bureau de la maîtresse. Juste à côté, un personnage qui semblait être son institutrice aux très longs cheveux. Tous ses personnages avaient des bras et des jambes « bâtons » qui partaient directement d'une tête énorme et bien ronde, mais ils étaient si réels pour Théo !

Pendant ce temps, Milaine écrivit correctement les mots appris cette année, sa maîtresse serait fière d'elle !

Ils étaient tout heureux de penser si fort à leurs classes. Cela les rapprochait un peu des belles journées remplies d'enfants, de bruits, de jeux et de rires.

— Mais comment la maîtresse va avoir ma lettre, Milaine, on peut pas lui donner ? déçu tout à coup de cette réalité.

— Bien… On va la mettre aussi sous la porte Théo ! Maman lui aura peut-être dit de venir nous chercher ici, se rattrapa Milaine.

— Bin oui, il est trop bête Théo, faisant une bouche de poisson, et c'est moi qui fais sous la porte ! l'air buté et le ton autoritaire.

— C'est moi qui mets sous la porte, Théo !

C'est ainsi que les courriers si précieux gardaient précautionneusement la porte d'entrée pour qui voudrait bien venir les délivrer…

Chapitre III

La chambre des supplications

Violette se réveilla dans un endroit sordide, comme au milieu d'un abominable cauchemar. Elle se mit à pleurer tant son corps était meurtri et douloureux. Sa tête lui faisait un mal de chien.

Elle se mit à regarder autour d'elle. Elle se trouvait sur un lit minable et sale, au jeté de lit d'un jaune pisseux et râpé, à l'oreiller sans housse, auréolé de taches douteuses. Elle vérifia si des draps se trouvaient en dessous et fut estomaquée de ne voir qu'un vieux matelas à rayures grises, taché et déchiré. La chambre était délabrée. Il devait y avoir bien longtemps que personne n'était venu dans cet endroit sordide ! Le papier peint tombait par lambeaux. Le vieux plancher était noirci de crasse. La petite fenêtre à barreaux, sans poignée, cachait sous une épaisse couche verdâtre des carreaux ne pouvant plus laisser passer la moindre clarté extérieure depuis bien longtemps. Au milieu du plafond, une vieille ampoule crapotait une lumière jaunâtre qui laissait entrevoir de longues toiles d'araignées qui se balançaient au moindre déplacement d'air. Une odeur de vieux et d'humidité prenait à la gorge. Tout rendait ce lieu angoissant et lugubre.

Violette se leva en grimaçant, sentant des courbatures dans ses reins et bras. Elle commença à faire le tour de la pièce comme un animal sauvage en cage. Elle trouva dans un coin de la fenêtre une seule et unique vieille chaise paillée, toute bancale et poussiéreuse qu'elle positionna près du lit. Puis, elle s'approcha du petit lavabo dont la blancheur n'était plus que de vieilles coulures couleur rouille. Elle tourna le robinet qui lâcha de gros gargouillements dans la tuyauterie avant de libérer une eau rougeâtre, glacée.

Mais que faisait-elle là et où se trouvait-elle exactement ? Elle ne se rappelait même pas comment elle y était arrivée. Une seule chose était certaine, c'était bien Paulo qui l'avait agressée ! Ensuite, c'était le trou noir…

Cette chambre ne ressemblait en rien à celles au-dessus du café où travaillaient les filles, elle en était certaine. Donc, elle n'était pas au-dessus du café…

Le silence était lourd et effrayant. Il n'y avait personne d'autre qu'elle dans cet endroit sordide ? Aucun bruit intérieur ni extérieur ne lui parvenait.

Se sentir seule la fit tout à coup paniquer. Sa respiration s'accéléra, son cœur martela sa poitrine à un rythme désordonné, et une chaleur anormale remonta jusqu'à la racine de ses cheveux.

Elle dut s'asseoir sur le lit afin de ne pas s'affaler sur le vieux parquet, ses jambes lui semblaient si molles, elle n'avait plus aucune force.

Elle pensa tout à coup à ses enfants.

« Ils sont seuls, mon Dieu, mes pauvres petits, ils sont enfermés dans la maison. Ils doivent avoir si peur ! Théo doit pleurer, m'appeler, et Milaine doit être si inquiète. Il faut que je prévienne quelqu'un au plus vite ! »

Elle se mit à chercher son sac à main pour prendre son portable, les larmes noyant ses jolis yeux cuivrés, mais il ne se trouvait pas dans la pièce. Elle était certaine de l'avoir avec elle quand elle avait quitté Lison !

Elle se sentit blêmir et sa bouche devint sèche.

Elle s'accrocha à la poignée de la porte et se mit à la tourner de toutes ses forces. Tirer, pousser, cogner, crier, pleurer, appeler, rien n'y faisait, elle était réellement emprisonnée dans cette pièce.

Elle se jeta sur le lit et laissa couler toutes les larmes de son corps. Il y avait si longtemps qu'elle n'avait pas pleuré autant, depuis qu'elle avait enterré son père adoré…

Violette était une magnifique rousse à la chevelure lourde et ondulée. Son teint laiteux était parsemé de petites taches de rousseur qui lui donnaient un petit air malicieux. Elle avait des yeux magnifiques. Deux grandes amandes d'une teinte très rare, une couleur terre de Sienne orangée, aussi flamboyante qu'un ciel d'été orageux. Elle était d'une stature moyenne et encore très bien faite malgré deux grossesses et la trentaine dépassée. Elle attirait encore bien souvent le regard des hommes sur son passage.

Combien de fois Paulo lui avait-il dit qu'elle était la plus belle prise de sa carrière !
Paulo… Ce n'était pas pour lui qu'elle était venue dans le Loiret il y a douze ans de cela, mais pour un jeune homme blond au regard dévastateur. Son grand et unique amour. Le père de sa fille.

Sylvain.

Comme Milaine lui ressemblait. Des yeux d'un bleu océan, des cheveux portant le soleil, une voix douce comme un souffle marin, et un sourire qui vous faisait fondre instantanément !

Violette rencontra Sylvain lorsqu'elle suivit son amie d'école, passer quelques jours à La Rochelle. Elles étaient hébergées chez une vieille tante dans une maison familiale face à la mer.

Annie était une gentille camarade de classe tout au long du cursus scolaire. Quand elle vit Violette si accablée et déprimée par le décès de son père, elle lui proposa de partir un peu.

« L'air marin soigne tous les maux », lui avait-elle dit !

Annie venait d'obtenir son permis de conduire et une petite voiture lui avait été offerte pour ses 18 ans. Elle était fille unique également, mais contrairement à Violette, elle était chérie par ses deux parents ! Ils lui firent maintes recommandations pour ce premier voyage. Quant à Violette, elle dut subir l'indifférence totale de sa mère, qui lui fit juste cette réflexion.

« Tu as raison, déblayes donc le plancher, ça me fera des vacances à moi aussi ! »

Violette prit donc le large pour la première fois, seule, libre, et surtout loin de sa mère !

Pendant ce séjour, elle s'était tout naturellement confiée à son amie Annie, lui racontant les problèmes relationnels avec sa mère. Ses confidences intimes étaient échangées dans la petite chambre d'amis, aux lits jumeaux suffisamment rapprochés pour chuchoter sans être entendues. Un débit de paroles, au rythme du vent marin si puissant, qu'il en faisait cliqueter les volets et grincer le portail de la cour.

Elle lui parla des heures entières. Ce qu'elle avait accumulé toutes ces années s'évacuait sans discontinuité !

Annie écoutait, fortement émue de voir son amie en prise avec cette souffrance traumatisante !

« Mon père est malheureusement décédé subitement d'une crise cardiaque. Le choc fut terrible pour moi, il était un adorable papa. Pour mon plus grand malheur, il est resté toute sa vie sous l'emprise d'une épouse capricieuse et peu encline à la fibre maternelle. Aussi, avait-il dû se plier aux exigences de cette femme afin de sauvegarder son couple, écourtant les bons moments volés avec moi, sa petite fille chérie. Toute gamine, je compris bien vite qu'il ne fallait pas compter trouver amour et bienveillance chez ma mère. J'appris à vivre sans ! »

Elle lui raconta comment il fut doux et bon de combler ce manque d'affection avec cet homme à la fibre paternelle décuplée.

« Il avait de l'amour pour deux à distribuer, peut-être croyait-il que cela m'empêcherait de manquer de celui de ma mère ? Si tu savais ce que j'ai souffert de son départ prématuré ! J'ai pleuré des jours et des nuits cet être tant aimé. Je pense avoir pleuré pour deux ! Pas une larme ne coula sur le visage dur et fermé de ma mère. Cela en était déstabilisant, voire même, inquiétant. Comment pouvait-elle rester aussi apathique et résignée, aussi détachée et indifférente ? Comment ne pas partager une perte, une peine, une mort ? Comment ignorer le chagrin de sa propre fille ? J'avais besoin dans ces moments si tristes de tellement de soutien, de sollicitude, de bienveillance, mais là encore, je me suis retrouvée si seule ! »

Violette sanglotait à présent, ses mots se bousculaient, le trop-plein débordait…

Annie écoutait sans broncher, son cœur se remplissant du chagrin incommensurable de son amie.

« J'ai perdu à tout jamais la seule personne au monde qui a su me consoler, m'épauler, m'aimer. Quand j'avais peur la nuit, quand je tombais et que j'avais écorché mes genoux, quand j'étais malade, quand j'avais trop froid ou faim, c'est lui qui était encore là ! Tiens, même quand j'ai eu mes premières règles, c'est encore lui qui m'a tout expliqué. Je me souviens que ma mère avait seulement levé les yeux au ciel en voyant mes vêtements tachés… »

Annie serrait la main chaude et moite de Violette qui avait les yeux dans le vague, comme possédée par le mal, et elle ne s'arrêtait plus de se raconter…

« Elle n'était jamais disposée à réagir à mes demandes ! Elle n'avait pas le temps, pas l'argent, pas l'envie, pas l'énergie. Enfin, elle avait toujours une excuse quelconque. M'entendait-elle, me voyait-elle ? Je me le suis toujours demandé ! Alors, quand papa était à la maison, ou le soir après le travail, ou bien les dimanches, pendant les vacances, il venait vite à ma rescousse pour satisfaire mes petits besoins quotidiens ou partager mes soucis. Je me rappelle en avoir inventé juste pour qu'il passe encore un peu plus de temps avec moi… Jouer, faire du vélo, se baigner, rire, faire mes devoirs en m'expliquant gentiment ce que je ne comprenais pas, ou que je faisais semblant de ne pas comprendre, c'était toujours et encore lui ! Il me grandissait, m'élevait, me donnait de la valeur, de l'espace, de l'importance. Je me sentais vivante tout simplement. Comme il me manque Annie, si tu savais combien il me manque ! »

De s'épancher ainsi nuit après nuit à son amie, lui fit un bien fou. Une vraie thérapie ! C'était la première fois qu'elle parlait de tout ça à quelqu'un. Cela la lava, l'épura, l'aseptisa. Elle se sentit à la fois plus forte et tellement plus étrangère à sa mère. Comme si ce lien tellement fragile avait fini par céder pour de bon…

— Et dire que j'étais si près de toi et que je ne voyais pas tout cela ? Comment est-ce possible Violette ? Pourquoi ne pas en avoir parlé avant ? Quelqu'un t'aurait forcément aidée, mes parents ! la réprimanda Annie, hébétée.

— Oh, ça n'aurait servi à rien ! Ma parole contre celle de ma mère, cette femme si bien de sa personne ? Qui m'aurait cru ? Mais grâce à toi, aujourd'hui, je me sens presque une autre personne. Tu as changé ma vie, mon âme, mon cœur. Comment pourrais-je te remercier Annie ?

— Ne dis pas de bêtise, je n'ai fait que t'écouter, mais je dois dire que tu as terriblement touché mon cœur ! Tu n'as pas eu une enfance facile, mais une chose est sûre, ton père t'aimait très fort ! Tu mérites d'être heureuse Violette. Tu sais, tu es majeure à présent, tu ne dois rien à personne et encore moins à ta mère. Tu es libre ! Alors, fais ce qui est le mieux pour toi, vis pour toi, et sache que je serai toujours là si tu as besoin !

— Oh, merci, Annie, tu es adorable. Je ne t'oublierai jamais où que je sois, quoiqu'il arrive !

Les deux amies s'enlacèrent affectueusement.

Jamais Violette n'avait connu une telle amitié.

Lorsqu'elle tomba amoureuse de Sylvain, elle se sentit tellement désirée et aimée que des ailes lui poussèrent dans le dos… Amour et liberté, promesses infinies. Toute une vie belle et douce s'ouvrait devant eux. Allongés sur le sable fin, ils n'avaient d'yeux que pour l'un et l'autre. Violette était littéralement enfiévrée par l'océan, le soleil, le vent… Sylvain n'était que caresse et espoir.

Annie fut témoin de ce coup de foudre, et surtout, du changement opéré en quelques jours chez son amie ! La jeune fille timide et triste avait laissé place à une femme fatale ! L'amour l'avait ensorcelée, diabolisée, électrifiée…

Annie se sentait en situation intruse, dérangeante, indiscrète. Elle faisait en sorte de les laisser en amoureux. Puis, elle finit par rentrer seule de plus en plus souvent chez sa tante.

Violette revenait de plus en plus tard, offusquant la vieille dame par ce comportement inacceptable ! Ses absences de fins d'après-midi se changèrent en soirées pour finir en nuits…

Puis un jour, Violette se volatilisa complètement. Sylvain, également !

La tante en fut très surprise et même vexée. Puis, sa nièce devrait reprendre la route seule !

— Quelle ingratitude tout de même, cela ne se fait pas ! J'avais bien vu qu'elle semblait bizarre ta soi-disant amie ! Elle ne te correspondait pas, ma pauvre petite ! Elle a profité de toi, et un peu de moi, voilà ce que je pense ! Tu vas devoir conduire seule au retour à présent. Veux-tu que je prévienne ton père ? s'inquiéta la vieille dame.

— Non surtout pas ! Tu sais, ça ne fait pas si loin que ça, puis je suis arrivée sans encombre, je saurai rentrer tout aussi facilement, la route n'a pas changé en quelques jours ! la rassura Annie. Tu sais tata, il ne faut pas juger Violette trop durement, elle est très malheureuse. Tu ne connais pas par où elle est passée avec sa mère. Moi-même, j'ai encore du mal à l'accepter. Si elle a trouvé le bonheur, j'en suis heureuse pour elle. Puis, elle n'est pas partie comme une ingrate, elle a laissé un mot, où elle te remercie du reste !

— Si tu le dis, ma chérie ! Tu as toujours été trop gentille, ton bon cœur te perdra ! En tout cas, tu reviens vite me voir, mais seule cette fois-ci, c'est promis ? Je sais bien que je ne suis qu'une petite vieille, mais justement, ta jeunesse me fait du bien ! la prenant dans ses bras.

— Je te le promets ! répliqua sa nièce.

— Ah, tiens, c'est pour toi ! Oh, ce n'est pas grand-chose, juste pour marquer tes 18 ans ! lui mettant une enveloppe dans la main.

— Mais tata, tu as assez fait comme ça, enfin ! Je passe des vacances gracieusement chez toi, c'est un très beau cadeau déjà ! embrassant tendrement sa tante sur la joue.

— Tu parles, tu veux me faire plaisir ! Mais je pense qu'à ton âge on préfère du concret, attendrie par cette petite nièce si bien éduquée.

Annie rentra sans souci à Arçais. Ses parents s'offusquèrent également du comportement étrange de cette jeune violette qu'ils connaissaient si peu. Mais Annie leur raconta en partie le gros chagrin qui étouffait son amie, ce qui rendit ses parents plus compatissants envers la jeune fille. C'était des gens bons et ouverts, c'était pour cela qu'Annie pouvait tout leur confier. Elle leur faisait confiance !

— Veux-tu que je vienne avec toi chez sa mère, elle risque d'être fort déplaisante, lui proposa son père.

— Non, je suis grande, tu sais papa ! Je m'en sortirai très bien toute seule. Je suis en plein apprentissage de mon autonomie comme le dit si bien maman ! leur faisant un clin d'œil complice.

Lorsqu'elle se rendit chez la mère de Violette, Annie avait une boule au ventre. Comment cette femme si rigide et sévère allait-elle prendre la nouvelle ?

Annie répéta son discours tout le long du chemin, les mains moites serrées sur le volant…

Lorsqu'elle se gara devant le portail de la maison, elle n'eut pas le temps de sonner, une femme apparut sur le devant de la porte.

— Bonjour, madame, je suis Annie, l'amie de Violette ! Je suis rentrée de chez ma tante, celle du bord de mer !

La mère approcha, sourcils froncés, sans un bonjour ni un sourire.

— C'est bien, je vois ça ! Un séjour qui vous aura fait du bien j'espère ? À votre âge, le principal est de s'éloigner de ses parents, n'est-ce pas ?

Annie fut estomaquée par cette remarque, car ce n'était pas son cas. Puis elle pensa très fort à Violette et comprit alors l'importance d'une telle fuite…

— Si vous le pensez, madame ! Mais, je venais juste pour vous dire que votre fille n'était pas rentrée avec moi, et que… que… je ne peux pas vous dire… où elle se trouve vraiment à ce jour ! Sans doute… vous donnera-t-elle de ses nouvelles… un peu plus tard ? bégaya-t-elle, gênée.

La jeune fille s'attendait à une effusion colérique, au lieu de quoi, la femme leva les yeux au ciel en marmonnant.

« Bon vent, pour ce qu'elle m'apporte de toute façon ! Pour vous dire, je ne suis même pas surprise, elle a toujours été ingrate ! Elle aura profité de vous aussi, voilà tout ! Bonne journée, mademoiselle. »

Ce furent les seuls mots prononcés avant qu'Annie fasse demi-tour, confortée par la décision de son amie de s'éloigner de cette femme abjecte…

Violette reprit ses esprits dans un sursaut, se demandant si elle venait de penser à tout cela éveillée, ou si elle s'était endormie ?

Elle avait si froid. L'air humide et glacial pénétrait par ses sinus et lui donnait des coups lancinants au-dessus de ses yeux.

Ses mains et ses pieds étaient gelés ! Elle se recroquevilla sur le lit en s'enveloppant du dessus de lit, laissant de côté son écœurement visuel…

Elle se rendit compte que d'être ainsi coupée du monde dans un état second, l'obligeait à se réfugier dans son passé. Son père, sa mère, Annie, Sylvain, Paulo… Elle ressassait sa vie, les bons comme les mauvais moments, mais elle se rendit compte qu'il y en avait beaucoup plus d'affligeants que de doux !

Son vrai bonheur démarra lorsqu'elle prit réellement sa vie en main, avec ses deux enfants, un logement, un travail. C'étaient les meilleures années de toute son existence !

Mais aujourd'hui, tout cela pouvait-il s'écrouler, s'effondrer comme un château de cartes ? Non, ce n'était pas possible, pas maintenant !

Qu'allaient devenir ses deux petits amours ?

Qu'allait-elle devenir elle-même ?

L'homme diabolique qui l'avait enfermée ici même, allait-il la faire souffrir au point d'assouvir sa vengeance ?

Quelle pauvre petite sotte elle avait été de croire en l'amour ! Elle était si fragile quand elle tomba amoureuse pour la première fois !

Mais jamais elle n'aurait pu imaginer une seule seconde quel sort la vie lui réservait alors…

Chapitre IV

Un amour destructeur

Violette n'hésita pas un seul instant et suivit les conseils de son amie Annie. Elle glissa un mot sous l'essuie-glace de sa voiture juste avant de partir.

« Ma chère Annie, grâce à toi, j'ai trouvé la force de changer enfin de vie et surtout de la prendre en main ! Tu m'as ouvert les yeux et je te remercie du fond du cœur. Tu as été une bénédiction pour moi tous ces jours passés en ta compagnie, plus que ça, une sainte ! Pardonne-moi ce départ précipité, mais l'amour n'attend pas, on a des projets plein la tête ! Merci pour tout, j'espère que nos chemins se croiseront à nouveau pour que je te raconte la suite de ma vie idyllique. Si tu veux te charger d'en avertir ma mère, ce serait très gentil, bien que mon départ ne changera rien à sa

petite vie bien rangée ! Prends soin de toi surtout. Avec toute mon amitié. Violette.
PS : Remercie bien ta tante pour moi, en espérant qu'elle ne me juge pas trop durement ! »

Violette partit sans se retourner pour une nouvelle vie et une nouvelle destination, dans le Loiret, à Montargis plus exactement. Elle croyait tellement à la chance qui lui souriait, à cet amour si fort et vrai ! Jamais elle n'aurait pu espérer un tel virage dans sa vie si éprouvée.

Mais aujourd'hui s'ouvrait à elle une vie à deux. Une jolie maison, des soirées au coin du feu, des projets plein la tête et des nuits torrides ! Aurait-elle pu rêver d'un aussi beau conte de fées ? Une bonne étoile brillait au-dessus de sa tête, et Annie n'y était pas pour rien !

« Ma mère doit être loin de se douter combien je suis heureuse enfin loin d'elle ! », pensa-t-elle secrètement.

Elle était partie sans une lettre, sans lui dire au revoir, sans un regret, sans une adresse, sans un regard en arrière. Sa mère serait juste avertie à la sauvette par son amie, c'était la moindre des choses, enfin, le minimum qu'elle s'obligea à faire !

« J'espère qu'elle n'aura pas été trop abominable avec Annie, la pauvre, si serviable et aimante ! », se doutant bien que sa mère se sera comportée comme à l'accoutumée concernant sa fille, sans aucune démonstration affectueuse !

Sylvain lui disait qu'elle se sentirait à Montargis comme en Italie sur les canaux de Venise, et qu'il serait son beau gondolier qui l'aimerait sous le pont des Soupirs. Il emplissait sa tête de douceurs et de rêves. Il lui racontait de si belles choses sur leur vie commune. Il lui disait que jamais il n'avait aimé une fille comme elle, qu'elle était la première et qu'elle serait la dernière. Et elle le croyait Sylvain !

Comme elle aimait l'écouter parler, le regarder, le toucher, le désirer… Elle était folle de lui. Son beau prince charmant aux cheveux d'or et aux yeux d'un bleu azur si limpide ! Elle aurait pu s'y noyer…

Mais le rêve ne dura qu'un certain temps, le temps d'apprivoiser le petit oiseau tombé du nid. Les promesses s'étiolaient au fur et à mesure que le temps passait…

Sylvain disait l'aimer, et ça, elle pensait que c'était vrai encore aujourd'hui. Mais rien ne se passa comme il avait été prévu ! Pas de maison douillette, pas de soirées au coin du feu, plus de projets d'avenir à deux, de moins en moins de nuits torrides.

Violette comprit très vite que son prince charmant n'était qu'un menteur, un baratineur. Elle voyait arriver d'autres jeunes filles comme elle, des rêves plein la tête, puis des déceptions plein les yeux.

Il n'était qu'un simple rabatteur…

Il travaillait pour un tenancier, nommé Paulo dans le milieu ! Il demanda très vite à Sylvain de mettre sa nouvelle trouvaille sur le trottoir.

— Tu ne croyais tout de même pas garder une si belle poule aux œufs d'or pour toi tout seul, mon gaillard ? Celle-là, elle vaut le coup, je le sens, et on va remplir le tiroir-caisse. Alors, tu me la mates, et plus vite que ça !

Sylvain promit à Violette que ce serait juste pour un moment, qu'il fallait bien qu'elle gagne sa vie, qu'un jour ou l'autre, ils vivraient tous les deux dans une jolie maison, qu'ils s'aimeraient pour toujours.

Et elle dévorait ses paroles, Violette, elle voulait y croire tellement fort !

— Mais qui sont ces autres filles alors ? Qu'est-ce qu'elles font ici ? Je ne comprends plus rien ! Un coup, tu me dis que tu m'aimes, et l'instant d'après, tu files ailleurs ! Comment veux-tu que je te fasse confiance, Sylvain ?

— Bien sûr que non, il n'y a que toi que j'aime vraiment… ! Les autres, ce sont les employées de Paulo ! Toi, tu es à moi, pour toujours ma jolie Violette. Il faut juste qu'on se fasse un max de blé pour partir tous les deux, loin d'ici, vers le soleil et la mer, comme tu l'aimes tant. Mais c'est notre secret, rien qu'à nous deux !

— Mais on y était à la mer, c'est toi qui as voulu venir ici pour une vie meilleure ! On aurait pu rester là-bas ? Je ne te comprends pas, mon cœur, et ça me fait peur !

— Que tu es sotte, ma jolie, mais c'est ce que j'aime chez toi, tu es mon doux oisillon, l'embrassant tendrement jusqu'à ce que Violette lâche prise...

Et de l'argent, elle en fit rentrer rapidement !

Ce fut très dur et si douloureux pour Violette. Elle ne connut aucun homme avant Sylvain et il fut si doux et aimant avec elle ! Comment aurait-elle pu imaginer les vices qu'elle allait devoir subir par certains hommes ? Comment aurait-elle pu savoir ce qu'ils auraient comme exigences ? Et comment Sylvain pouvait-il accepter de telles conditions ? Il disait l'aimer pourtant ! Mais tout ceci ne ressemblait en rien à l'amour auquel elle avait espéré !

Violette plut immédiatement à la clientèle comme le prédit Paulo, et tous réclamaient la nouvelle jolie rousse.

Elle vivait et travaillait dans une petite chambre au-dessus du bar que tenait Paulo, un bistrot qui cachait toutes ses activités illicites. Il devait y avoir une demi-douzaine de filles qui trimaient également pour lui, toutes plus jeunes les unes que les autres.

C'était un business fructueux et les clients se passaient l'adresse les uns aux autres... À partir de 22 heures, pratiquement toutes les filles étaient retenues. Dans un va-et-vient incessant entre les chambres à l'étage et le bar, Paulo s'en frottait les mains !

Sylvain passait voir Violette en journée, lorsqu'elle se reposait pour récupérer quelque peu, car ses nuits étaient harassantes.

Elle le suppliait chaque jour afin qu'ils partent loin d'ici, loin de Paulo, loin de tous ces hommes sales, souvent saouls, et même violents. Mais il la rassurait, l'embrassait, la cajolait, lui promettait des choses qu'il ne tiendrait pas, mais elle voulait y croire encore… Elle l'aimait !

Sylvain s'absentait de plus en plus souvent et de plus en plus longtemps, prétextant travailler pour gagner bien vite de l'argent afin de partir pour vivre ensemble.

— À nous deux, ça va être le pactole ma jolie Violette. À nous la grande vie !

Alors Violette serrait les dents en attendant ce jour merveilleux où ils partiraient tous les deux pour de bon. Que pouvait-elle faire d'autre ? Quitter l'homme qu'elle aimait ? Se retrouver à la rue, seule et sans un sou ? Retourner chez sa mère ? Sûrement pas, plutôt mourir, grommelait-elle !

Sylvain devait continuer à faire ce pour quoi Paulo le payait. Chercher des filles, de jeunes et pauvres jeunes filles perdues et esseulées. Il n'était qu'un petit bonisseur, un rabatteur au service de Paulo. Ce dernier le prit sous son aile quand il n'était encore qu'un gamin, un pauvre petit gars qui traînassait dans la rue, le seul milieu qu'il connaissait. Il y était né d'un père violent et alcoolique, et d'une mère sous l'emprise de la drogue et de la prostitution. Il n'eut pas besoin de beaucoup de théorie pour comprendre le système, le jeune garçon avait appris sur le tas ! Et ça, Paulo le comprit bien vite et ce fut si facile de le faire travailler pour lui.

Quelques billets facilement gagnés pour le novice, des poules aux œufs d'or pour le professionnel !

Sylvain plaisait aux filles, avait du bagout et se faisait de l'argent facilement, il n'aurait pu rêver d'une plus belle vie ! Puis avec Paulo, ça se passait plutôt bien, il était devenu un second père, pour ne pas dire le premier, car le vrai était absent de ses souvenirs.

Violette essaya d'attendrir Sylvain, elle ne voulait plus mener cette vie-là.

— Ne pars pas mon amour ou alors emmène-moi avec toi, je t'en prie, ne me laisse plus là avec ces hommes. C'est toi que j'aime Sylvain ! supplia-t-elle encore une fois en cette fin de journée.

— Je ne peux pas, ma douce, c'est trop tôt, je dois aller à Paris deux petits jours. Je reviens vite. Surtout, ne mets pas Paulo en colère, tu fais bien tout ce qu'il te dit, c'est promis ? Il te ferait des ennuis et je ne serai pas là pour te défendre !

— Promis ! Mais c'est la dernière fois, et c'est à toi de me le jurer avant de partir.

Il lui jura et lui fit encore l'amour pour lui montrer combien il l'aimait. Alors Violette fondit de désirs et de sentiments, encore et toujours. Elle ferait ce qu'il voudrait, tout ce qu'il voudrait, pourvu qu'elle soit comme à cet instant dans ses bras aimants…

Elle se sentit de plus en plus nauséeuse, surtout le matin, au lever. Elle se demandait si ce qu'elle mangeait en compagnie des autres filles était bon ?

Lorsqu'elle en parla ouvertement ce jour-là, les filles échangèrent des regards entendus.

— Quoi, qu'est-ce que j'ai dit de mal ? Ça pourrait arriver que la nourriture soit avariée ! s'esclaffa Violette. Quand on voit dans quelles conditions on vit ici !

— Et tu serais la seule à en être malade ? reprit Anna, incrédule. Tu ne crois pas plutôt que t'as un polichinelle dans le tiroir ?

— Un quoi ? n'ayant jamais entendu cette expression !

— Un petit ! Mais d'où tu sors, toi ? Tu es enceinte, ma jolie !

Violette en resta comme deux ronds de flan, elle n'avait jamais pensé à cela !

Et ce fut vrai. Elle était bien enceinte de Sylvain. Ça ne pouvait être que de lui, ses clients devaient se protéger impérativement, car Paulo ne plaisantait pas avec ça. Il voulait des filles saines et sans problème.

Elle pensa alors que ce serait le début d'une nouvelle vie, eux deux, avec leur bébé. Paulo ne pouvait rien contre ça, et il devra bien les laisser enfin vivre leur vie ! Mais, c'était se bercer d'une illusion irréalisable, improbable, invraisemblable, et ce fut même tout l'inverse qu'il se passa…

Lorsque Sylvain rentra ce midi-là, Violette ne put contenir sa joie de lui annoncer sa grossesse. Il fit tout d'abord une drôle de tête, ce qui inquiéta la jeune femme.

— Tu n'es pas heureux pour nous ? On va être libres, Sylvain, libres de vivre comme on veut, où l'on veut, avec notre tout petit bébé, rien qu'à nous, on sera une vraie famille !

Sylvain dut faire de gros efforts pour faire un sourire et enlacer Violette, mais dans sa tête, ce n'était absolument pas le même ressenti ! Il fonçait droit vers de gros ennuis…

— Tu dois en parler à Paulo dès ce soir, pour moi et pour le bébé surtout. Je ne peux plus faire… tout ça ! grimaçant de dégoût.

Sylvain promit malgré lui d'annoncer la nouvelle au patron, il ne pouvait pas faire de la peine à Violette, pas aujourd'hui. Elle était si heureuse !

Mais après coup, il n'en eut pas le courage. Il craignait la réaction de son boss, et il ne voulait surtout pas perdre son boulot ! Et ça encore, ce serait un minimum, car Paulo pouvait être extrêmement violent lorsqu'il était contrarié. Il demanda alors à Violette de patienter encore un peu, prétextant qu'il devait honorer quelques dettes envers Paulo avant de pouvoir partir.

— Encore quelques jours, ma jolie, je dois régler quelques formalités. Tu ne veux pas que j'aie de gros problèmes avec Paulo, j'ai une dette envers lui ? Je te jure que je vais lui parler, on va bientôt partir !

Bien sûr que non, Violette ne voulait pas mettre Sylvain dans une situation ennuyeuse, voire dangereuse, aussi, elle patienta encore quelques semaines…

N'y tenant plus, elle renouvela sa demande, justifiant qu'elle ne pourrait plus cacher son état bien longtemps.

— Ça fait sept semaines, Sylvain, sept semaines que je patience en subissant des maltraitances. Mon corps ne supporte plus, je suis à bout ! Fais-le, ou je m'en charge moi-même immédiatement !

— Mais, tu ne crois pas si bien dire, je lui ai parlé ce midi, ma jolie ! Bon, avec délicatesse, en prenant des gants, mais au moins, c'est fait ! Je t'avais dit de me faire confiance, mais dans la vie, il faut savoir attendre le bon moment.

— Oh, merci, mon amour, je suis si soulagée ! On va pouvoir enfin déguerpir d'ici. J'en ai fini de cette vie-là, à partir de ce soir, je suis une autre femme, ta petite femme rien qu'à toi ! se jetant dans ses bras, amoureuse plus que jamais.

— Disons que pour ce soir, c'est... compliqué, ma jolie. Paulo a fait un deal, et je n'ai pas pu refuser... Tu dois tenir jusqu'à la fin de la semaine pour qu'il te trouve une remplaçante.

— Une remplaçante ? Mais il se moque de moi, il en a plein de filles, où est la différence, elles ou moi ? Non, Sylvain, tu n'es pas juste avec moi, se mettant à sangloter. Sors de ma chambre, laisse-moi seule, je t'en prie !

Sylvain partit en claquant la porte, il préférait déserter plutôt qu'affronter une nouvelle fois Violette en devant lui mentir...

Ce soir-là, Violette décida de mettre une tenue près du corps afin de bien montrer son état. Elle verrait par elle-même la réaction de Paulo et des clients !

Paulo. Il rentra dans une colère noire quand il vit le ventre de Violette bien rond dans sa tenue du soir. Il s'arrêta net, les yeux rivés sur le tissu tendu, les mâchoires crispées, les poings serrés. Il l'attrapa par la manche pour la conduire violemment dans son bureau.

Il posa une fesse sur le coin de la table de travail, le regard menaçant. Elle resta debout, face à lui, sans baisser les yeux.

— Tu m'expliques ça ? lui montrant son ventre d'un coup de tête.

Elle comprit alors qu'à aucun moment, Sylvain ne lui avait parlé de sa grossesse ! Il venait de briser toutes les belles promesses d'avenir, sa confiance et son amour pour lui…

— Ça se voit, non ? J'attends un petit, enfin, un bébé si tu préfères ! lui lançant son plus beau sourire.

À peine eut-elle fini sa phrase, qu'une gifle magistrale s'abattit sur sa joue, lui faisant monter les larmes aux yeux.

— Et tu veux faire ton insolente avec ça ? C'est qui ?
— Qui, quoi ? rentrant la tête dans les épaules de peur d'en prendre une autre.
— Le père, pauvre idiote !

Violette resta les bras ballants, ne sachant pas quoi répondre. Devait-elle vendre Sylvain, cela serait peut-être dangereux pour lui, mais après tout, ne lui avait-il pas assez menti ? Pourquoi serait-ce à elle d'en porter la faute ?

L'homme lui tira fortement le bras pour qu'elle le regarde.

— Je t'ai demandé, qui est le père ? Tu es censée te protéger avec tes clients ! T'as toujours pas compris ça ? Pauvre fille, mais regarde-toi, tu n'es qu'une misérable baudruche ! criant de plus en plus fort.

Il leva une nouvelle fois la main pour la frapper. Elle eut tellement peur, qu'elle se mit à hurler d'une voix rauque.

— C'est Sylvain ! On s'aime, et on va partir tous les deux, et tu ne pourras pas nous en empêcher ! C'est le père de mon bébé. Moi, c'est fini, je ne travaille plus pour toi, et ce, dès ce soir !

En guise de réponse, Paulo se rua sur elle, voulant la cogner comme un boxeur devant un adversaire, mais elle perdit l'équilibre avant de recevoir le premier coup. Elle tomba en arrière si violemment, qu'elle percuta l'accoudoir en bois d'un fauteuil, lui provoquant un mal de reins épouvantable, avant de terminer sa chute sur le parquet. Des larmes de douleur coulaient sans qu'elle puisse les contrôler, et pendant ce temps, Paulo riait. Il riait si fort que Violette en pleurait encore plus abondamment.

— Je ne veux rien savoir et encore moins t'entendre te plaindre, tu travailleras comme d'habitude. Je suis certain de te trouver une clientèle bien spéciale, une qui adore les femmes dans ton état !

Une image lui vint subitement devant les yeux. Celle de sa mère. Elle pensa alors qu'elle aurait été très bien avec un tel homme, deux sans-cœur réunis, avec la même haine et la même froideur dans les yeux, la même méchanceté, cette volonté de faire du mal.

Oui, sa propre mère se serait sûrement comportée comme lui devant son ventre rond.

Après tout, rien ne changeait dans sa vie, tout était comme avant, tout serait ainsi, jusqu'à sa mort…

Elle n'entendit plus jamais parler de Sylvain. Il disparut de la circulation du jour au lendemain, laissant libre cours à la méchanceté et à la colère de Paulo. Il la fit turbiner comme il lui avait promis, jusqu'à la veille de son accouchement !

Violette essayait bien en discutant avec des clients ou les filles qui travaillaient ici de savoir ce qu'il avait bien pu se passer pour Sylvain. Mais pas une réponse, pas un mot. Comme si le simple fait de prononcer son nom pouvait leur faire perdre la vie !

Sylvain. Elle lui en voulait tellement, jusqu'à souhaiter sa mort dans ses moments de détresse. Mais c'était plus fort qu'elle, elle s'inquiétait pour lui. Il était le père du bébé qui allait bientôt arriver ! Si seulement il était là, il aurait sans doute eu des regrets, il aurait pris soin d'elle, l'aurait défendue de son bourreau... ils auraient fini par partir !

C'est ce qu'elle voulait bien se faire croire, mais au fond d'elle-même, elle savait qu'elle se mentait.

Les dernières semaines furent les plus pénibles. Violette avait le ventre tendu et cela la gênait énormément pour se mouvoir.

Paulo avait raison ou il avait fait en sorte d'avoir raison ! Certains clients en prenaient encore plus de plaisir, comme si de la voir souffrir, décupler leurs ardeurs ! D'autres au contraire, arrêtèrent de la choisir. Par pitié, par compassion, par respect ? Qu'importe, cela lui laissait un peu de répit, même si Paulo voyait d'un très mauvais œil cette perte d'argent. Il ne se privait pas pour le lui reprocher.

— Tu me revaudras ça, la rousse, tu travailleras double dans quelque temps, pour la perte !

Violette accoucha en pleine nuit, une nuit de pleine lune. Elle eut l'aide d'une nouvelle recrue, Lison, sa remplaçante. Une toute jeune et gentille fille qui avait la chambre juste à côté de la sienne. Elles se lièrent très vite d'amitié. Elles avaient les mêmes cicatrices de l'âme, du cœur et du corps...

Une jolie petite fille vit le jour sans son papa, sans logement décent et sans argent. Elle avait seulement une jeune maman, qui instantanément, aima intensément son bébé. Une petite fille tout en délicatesse. Ses deux petites amandes closes présageaient de jolis yeux. Un minuscule nez retroussé et une petite bouche en cœur lui donnaient déjà un air mutin. Un fin duvet doré parsemé son petit crâne rond et régulier.

« Comme tu es jolie, mon ange, tu seras une petite Milaine, ça te sied merveilleusement bien ! », chuchota la maman, les yeux débordant de larmes.

Lison fut très émue également. De vivre cette naissance, ma foi sans accroc, même s'il fut long et douloureux pour la maman, lui emplit le cœur d'amour. Cela renforça encore plus fortement leur accointance...

Violette dut reprendre bien vite le travail, et les clients, écartés depuis un moment, revinrent comme si de rien n'était. Elle retrouva ses habitués…

Ce fut Nina, une ancienne du milieu mise à la retraite, car bien trop vieille et fripée à cinquante ans pour attirer la clientèle, qui gardait Milaine chaque soir. Elle assurait tout de même quelques heures de service au bar en journée. Paulo lui fichait la paix, le reste du temps. Elle avait pu garder une chambre de bonne au deuxième étage, retenue de ses gages bien entendu, mais loin du tumulte nocturne de l'étage au-dessous.

Nina se proposa à la garde du nourrisson spontanément. Elle le fit tout d'abord par compassion, car entre filles, il fallait bien s'entraider, clamait-elle haut et fort à qui voulait l'entendre ! Mais aussi et surtout, pour égayer sa misérable vie. Ce bébé lui donnait tant de joie, tant d'amour ! Elle n'avait jamais connu le bonheur d'être mère, Nina, alors cette petite, c'était un baume qui adoucissait son cœur. Et du cœur, elle en avait à revendre…

Si Paulo s'enrichissait, les filles finissaient leur carrière, ou plutôt leur calvaire, aussi démunies qu'en le commençant. Sans argent, sans amour, sans avenir, sans vie de famille ! C'était souvent la solitude, le malheur, la misère, leur vulnérabilité et leur naïveté qui les avaient amenées dans la prostitution, et c'était cela même qui les laissait finir leur vie toujours aussi seules et vulnérables.

Elles portaient sur leurs visages, leurs corps, leurs rides, et dans leurs yeux si tristes, comme marquées au fer rouge, les souffrances de leur passé.

Nina eut beaucoup de chance de pouvoir rester avec un toit sur la tête, car Paulo n'avait pas autant de compassion pour celles qui devaient déblayer le plancher lorsqu'elles ne rapportaient plus assez d'argent. Souvent, elles finissaient sous les ponts, ou terminaient leurs vies placées dans un centre pour indigents.

Violette passa les deux années qui suivirent la naissance de Milaine, réglées comme une horloge, entre le travail décadent de ses nuits et les joies d'être mère en journée. Milaine s'éveillait comme une enfant normale entre sa maman, Nina, Lison, et les autres filles. Elle était devenue la mascotte du premier étage ! À la nuit tombée, c'était au deuxième que la petite fille retrouvait la tranquillité chez sa nounou Nina.

Jusqu'à l'accident suivant…

Pourtant, Violette faisait toujours très attention, les clients se protégeaient, c'était une obligation !

Si Milaine était née du premier et grand amour de sa maman, il aurait été insupportable et insurmontable pour Violette de tomber enceinte d'un de ces sales individus sans scrupule et sans moralité. Pour rien au monde, elle n'aurait voulu vivre cela ! Et pourtant, malgré toutes les précautions prises, un client, dont la protection masculine cette fois-ci n'eut pas résisté à ses assauts virulents, porta le dernier coup de grâce. Mais la jeune femme ne pensa jamais à ce qui allait en résulter.

Violette se retrouva à porter une nouvelle fois la vie…

Le père était un habitué du vendredi soir. Il demandait à monter seulement avec la jolie rousse. C'était un beau brun tout en muscles, avec une certaine classe, aussi bien verbale que d'allure, et des yeux d'un noir envoûtant. Violette ne comprenait pas comment un si bel homme pouvait avoir besoin de fréquenter si souvent un tel lupanar ? Allez savoir ce qu'il recherchait ici et qu'il n'aurait pu trouver auprès d'une tendre et jolie épouse ? Cela restait une grande énigme pour Violette !

Paulo était à cent lieues de se douter de ce que sa jolie rousse allait lui annoncer. Mais elle n'avait pas l'intention de garder son état caché très longtemps cette fois-ci. Elle ne supportait plus les assauts de ses clients. Elle était très fatiguée, nauséeuse et souffrait de douleurs lombaires insupportables.

Elle frappa au bureau du patron au moment de sa pause. À partir de 15 heures, c'était toujours le moment le plus calme avant le coup de feu des fins d'après-midi. Quand il vit entrer Violette, il se douta bien que ce n'était pas pour une visite de courtoisie !

— Mais que me vaut cette visite ? Tu joues à la maman à cette heure habituellement, demanda-t-il sur un ton moqueur et désapprobateur.

Lorsqu'elle lui annonça cette deuxième grossesse, une colère noire s'abattit sur elle. Paulo se leva comme un fou pour se coller contre elle.

— Alors, écoute-moi bien, je ne te le dirai pas deux fois. Tu vas le faire passer ce petit aussi vite qu'il est rentré, t'as bien compris ?

Violette était paralysée. Elle sentait le souffle haineux de Paulo sur son visage et son regard était aussi froid que l'acier. Elle baissa les yeux sans pouvoir prononcer un seul mot.

— Tu te prends pour une vraie poule pondeuse ma parole ! T'es peut-être jolie, mais t'es vraiment pas dégourdie ! Déjà que j'ai toléré ta pisseuse dans mes murs, mais là, je te le dis, il n'en est pas question !

Violette ne supporta pas sa façon de parler de sa petite Milaine, une si gentille enfant.

— Ma pisseuse, comme tu dis Paulo, c'est Nina qui la garde et elle ne dérange personne. Et c'est encore moi qui la nourris, il me semble ! osa répliquer Violette, rouge de colère.

— Tu en veux une, levant la main en l'air. Je t'interdis de me parler comme ça, car dis-toi bien que c'est avec l'argent que je te laisse que tu peux la nourrir, ta sale môme, logée gratis par-dessus le marché ! Alors, ne m'oblige pas à sévir et à te laisser que des miettes pour donner aux pigeons ! Je pourrais bien foutre dehors Nina et ta gosse, fais bien attention à ça. Puis avec tes conneries, tu me fais perdre du fric, comme toujours ! Je ne veux plus entendre parler de problèmes de bonnes femmes ici, débarrasse-t'en de ce bâtard ! l'œil mauvais et l'haleine fétide.

Violette fit profil bas, ne voulant pas envenimer la situation, surtout pour cette pauvre Nina, où irait-elle ? Quant à sa fille, jamais elle ne laisserait qui que ce soit les séparer. Elle réfléchirait plus tard et calmement à ce qu'elle devrait faire...

Lison et Nina lui firent comprendre que ce bébé serait un réel handicap pour continuer à travailler et vivre ici, et que Paulo lui rendrait la vie infernale. C'était déjà tellement compliqué et pénible avec Milaine. Puis ce n'était pas un endroit pour élever deux gamins tout de même !

— C'est toi qui vois ma jolie, mais si tu désobéis à Paulo, on t'aura prévenue, il y aura du grabuge, c'est certain ! lui rappelèrent les deux femmes.

Mais Violette, malgré les conseils avisés de ses amies, ne pouvait se résoudre à faire passer ce petit.

— Il vaut mieux donner la vie que la mort ! Je cacherai cette grossesse le plus longtemps possible, et quand Paulo s'en rendra compte, il sera trop tard. Puis si je dois m'enfuir, je le ferai. De toute façon, je ne compte pas passer ma vie ici, et je ne parle pas pour toi, Nina, ne le prend pas mal surtout. Mais je ne le supporte plus, je suis à bout. J'étais avec Sylvain quand je suis arrivée ici, et vous voyez où ça m'a menée ? Je ferai tout pour mes enfants, et je ne ferai plus jamais confiance à un homme !

Elle serra donc les dents pour travailler le plus normalement et le plus longtemps possible, mais le jour fatidique arriva bien plus vite qu'elle l'aurait voulu !

Paulo avait failli la tuer quand un client s'était rendu compte que la jolie rousse avait encore un polichinelle dans le tiroir.

— Vous comprenez, monsieur Paulo, moi je veux bien payer, mais je veux le service qui va avec ! Avec son ventre plein, elle bouge comme une tortue retournée sur le dos. C'est plus possible avec celle-ci !

Paulo n'eut aucune pitié cette fois encore, il lui envoya tous les clients désirant essayer une femelle pleine jusqu'aux oreilles.

Il criait, « deux pour le prix d'une ! », en riant très fort.

Il y avait toujours quelques clients curieux de s'y essayer, rien que pour pactiser avec Paulo.

Violette vécut un enfer jusqu'au dernier moment sans ne rien pouvoir faire tant elle était démunie et épuisée.

Théo arriva avec une facilité déconcertante, comme pour se faire oublier dans une période bien noire dans la vie de sa maman. Ce petit garçon avait-il déjà compris combien sa mère était malheureuse ?

Nina venait de mourir d'un cancer agressif, laissant une petite Milaine bien triste d'avoir perdu sa nounou. Violette, en plus de son lourd chagrin, ne savait plus comment elle allait pouvoir continuer à travailler. Tout allait être si compliqué. Si seulement elle pouvait s'enfuir, mais pour aller où et avec quel argent ? Puis avec deux enfants, en bas âge qui plus est, se retrouver à la rue, sous les ponts ? Non, c'était inenvisageable !

Elle décida d'écrire une longue lettre à sa mère lui demandant de l'aide, au mieux, un peu d'argent pour pouvoir prendre le train et revenir à la maison. Violette pensait alors que sachant qu'elle avait à présent deux petits-enfants, ce serait le cœur d'une grand-mère qui leur tendrait les bras ! Il était temps de faire la paix…

Violette restait enfermée dans sa chambre juste au-dessus du café avec ses deux enfants. Elle pleurait la mort de Nina, elle pleurait sur son sort, elle pleurait sur leur malheur. Elle pleurait pour ses enfants qu'elle aimait tant. Elle espérait que sa mère lui répondrait très vite ! Paulo la malmenait par plaisir, lui faisant payer sa déconvenue. Comme s'il sentait le vent tourner, il la tenait prisonnière.

— Reste dans cette chambre et réfléchis un peu où tu vas placer tes marmots. À moins que tu veuilles que tes mioches assistent au spectacle de leur mère ? Je te laisse une semaine pour trouver une solution et reprendre du service, la méchanceté ressortant par tous ses pores.

— Tu es ignoble, Paulo, grossier et sans cœur. Ça finira mal, je te le dis. Un jour ou l'autre, tu le regretteras. Sors de cette pièce et laisse-nous ! Tu peux bien nous enfermer à clef, je m'en moque. Je préfère mourir avec mes enfants dans cette maudite chambre plutôt que de te voir une minute de plus. Hors de ma vue, tu entends ! le verbe haut et le regard foudroyant.

À cet instant précis, Violette pensait vraiment ce qu'elle disait, ne pouvant plus supporter la pression et les maltraitances de cet homme. Elle ne pouvait plus vivre ainsi. Protéger ses enfants de ce monde cruel, c'est tout ce dont elle avait envie, et elle ferait tout ce qu'elle pourrait pour que ce soit le plus tôt possible ! Mais en l'instant, elle ne voyait pas comment elle pouvait manœuvrer…

Paulo dut sentir ce changement brutal de cette mère devenue une lionne sauvage et enragée. À la fois déconcerté et quelque peu déstabilisé, il sortit de la chambre sans se retourner et tourna la clef de la porte derrière lui.

Violette s'allongea sur le lit avec un enfant blotti de chaque côté de ses bras, le regard voilé par ses larmes. Si seulement elle pouvait promettre une vie meilleure à ses petits, si seulement…

Alors qu'elle s'apitoyait sur son sort et surtout sur celui de ses enfants, un grand fracas se fit entendre au rez-de-chaussée. Des cris, des coups, des ordres. Puis le bruit se rapprocha. Elle entendit des portes claquer en s'ouvrant violemment à l'étage, avec un bruit sourd retentissant dans les cloisons comme un vrombissement.

Violette prit peur et se fit encore plus petite sur le lit en serrant ses enfants. Mais que se passait-il ? Et si c'était un incendie, elle allait brûler vive avec ses enfants, personne ne penserait à lui ouvrir ?

En plein milieu de son questionnement, la porte s'ouvrit tout à coup sur deux agents de police, reconnaissables aux brassards qui enserraient leurs bras.

— Déclinez votre identité, madame, et expliquez votre présence, ici, je vous prie, lui intima l'un des plus âgés des policiers, stupéfait de trouver des enfants en ce lieu.

— Violette Navarot, et mes deux enfants, Milaine et Théo. Je suis enfermée dans cette chambre contre ma volonté, il faudrait nous laisser sortir, s'il vous plaît, mes enfants ont besoin d'air frais, et ils ont faim, et… Violette ne put continuer sa phrase, elle éclata en sanglots ce qui eut pour effet de faire pleurer les deux enfants.

Le plus jeune des agents prit la parole pour la rassurer, car il vit que cette pauvre femme tremblait de la tête aux pieds, et que ses deux petits étaient épuisés et apeurés !

— Vous allez venir avec nous pour une déposition, mais surtout, ne craignez rien, nous ne vous voulons aucun mal. Vous nous expliquerez ce qui vous est arrivé, et surtout, quel est le responsable de votre enfermement, même si l'on se doute de qui il s'agit. Vous voulez bien nous suivre, madame, nous allons nous occuper de vous, lui faisant signe de se lever.

Violette de toute façon n'avait plus rien à perdre, alors c'était le moment enfin de raconter tout ce qu'elle avait subi sous l'emprise de Paulo. Oui, il était grand temps ! Sa liberté et celle de ses enfants se jouaient maintenant…

— Juste le temps de faire un sac des affaires des enfants si vous permettez, il n'y a pas grand-chose, ça va aller vite, s'empressant de réunir le peu qu'elle possédait.

Les deux policiers acquiescèrent, souriant à la petite fille blême qui les regardait intensément avec ses grands yeux bleus.

Ce fut ainsi que Violette aida fortement la justice à faire tomber Paulo. Peu de filles osèrent témoigner ce jour-là, et Lison fit malheureusement partie de celles-ci !

Violette raconta comment le patron du café, le dénommé Paulo, travaillait sans scrupule sous le couvert de son petit commerce, où filles et clients se mélangeaient aux consommateurs réguliers.

Elle avait peur qu'on lui enlève ses enfants s'ils apprenaient qu'elle se prostituait sous le joug de Paulo. Alors, elle raconta qu'elle louait contre un paiement comptant, une chambre à l'étage peu onéreuse en attendant de trouver mieux. Paulo avait bien essayé de la faire travailler pour lui... d'une manière peu convenable... afin qu'elle lui rapporte plus d'argent, mais elle tint bon devant cette proposition indécente !

— Alors pourquoi étiez-vous enfermée de l'extérieur dans cette chambre ? demanda surpris, un policier.

— Oh ça ! Monsieur Paulo venait de me faire des reproches à cause des enfants, ils faisaient trop de bruit à son goût. Il ne voulait pas que la petite coure partout sur le palier. Elle aimait bien aller faire un coucou aux autres locataires. De colère, il ferma la porte à double tour !

— C'est un drôle de comportement pour un loueur, vous ne trouvez pas ?

— Un homme colérique et peu patient surtout, je le reconnais !

— Et comment faisiez-vous pour travailler avec vos deux enfants ?

Elle sentit une bouffée de chaleur lui monter jusqu'aux racines des cheveux. Avaient-ils des soupçons ?

Violette resta évasive, elle voulait partir le plus vite possible. Puis, elle n'avait pas bonne conscience, il fallait qu'elle se protège ! Alors, elle répondit la première chose qui lui vint à l'esprit.

— Oh, il y a très peu de temps que je suis là, je vis sur mes économies. Je dois trouver un logement pour mon futur travail. Ce n'est pas facile d'arriver dans une nouvelle ville, pour ne pas dire une nouvelle vie, surtout seule avec deux enfants en bas âge !

Jamais elle n'aurait pensé pouvoir mentir aussi facilement. La survie donnait bien du courage à qui en avait besoin.

L'homme de loi secoua la tête, se contentant de cette réponse, au grand soulagement de Violette.

Paulo ne tomba pas pour proxénétisme, il manquait bien trop de dépositions dans ce sens, les autres filles ne voulurent pas témoigner contre lui. Elles étaient toutes des locataires, arrangeantes, au même titre que madame Navarot. Il fut donc porté au dossier, incitation à la prostitution, gains d'origine délictuelle, sous-locations illégales, et mauvais traitement envers Violette Navarot et mineurs. Il avait du reste des antécédents judiciaires qui s'ajoutèrent dans la balance.

Il prit cinq ans, mais en fit seulement deux.

Il tint Violette responsable de ces deux années derrière les barreaux, et elle savait alors combien il désirerait plus que tout se venger tôt ou tard...

Chapitre V

Un client peu ordinaire

Violette sortit péniblement de ses pensées qui la ramenaient toujours en arrière, essayant de mieux comprendre comment elle avait pu tomber si bas à l'époque…

Grâce à cette descente de police et avec l'aide d'une association pour mère isolée sans domicile, elle put se refaire une santé, mettre ses enfants à l'abri et surtout, se projeter dans l'avenir. On l'aida par la suite à trouver un travail, un petit logement et aussi, à monter tous les dossiers se référant aux aides familiales et sociales.

Bien entendu, sa mère ne répondit jamais à ses appels au secours, mais cela ne la surprit pas plus que cela.

Aujourd'hui, elle aspirait à une vie irréprochable en travaillant honnêtement et durement, en étant une bonne maman, et ne devant surtout rien à personne, pas le moindre centime…

Elle pensait à ce joli coin poitevin qui les attendait très bientôt. Personne ne brisera ses rêves, personne ne l'empêchera de rendre ses enfants les plus heureux du monde. Et ça, c'était plus qu'une promesse, c'était une certitude !

Mais pour ce faire, elle devait trouver le moyen de sortir d'ici très vite, de retrouver ses enfants, et de sortir Lison de ce milieu redoutable. Partir loin d'ici à tout prix.

« Mes pauvres petits amours, comme ils doivent avoir peur, seuls, enfermés dans cette maison ! À moins que quelqu'un de l'école ou du travail s'en soit inquiété et leur ai porté secours ? », pensa tristement Violette.

La porte s'ouvrit brusquement, la faisant sursauter, toujours prostrée sur le lit. Elle se redressa vivement et s'assit sur le rebord du matelas. Peut-être que Paulo venait enfin la libérer, il l'avait assez terrorisée comme ça et… Mais elle n'eut pas le temps de finir sa pensée.

— Eh, ma belle, voici ton premier client, au boulot ma jolie ! cria Paulo en donnant une tape dans le dos de l'homme qui rentra presque timidement dans la petite chambre. Je t'ai mis ce qu'il fallait dans ce cabas pour reprendre des forces. Puis, la porte se referma sur

Paulo aussi fortement qu'il l'ouvrit, et l'on entendit un tour de clef donné de l'extérieur.

« Non, ce n'est pas possible, je ne peux être enfermée avec cet homme. Je ne veux pas qu'il me touche. Mon Dieu, aidez-moi ! », se lamenta Violette, paniquée.

L'homme avait l'air très embarrassé de cet accueil peu… conventionnel. Il s'approcha de la jeune femme, déposant le sac à ses pieds délicatement, puis, s'assit sur la chaise, surpris par son instabilité, tout en croisant ses mains et jouant de ses doigts dans des mouvements répétitifs. Il avait le regard fuyant, émettant des raclements de gorge, gêné comme un petit garçon pris en faute.

Violette comprit qu'il n'y avait aucune agressivité chez lui et en profita pour l'interpeller.

— Je vous en prie, aidez-moi, je ne suis pas ce que vous croyez, implora-t-elle, les yeux embués de larmes.

Il fut surpris par cette entrée en matière, et encore plus, de la voir en pleurs.

— Mais, ce monsieur Paulo m'a dit que vous étiez sa meilleure fille et que vous… enfin… vous étiez très complaisante quant aux exigences des clients ! se frottant à présent les mains comme un gamin devant son jouet déballé sous son sapin de Noël.

— C'est faux, il vous a menti ! Je suis là contre mon gré. Il me séquestre. Je vous en prie, aidez-moi ! J'ai deux enfants seuls à la maison, et ils sont si jeunes, ils doivent m'appeler, pleurer. C'est inhumain de faire cela à de si jeunes enfants !

Violette joignit ses mains dans une plainte presque animale.

— C'est... c'est vraiment bizarre ce que vous me dites là. Le patron, ce monsieur Paulo, m'avait prévenu de votre imagination débordante, mais je dois dire que vous y allez fort ! commençant à sourire de la situation romanesque.

Violette se jeta sur le sol à genoux, ce qui fit sursauter et reculer l'homme brusquement, la chaise bancale se calant en biais contre le mur.

— Alors pourquoi ferme-t-il la porte à clef à votre avis si ce n'est pour me garder prisonnière ? Je suis une femme honnête, monsieur. Je travaille à la blanchisserie Léonnard, renseignez-vous, vous verrez ! Mes enfants vont à l'école du canal, et j'habite dans ce même quartier. Vous pouvez tout vérifier, allez-y voir, mais je vous en conjure, sauvez mes enfants, ayez pitié, monsieur, le visage inondé de larmes. Je donnerais ma vie pour eux !

— Il m'a dit également que vous profitiez de vos clients en les laissant en plan alors qu'ils ont payé un service ou que vous disparaissiez comme une voleuse. Enfin, toujours d'après ses dires !

Violette tremblait de tout son corps. Elle avait mal au cœur, mal au crâne. Elle allait mourir d'angoisse s'il ne l'aidait pas.

L'homme se grattait la tête à présent, il ne savait plus que penser. Il n'était pas habitué à ce genre de filles, pour tout dire, c'était même sa première fois, et tout cela ne facilitait pas la chose ! Il se demandait à présent ce qu'il faisait là, et que lui avait-il bien pris de vouloir s'encanailler ainsi ? S'il voulait une fille facile, il n'aurait eu que l'embarras du choix à Paris depuis longtemps, puisqu'il y vivait. Pourquoi aujourd'hui, dans ce sordide endroit qui plus est ? Il fit du regard le tour de la pièce avec un certain dégoût…

Ce fut un concours de circonstances… Un peu plus tôt dans la soirée, le cafetier, tout en lui servant un petit noir bien serré, l'interpella sans manière !

— Faut pas rester seul comme ça mon p'tit gars, y a du bon temps à prendre ici ! Tiens, je vous fais un prix, ça vous requinquera, j'ai ce qu'il vous faut pour vous donner du bonheur !

Il se laissa idiotement tenter, il avait les idées un peu à l'envers ces temps-ci ! Après tout, sans femme ni enfant, pourquoi pas ? Ce serait une nouvelle expérience. Il avait bien le droit de s'amuser un peu…

Mais, devant cette pauvre femme ce soir, il regrettait déjà d'avoir cédé au désir d'amusement !

— Écoutez, je crois que je vais y aller, je suis désolé. Il doit y avoir une erreur, se levant prestement de la chaise, le regard affolé à présent.

Violette dans un dernier cri d'énergie, le retint par le bas du pantalon en le suppliant à nouveau.

— Non, je vous en prie, assoyez-vous encore un peu, on doit discuter, et de toute façon, Paulo ne viendra pas vous ouvrir aussitôt ! Je vais tout vous raconter, vous pourrez même aller voir la police si vous le voulez, ils vous diront que je vous dis vrai.

À l'entendre prononcer le mot police, l'homme regarda plus intensément cette jeune et jolie femme aux attraits, il fallait bien l'avouer, fort séduisants.

« Et si elle disait vrai, si elle était réellement retenue contre son gré ? », se demanda-t-il, après réflexion.

Il se rassit, embarrassé, mais, poussé par la curiosité, il était bien décidé à écouter son histoire.

— Paulo va revenir dans un moment, croyez-moi, il ne vous accordera pas deux minutes de plus. Je vous en supplie, faites comme si vous aviez consommé, sinon il me battra, me maltraitera ou pire, il s'en prendra à mes enfants !

— De toute façon, c'est payé d'avance, alors vous ne risquez rien ! répliqua-t-il, l'air dépité.

Violette devait bien s'avouer combien cette situation était compliquée, pour ne pas dire saugrenue pour ce client d'un jour !

Elle pensa alors qu'il était en droit de consommer. Après tout, il n'y était pour rien dans ses problèmes personnels.

— Si vous pensez que je dois vous donner ce pour quoi vous êtes venus, alors soit ! commençant à déboutonner son chemisier.

Il s'en offusqua. Il n'était pas à ce point ignoble et insensible ! Mais pour quel genre d'homme devait-il passer pour que cette femme lui proposât ses services après ce qu'elle venait de lui raconter ? Il était respectueux et avait une certaine éducation tout de même !

— Oh non, n'en faites rien, madame, lui ôtant la main du corsage. Racontez-moi plutôt votre histoire, puisqu'on en a un peu de temps devant nous.

Violette en fut fort soulagée. Enfin un homme qui respectait son corps et son état d'âme. Elle en avait connu si peu comme lui !

— Mais avant, jurez-moi de ne rien dire à Paulo, jurez-le ! implora-t-elle.

— Je vous le promets. Ne craignez rien, vous savez, je ne suis pas un mauvais homme. C'est très gênant de devoir vous avouer que c'est la première fois pour moi, enfin vous comprenez, je ne suis jamais allé... dans ce genre d'endroit, enfin, sans vouloir vous offusquer bien sûr ! Vous devez me trouver un peu ridicule sur le coup, pour ne pas dire un peu sot, lui dit-il avec un sourire des plus attachants.

— Il y a toujours une première fois et pour bien des choses, mais, je ne vous juge nullement. Ce serait mal venu de ma part, vous ne trouvez pas ?

— Je dois reconnaître que vous n'avez rien, comment dirais-je, de cette vulgarité que l'on prête à ce genre de filles… enfin vous voyez ce que je veux dire ? Je me sens tellement maladroit, là, tout de suite !

Violette eut un sourire attendrissant devant l'empêtrement soudain de cet homme qui continuait à essayer de désamorcer son attitude.

— Je reconnais que vous paraissez si fragile, si délicate, une femme commune, enfin je veux dire, normale quoi, cherchant les mots justes pour ne pas la froisser.

— Vous avez raison, mon passé a été un concours de circonstances bien malheureux. J'étais jeune, naïve, amoureuse et surtout bien seule. Mais c'est vrai qu'aujourd'hui, comme vous le dites, je suis une simple maman qui aspire à vivre normalement et sereinement. Je sais que mon passé me suivra toute ma vie, mais je sais par-dessus tout que j'aimerai mes enfants jusqu'à ma mort !

Marc fut très touché par l'expression vraie et ouverte de cette jeune femme. Une maman touchante, une femme charmante, comme il les aimait à vrai dire.

Il n'avait pas encore posé ses valises dans la vie et n'avait pas trouvé le vrai amour, même s'il eut quelques liaisons ! C'était un grand sentimental et il ne voulait pas à nouveau souffrir d'une rupture inattendue et douloureuse comme la dernière en liste. Alors il prenait son temps, il attendait le grand amour, le vrai !

Son métier artistique, peintre, lui valut une vie décousue et sans revenus réguliers à ses débuts. Il avait fait les beaux-arts à Paris tout jeune homme après des études littéraires. Il rendait régulièrement visite à sa mère, veuve et vivant seule dans le Loiret, à une centaine de kilomètres de la capitale. Cette femme d'une générosité exemplaire, avait soutenu sans compter son fils dans son art et dans ses finances, un enfant unique adulé !

Aujourd'hui, à quarante ans, il commençait à se faire un nom dans la profession et vivait décemment de la vente de ses tableaux. Il excellait dans l'art du paysage, mais était aussi réellement doué pour les portraits. Il avait plusieurs « pinceaux à son chevalet » comme il s'amusait à dire !

Violette se laissa aller à la confidence, sans retenue, sans tabou. Elle avait un vibrato dans la voix qui en disait long sur son émotion. L'homme l'écoutait attentivement, ému par la vie bien dure et triste qu'eut cette femme ! Il se demandait comment une mère pouvait être aussi austère avec sa propre enfant, fille unique qui plus est... Quel contraste avec sa propre enfance !

Lorsque Violette cessa de parler, Marc se racla la gorge, cette histoire le laissait sans voix.

— Et bien, je vous plains de tout mon cœur, quelle vie, quelle tragédie ! Si tout ce que vous me dites est vrai, alors je veux bien vous aider. Mais, comment procéder ?

On toqua très fort à la porte qui s'ouvrit dans la seconde sur un Paulo pressé et renfrogné.

Violette regarda son client avec la peur au ventre, l'implorant du regard de ne pas la trahir.

Marc fit de réels efforts pour jouer le caïd et donner le change à cette pauvre femme.

Il se leva prestement en roulant les mécaniques, un sourire vainqueur affiché sur le visage, pour donner le gage au patron de la prestation de sa cliente !

— Et bien, Monsieur, vous aviez raison, j'ai passé un très bon moment ! Il faut reconnaître que cette jolie femme est très professionnelle, et une excellente comédienne ! Aussi, je suis à peu près sûr de rester un de vos fervents clients ! faisant un clin d'œil à Violette et donnant une tape sur l'épaule de Paulo.

Violette fit mine de remettre de l'ordre dans sa chevelure et tira le dessus de lit poisseux.

— Je ne me trompe jamais, mon garçon, fais-moi confiance, j'ai l'habitude de dresser de belles pouliches !

Puis en direction de Violette, Paulo s'esclaffa.

— Prépare ton joli derrière pour le suivant, ma belle !
avec un air moqueur et abject.

La porte se referma sur une Violette qui se mit à prier.

« Mon Dieu, faites que tout aille pour le mieux pour mes petits, jusqu'à ce que cet homme revienne vite, enfin... faites qu'il revienne ! », les larmes inondant ses jolis yeux.

Dans un sursaut de lucidité, elle se reprocha de ne pas lui avoir demandé son nom ni de lui avoir donné le sien. Elle oublia même de lui parler des clefs de la maison ! Il y avait une pierre bancale à l'angle de la porte d'entrée, juste derrière une jardinière. Elle y glissait toujours un petit trousseau en dépannage. C'était surtout pour Lison, en cas d'urgence, mais elle n'eut jusque-là jamais besoin de s'en servir. Les enfants ne devaient même pas en connaître la cachette à ce jour !

Elle fut accablée par cet oubli. Comment n'avait-elle pas pensé à lui donner plus d'informations ?

Elle essaya de mieux se souvenir en repassant en boucle leur conversation...

« Oui, l'adresse de mes patrons, ça c'est sûr, je lui ai dit le nom de la blanchisserie, et de l'école des enfants aussi, enfin, je crois... », laissant échapper de ses grands yeux déjà bien rougis, un flot de larmes qui ne pourrait sans doute jamais se tarir.

Plus tard dans la soirée, un autre client monta, mais pas un gentil cette fois-ci. Elle eut juste le temps de voir le sourire haineux de Paulo avant qu'il ne referme la porte derrière lui. Un client qui correspondait à ceux qu'elle avait subis lorsqu'elle travaillait pour Paulo. Du genre voyou, grossier, brutal, un sale type ! Un de ceux qui ne prenaient pas le temps de regarder la personne en tant qu'humain, mais un morceau de viande à consommer…

Violette ne chercha pas à parlementer comme avec le précédent. Il exhibait son préservatif imposé comme un trophée, se prenant pour un surhomme.

Elle s'allongea et ferma les yeux. Elle pensa très fort à ses enfants, à la douceur de leurs petits bras autour de son cou, à leurs rires naïfs et contagieux, à la chaleur de leurs petits corps blottis contre elle dans le lit, à leurs petits mots tendres et affectueux…

Un vulgaire et rauque ahanement lui fit rouvrir les yeux pour trouver l'homme affalé sur le côté, un ignoble sourire sur les lèvres. Il en était d'un ridicule déplorable, pensa alors Violette, dégoûtée.

Paulo vint ouvrir la porte peu de temps après, jetant son sac à main sur le sol.

— Je te rends tes affaires de fille, mais pas la peine de chercher ton portable, il est confisqué, laissant un rire sadique retentir dans la chambre.

Il donna une grande tape dans le dos de son client et ils sortirent en s'esclaffant, le patron n'omettant pas de tourner encore une fois la clef derrière lui.

Ce bruit sec de serrure la ramena au moment où elle-même avait fermé la porte d'entrée de sa maison. Elle y avait enfermé pareillement ses propres enfants, des petits êtres fragiles et innocents livrés à eux-mêmes… Elle ne se le pardonnerait jamais !

« Mais qu'ai-je fait ? Plus jamais, je le jure devant Dieu, plus jamais je ne laisserai mes enfants seuls où que ce soit ! »

Violette passa la nuit à pleurer et à haïr tout son être, ce corps bafoué et sali, ce corps qu'elle mit tant de temps à rendre propre, beau, et surtout maternel.

Les stigmates de son passé venaient de s'en ressaisir en le tapissant de salissures et de blessures.

Jamais elle n'aurait pu penser revivre cela, jamais elle n'aurait imaginé que trois années pouvaient être anéanties aussi brutalement.

Jamais elle ne pourrait se regarder à nouveau dans une glace.

Elle détestait tout à coup tout ce qu'elle était, tout ce qu'elle représentait. La faiblesse des femmes. La soumission. Le manque de courage. La bassesse de ce monde rempli de monstres cruels. Et encore plus, l'amour !

Comment pourra-t-elle regarder ses enfants à présent ? Que verront-ils dans ses yeux, dans son cœur, dans son âme ?

« Milaine, Théo, mes deux petits chéris adorés, je vous demande pardon, pardon pour tout le mal que je vous fais », murmura-t-elle tristement…

Chapitre VI

Un voisinage soupçonneux

Le petit quartier se réveillait gentiment, le jour se levait doucement, le ciel était bas et gris, annonciateur d'une pluie certaine, et qui offrirait à la Toussaint toutes les larmes du ciel pour pleurer ses morts !

Encore quelques jours et les gens iront nettoyer les tombes pour fleurir leurs absents. Ce sera la seule et unique fois bien souvent de l'année pour beaucoup d'entre eux. Mais Dieu sera sûrement heureux de ce dévouement annuel et donnera bonne conscience aux visiteurs d'un jour…

C'est ce à quoi pensait la vieille voisine, Amélie, en revenant tôt ce matin du marché où elle avait acheté un pot de chrysanthèmes pour ses défunts parents et son pauvre mari.

Elle habitait la minuscule petite maison à vingt mètres de chez Violette. Elle fut surprise en sortant de ne pas voir passer les petits d'à côté pour se rendre à l'école ni leur maman pour aller travailler.

Ce n'était pas qu'elle les fréquentait beaucoup, mais en bon voisinage, elle savait qui vivait à côté de chez elle, c'était un minimum ! « Un bonjour, un bonsoir, il fait beau aujourd'hui, comment allez-vous ? », suffisaient à donner un semblant d'intimité aux gens d'un même quartier. La journée paraissait allégée de sa routine et de son silence pour cette vieille femme.

Après tout, chacun avait sa propre vie, son propre rythme, ses propres envies...

Amélie n'en avait plus beaucoup d'envies. À 78 ans, elle aspirait à finir sa vie paisiblement, et surtout sans déconvenue avec des gens devenus bien trop fous à son goût. Des gens qui couraient plus vite que le temps, qui dépensaient sans compter, qui voulaient tout et tout de suite, et encore plus grave, qui oubliaient souvent de s'intéresser un tant soit peu aux autres !

Elle ne se sentait que trop bien seule, Amélie, sans contrainte, sans souci, sans fatigue supplémentaires. Elle en avait assez de son vieil âge. La vie ne lui avait pas fait de cadeaux.

Elle avait trimé pour quoi, pour qui ? Aujourd'hui, elle avait une maison qui tenait à peine debout, pas d'enfant, et un mari à dix pieds sous terre. Alors, autant attendre son tour sans rechigner !

Sa maison, usée par le temps et le manque d'entretien, avait les murs couverts de salpêtre, aussi bien à l'extérieur qu'à l'intérieur tant ils avaient souffert de l'humidité largement diffusée par le canal. Une humidité chaude et lourde qui vous rendait abattu quand il faisait chaud, une humidité froide et épaisse qui vous transissait à la mauvaise saison. Mais qu'importe, elle avait un toit sur la tête, et ça, personne ne pouvait le lui enlever ! De toute façon, de l'argent, elle n'en avait pas, alors il fallait bien supporter les aléas du temps et de la vie…

Elle allait rentrer chez elle lorsque son regard fut attiré par un homme qui passait dans la ruelle, pas très loin de chez Violette. Il regardait avec insistance les vieilles maisons.

Se pouvait-il que la petite famille soit déjà partie sans lui avoir dit au revoir, cela la surprenait tout de même !

Violette, par politesse et aussi par sympathie pour cette femme seule, lui avait appris son départ proche pour une nouvelle région de l'ouest, mais sans lui préciser la date exacte de leur déménagement. Ça lui avait fait quelque chose à Amélie de savoir qu'ils allaient partir !

« Cet homme est peut-être intéressé par la bicoque ? », pensa Amélie en finissant de passer la porte. Après tout, cela ne la regardait pas plus que ça, même si elle préférait tout de même avoir quelques voisins autour d'elle, cela donnait un semblant de vie à ce vieux quartier si déserté et triste à présent... Elle se souvenait, alors que son mari était encore de ce monde, que toutes ces maisons vides aujourd'hui étaient habitées à l'époque. Ça grouillait de bruit, de cris d'enfants, d'hommes qui partaient au travail, de femmes qui se parlaient d'une fenêtre à l'autre, des démarcheurs en tout genre. Le monde avait bien changé... On ne livrait plus le charbon, on n'aiguisait plus les couteaux, on ne déposait plus les sacs de pain ou des bidons de lait frais...

Marc avait décidé de vérifier les dires de la jeune femme qu'il avait vue la veille dans cette chambre sordide où il était censé avoir passé un moment des plus agréables ! Mais quelle ne fut pas sa stupeur, ou plutôt stupéfaction, d'avoir entendu cette histoire peu banale.

Cette jolie femme lui avait paru sincère et bien de sa personne, et un grand doute subsistait quant à l'honnêteté de ce fameux Paulo.

« On ne peut retenir ainsi une femme contre son gré, qui plus est, offerte en pâture à des imbéciles tels que moi. Et encore, j'ai été un client plus que passif ! Pourvu qu'il ne lui arrive rien de fâcheux depuis mon départ ? », s'inquiéta-t-il bien malgré lui.

Il s'en voulait énormément d'avoir cédé à la tentation d'une fille facile moyennant finance, mais, si ce qu'elle lui avait dit était bien vrai, alors, cela n'aura pas été inutile, ce serait même une bonne action, car il ferait tout son possible pour porter secours à ses enfants !

Les vieilles maisons avaient l'air fermées pour beaucoup d'entre elles. Pas un bruit dans ce vieux quartier. Il avait suivi au hasard le canal longeant les ruelles, mais sans l'adresse précise ni le nom de famille, cela s'avérait très difficile de trouver ce qu'il cherchait. Les rues n'en finissaient pas de se ressembler, faisant penser plus à un labyrinthe désordonné, où le respect de l'alignement des constructions semblait anarchique. L'on passait d'une passerelle à une autre sans même s'en rendre compte. Seul le canal suivait un traçage bien précis à travers la ville.

Il ne vit pas la vieille femme qui rentrait chez elle à une trentaine de mètres.

Il décida alors de pousser jusqu'à la blanchisserie Léonnard, peut-être en apprendrait-il un peu plus sur leur employée, si employée il y avait !

Il arriva devant un bâtiment d'où s'échappaient des vapeurs blanchâtres sur le toit, finissant de se mélanger à la masse nuageuse. Une chaleur lourde et des odeurs âcres de produits de lavage envahissaient l'entrée où se trouvait le comptoir. Un va-et-vient circulaire incessant d'un portique de vêtements cellophanés grinçait à chaque passage.

Une femme d'une cinquantaine d'années pilait consciencieusement des étiquettes sur un petit tourniquet accolé à la caisse centrale. Elle arrêta enfin son manège afin de satisfaire son client.

— Bonjour monsieur ! attendant la remise du ticket de dépôt qui lui permettra de restituer un vêtement ou tout autre linge.

— Oh, bonjour madame, excusez-moi, voilà, c'est un peu particulier, ne pouvant cacher son embarras.

La patronne se fit plus insistante, ne comprenant pas la gêne de son client.

— Vous avez votre ticket ? Oh, vous l'avez sans doute égaré ! Ne vous inquiétez pas, j'ai l'habitude, ça arrive tellement tout le temps ! Ah, les gens n'ont plus de tête de nos jours, toujours à courir, lui lançant une œillade complaisante. Bon, voyons si je peux quand même vous aider, montrant une serviabilité commerciale toute dévouée.

— Non, ce n'est pas vraiment le problème, se frottant la tête, l'air ennuyé. Je voulais vous demander… si une jeune dame qui aurait deux enfants travaille bien chez vous ?

— Ah, ça mon p'tit monsieur, ça ne vous regarde pas que je sache, se mettant à réfléchir. À moins que vous soyez de la police ? Commençant à s'inquiéter pour son employée anormalement absente.

— Non, pas du tout, je suis juste un ami !

— Un ami, dites-vous ? Bien, vous ne la connaissez pas vraiment, votre soi-disant amie, si vous ne savez pas où elle travaille ! le regard plus que méfiant et sévère. Et vous savez comment elle s'appelle au moins votre amie ?

Marc venait de se rendre compte qu'ils n'avaient pas eu le temps d'échanger leurs identités respectives. Paulo avait coupé court à leur conversation en rentrant brusquement dans la pièce.

« Quel gourdiflot je fais, comment n'ai-je pas pensé à ce détail capital ? », maugréa-t-il intérieurement.

Voyant l'embarras de l'homme et connaissant le passé peu glorieux de Violette, la patronne préféra mettre un terme rapidement.

— Écoutez monsieur, si vous n'avez pas de vêtements à déposer ou à prendre, alors je vous demanderai de bien vouloir sortir, ou j'appelle mon époux de ce pas, se tournant vers la porte de service derrière le comptoir.

— Ce ne sera pas la peine, je vais me débrouiller autrement, merci, bonne journée !

Marc sortit de la boutique d'un pas mal assuré. Il avait honte de son comportement et ne se reconnaissait plus. Il était habituellement un homme réservé, pour ne pas dire introverti. Il s'étonnait lui-même de ses agissements depuis la veille !

Si les gens qui le connaissaient bien le voyaient, ils seraient fort étonnés pour ne pas dire amusés ! Lui, le peintre sage, l'artiste contemplateur, rêveur, la tête et le regard tournés vers l'insaisissable, un monde invisible pour le plus commun des mortels. Il ne put que sourire de lui-même !

Il alla au bord du canal où se trouvait un banc cimenté, en partie dévoré par une haute végétation. Il mit son mouchoir avant de s'asseoir, afin de protéger son pantalon de l'aspect verdâtre et rebutant de l'assise.

Il avait besoin de faire le point, de réfléchir à tout ce que lui avait dit cette jolie rousse la veille...

Son histoire était-elle vraie ? Les enfants existaient-ils ? Il pensa alors qu'il aurait pu se présenter à l'école, mais sans nom, il n'était pas plus crédible qu'à la blanchisserie, pour personne du reste, même pas pour des policiers !

De là qu'ils finissent par le soupçonner d'une quelconque manigance ? Non, il fallait s'y prendre autrement.

Ce soir, il retournerait voir cette femme et il essaierait d'en savoir plus. Les enfants étaient seuls, mais à l'abri, il devait y avoir à manger, un lit, ils ne risquaient donc rien, si ce n'était l'ennui et l'absence de leur mère, et sans doute une réelle crainte.

Il reprit le chemin vers le haut du centre-ville. Cette dernière était tout en longueur et s'étirait au fil de l'eau. Marc suivit les ruelles pour éviter l'agitation, il n'avait pas envie de voir du monde ni d'entendre trop de bruit. Sa tête lui faisait mal, trop d'informations en peu de temps s'y étaient accumulées. Il n'avait pas dormi de la nuit, repassant en boucle l'heure passée avec cette fille. Et si ce monsieur Paulo avait raison ? Si c'était bel et bien une mythomane, une menteuse, une profiteuse ? Mais quel intérêt aurait-elle eu à lui raconter ces menteries ? Pour éviter un contact physique ? Pourtant, c'était son métier ! Il ne savait vraiment plus que penser ! Plus la matinée s'étirait, plus cette histoire s'embrouillait dans son esprit.

Il regretta de ne pas être resté gentiment avec sa mère la veille au soir, à discuter devant une bonne tasse d'infusion, pour enfin, se coucher tôt, et seul !

« Je suis un fils ingrat ! J'aurais dû rester en sa compagnie, comme tout bon fils qui se respecte. Quelle idée d'aller traîner en ville, j'en ai bien assez de Paris pourtant. Que cela me serve de leçon, me voici bien empêtré à présent ! Je pourrai ignorer tout ceci et rentrer chez moi, mais, si jamais… et puis zut… », s'énerva-t-il, accélérant le pas.

Il entra dans le café presque vide à cette heure matinale. Paulo eut un large sourire en le voyant arriver. Un client qui revenait était un client qui payait, et c'était toujours bon pour ses finances !

— Eh ! Salut mec, un p'tit verre de blanc ? interpella le patron au comptoir.

— Non merci, c'est encore un peu tôt pour moi, je veux bien un café par contre, s'il vous plaît.

— Et un café, c'est comme si c'était fait, lui répondit Paulo joyeusement.

Quand il arriva avec le plateau, il s'assit en face de lui, comme deux bons vieux amis.

— Alors, la nuit a été bonne ? lui faisant un clin d'œil.

— Oui, très bonne, rentrant dans son jeu, même que j'aimerais bien avoir un autre moment aussi agréable, enfin si c'est possible ?

— Bin, y a qu'à demander, mon ami ! Ce soir, même heure ?

— Non, plutôt en début d'après-midi. Je ne peux pas ce soir, osa Marc.

— Oui, mais dans ce cas, ce sera plus cher, hors convention, vous comprenez ? dit-il en riant à gorge déployée. C'est très inhabituel, mes filles se reposent la journée pour être en pleine forme à la nuit tombée, sauf exception !

— Pas de souci, je paie comptant. Votre prix sera le mien ! Combien ?

— Disons… 75 au lieu de 60, et d'avance ! Ça te va mon gars ?

Marc sortit les billets et chercha la monnaie pour le café.

— Ah non, le café c'est pour moi, je sais remercier les bons clients. Je te dis donc à 14 heures pétantes, là où tu sais. La jolie rousse sera ravie de te revoir ! repartant derrière son comptoir, riant toujours.

Marc prit le temps de savourer sa boisson bien chaude et revigorante, il avait encore trois bonnes heures à tuer avant de revoir la jolie rousse comme l'appelait le tenancier.

Pendant ce temps, à la blanchisserie Léonnard, la patronne raconta à son mari la visite de ce client singulier. L'absence de son employée l'avait quelque peu inquiétée, ce n'était pas son habitude de ne pas prévenir, et encore moins de prendre une journée. La seule qu'elle demanda depuis qu'elle travaillait ici, fut pour l'enterrement de sa pauvre mère !

— Peut-être a-t-elle déjà mis les voiles vers son Poitou avec les petits ? reprit son mari.

— Sans sa paie ? Ça serait bien une première ! releva madame Léonnard. Non, il y a quelque chose qui cloche, se sentant de plus en plus intriguée.

— En tout cas, ça ne nous donne pas de la main-d'œuvre cette histoire, d'ailleurs j'y retourne, je suis dépassé ! Et quand tu auras fini ta caisse, j'aurais bien besoin de toi à l'arrière pour le repassage.

— Bien patron, elle arrive de suite ! lui rendant un sourire affectueux.

Ce couple était, malgré la promiscuité de leur travail et du dur labeur, d'une entente exceptionnelle depuis plus de trente ans. Ils n'avaient pas commencé comme patrons. Madame était une bien jeune blanchisseuse au temps de l'ancien propriétaire et monsieur allait chercher le linge sale et le livrait propre aux collectivités de la ville. L'amour avait fait le reste. Un mariage, des projets, de la ténacité, et enfin le rachat de la boutique. C'était l'enfant qu'ils n'avaient pas eu. Ils n'avaient eu de cesse de travailler et d'économiser pour une retraite au soleil bien méritée, comme ils s'amusaient à rêver, mais ce n'était pas encore l'heure. À la cinquantaine, ils avaient encore un peu de temps devant eux...

En attendant, suite au départ de leur salariée, il fallait trouver une remplaçante, et ce ne serait pas chose facile, car le métier de blanchisseuse était très pénible pour les reins ! Peu de monde aujourd'hui voulait se donner la peine de souffrir pour vivre.

Madame Léonnard colla une affichette sur le devant du comptoir.

Cherchons une blanchisseuse, 35 heures par semaine, poste disponible mi-novembre.

« Qui sait, une cliente sera peut-être intéressée », se plaisait à espérer la patronne.

Violette aurait dû partir dans une quinzaine de jours normalement, mais aujourd'hui, madame Léonnard ne savait plus que penser...

Quinze jours sans employée, ce ne serait pas possible, surtout à l'approche des fêtes. Nappes blanches, tenues de soirée, manteaux, les gens se préparaient afin que tout soit parfait...

Dans une chambre loin de toute vie et liberté, Violette comptait les heures... Paulo lui apporta un panier-repas pour la journée, en lui précisant tout en se moquant qu'il serait retenu de son salaire !

Mais elle n'avait pas faim, une énorme boule d'angoisse lui pesait sur l'estomac. Elle pensait à ses enfants qui devaient bien trouver le temps long, à moins que quelqu'un les ait entendus et les ait conduits dans un service social !

Si seulement elle pouvait prévenir Lison ! Cette dernière, sûrement très proche de cet horrible endroit, devait être loin de se douter de ce que son amie subissait et de la manigance machiavélique de Paulo.

Étendue sur son lit en position fœtale, elle sanglotait encore. Son visage était défiguré par le chagrin. Elle se sentait tellement sale avec seulement ce ridicule lavabo pour faire un brin de toilette.

Elle passa un temps fou en début de nuit pour enlever les traces de cet homme qui vint satisfaire ses besoins bestiaux sans ménagement. Heureusement que dans son sac, elle avait toujours un paquet de mouchoirs en papier, ce qui lui permit de se laver. Elle s'était également rafraîchie d'un peu de parfum grâce à un échantillon qu'elle laissait toujours dans une pochette. Cela masquerait un peu l'odeur d'humidité de la pièce.

Pour ses besoins, ce fut un réel problème, mais l'urgence l'eut conduite à monter sur la petite chaise bancale pour uriner dans le lavabo. Elle pria tout de même pour que son ventre ne lui jouât pas un mauvais tour ! Elle se sentait nauséeuse à l'instant où elle fut enfermée ici même.

« J'aviserai, à la guerre comme à la guerre ! », s'encouragea-t-elle.

Elle n'avait même pas de quoi changer ses vêtements. Paulo lui ayant répondu qu'elle n'avait pas besoin d'être vêtue pour travailler ! Elle lui fit remarquer alors qu'il faisait froid et humide dans cette chambre lamentable qui pourrissait à vue d'œil, et qu'une grosse laine aurait été la bienvenue. Il lui conseilla de la tricoter, claquant la porte en s'esclaffant.

Elle essaya de gratter la pellicule verte d'un carreau à travers les barreaux intérieurs, mais elle ne réussit pas à repérer l'endroit où elle se trouvait. Seule une sombre et épaisse grisaille d'un mur voisin apparaissait indistinctement.

En tâtant la poche de sa veste en jean délavé, sa main se referma sur le trousseau de clefs de chez elle. Elle se souvint alors l'avoir mis en partant après avoir fermé les enfants, contrairement à son habitude. Les clefs auraient dû normalement atterrir dans son sac.

Allez savoir ce que Paulo en aurait fait s'il les avait trouvées au même moment où il lui prit son portable ?

« Mais à quoi ce trousseau peut-il bien me servir s'il n'y a personne pour libérer mes enfants ? Je n'ai même pas eu l'idée de vérifier pour pouvoir les donner à ce gentil client d'hier soir ! », se lamenta-t-elle.

Elle sursauta et ôta vite la main de sa poche, lorsque la porte s'ouvrit sans ménagement sur un Paulo tout sourire qui précédait justement l'homme auquel elle pensait.

Son pouls s'accéléra, faisant renaître quelque espoir.

Il était revenu !

Violette essaya de ne pas montrer son empressement à parler à celui qui lui porterait sans aucun doute secours. Il fallait qu'elle garde son regard triste et surtout, vide. Paulo serait capable de renifler le moindre changement dans ses yeux…

— T'as de la visite, ma belle ! Ce monsieur a apprécié ta prestation d'hier, aussi il ne peut pas attendre ce soir, le bougre ! s'amusa à dire Paulo. Je suis fière de toi, ma jolie, je t'avais dit que tu étais un vrai tiroir-caisse !

Marc s'avança dans la chambre et attendit que Paulo veuille bien partir et refermer la porte…

— Bon, je vous laisse, je vois que je dérange. Je repasserai dans une heure. Allez, bonne sieste, bande de veinards !

La porte claqua si fort qu'elle en fit trembler les murs à en faire glisser un peu plus bas les lés de papiers peints défraîchis en partie décollés.

Violette se précipita vers l'homme, le cœur empli d'espoir.

— Vous êtes revenu, merci, merci, merci ! Je m'appelle Violette, Violette Navarot. Je n'ai pas eu le temps de me présenter ni de vous demander votre nom hier soir. Tant que j'y pense, prenez les clefs de chez moi, j'aurais dû vous les donner si seulement je m'étais souvenue qu'elles se trouvaient dans la poche de ma veste et non dans mon sac à main ! Violette débitant ses paroles à une allure qui montrait une nervosité et une angoisse poussées à son extrême.

— Calmez-vous, ça va aller ! Bonjour, Violette, moi, c'est Marc, Marc Renoir. J'ai bien essayé de trouver votre maison dans une des petites rues du canal, mais il y a des tas de maisonnettes dans ce coin. Qui plus est, elles ont pratiquement toutes les volets clos. Je me suis rendu également à la blanchisserie, mais on n'a rien voulu me dire, sans votre nom, vous comprenez ? En tout cas, votre patronne a du tempérament et sait vous protéger, vous pouvez lui confier vos plus lourds secrets, ça ne risque rien ! lui expliqua-t-il en souriant.

Violette se mit à pleurer et à trembler, ses nerfs lâchèrent brusquement.

Marc lui saisit le bras.

— Venez vous asseoir, il faut que l'on discute sérieusement. Vous savez, je n'ai pas dormi de la nuit en repensant à votre histoire. Je ne savais pas quoi en déduire. Puis, ne dit-on pas que la nuit porte conseil ?

Aussi je me suis dit ce matin au réveil que vous n'aviez aucune raison à me raconter de telles sornettes. Alors, je vous crois, Violette, et je veux bien vous aider, mais il faut me dire comment m'y prendre.

— Merci, merci beaucoup, si vous saviez comme je me sens mieux d'un coup, mais il faut faire vite, pour mes enfants !

— Oui, je comprends, mais il faut rester très prudents. Votre Paulo est un sacré petit malin. Soit dit en passant, il a même augmenté le prix du rendez-vous de l'après-midi prétextant que c'était très inhabituel !

— Ce n'est pas Mon Paulo, se fâcha Violette. C'est un proxénète et un voyou de première ! Mais il vous a dit vrai, les filles ne travaillent pas en journée habituellement. Pour en revenir à notre histoire, il a déjà eu affaire à la police et il se venge de moi. Je vous explique. Il a fait deux ans de trou et pense que c'est à cause de ma déposition…

Violette lui raconta dans les détails ce fameux jour où il y avait eu une descente de police.

— Quel salopard ! Vous maltraiter avec deux enfants en bas âge, dont un nouveau-né qui plus est. Ce fut une aubaine que les forces de l'ordre fassent une descente et vous sortent de là ! s'indigna Marc.

— Mais il n'y eut pas que ça ! Vous pensez bien que ce n'est pas une pauvre fille comme moi qui aurait pu faire pencher la balance à ce point. Il est tombé également pour activités illégales, et j'en passe… Son bistrot n'est qu'une façade, s'empressa d'expliquer Violette pour prouver qu'il n'y avait aucun mensonge dans tout ce qu'elle pouvait dire.

— Comment vous sentez-vous ? Enfin, je veux dire, ça va, il n'a pas…, ne trouvant pas les mots adéquats pour terminer sa phrase.

— Oh, il ne m'a pas tabassée, si c'est ce que vous voulez dire, enfin, pas encore ! Il m'a juste envoyé après vous un sale type qui n'a pas eu votre compassion, vous savez, se recroquevillant sur elle-même, les yeux s'embuant rien qu'à cet odieux souvenir.

La honte tout à coup la submergea en présence de cet homme. Pourtant, c'était sa vie d'avant, elle ne pouvait l'ignorer, mais elle avait de plus en plus de mal à l'accepter…

— Non, ne soyez pas gênée, je vous en prie. Vous êtes une victime ! Puis, s'emportant, tout à coup… Quel salopard ! Je lui réglerais bien son compte à ce sale type, moi aussi ! lui saisissant les mains pour la réconforter. J'ai honte, tellement honte d'avoir succombé à l'offre de cet ignoble individu. Je me sens aussi misérable que lui. C'était vraiment une première fois, vous savez, il faut me croire. Je ne sais pas ce qui m'a pris, je ne suis pas comme ça d'habitude ! Puis vous savez, je vis à Paris, alors si j'avais voulu ce genre de choses, sans vouloir vous offusquer… Mais jamais, pas une seule fois ! Mon Dieu, ce que je dois sembler ridicule ?

— Mais je vous crois, ne soyez pas ennuyé ainsi. Puis, il n'y a pas de honte quand c'est fait dans une entente mutuelle. Disons que c'est la nature, ça l'a toujours été ! Ne dit-on pas que c'est le plus vieux métier du monde ? Et puis, vous ne pourriez pas m'aider si vous n'étiez pas venu, alors c'est moi qui vous remercie, se détendant un peu plus devant autant de gentillesse.

Cet homme lui paraissait si calme, si posé, comme si la vie n'était qu'un long fleuve tranquille. Il était très bel homme aussi. Il dégageait un contre-courant de la société actuelle, on aurait dit que le temps lui appartenait. Il ressemblait à un personnage sorti tout droit d'un conte, un qui ne vieillit jamais en traversant les siècles...

Elle se mit à penser à Cosette dans les Misérables, la petite Fadette, la petite fille aux allumettes, l'Auberge de l'ange gardien, Sans famille, Poil de carotte, Peau d'âne, et bien d'autres encore, toutes ces magnifiques histoires lues par son père et qui l'avaient ensorcelée, enfant...

Marc en aurait été le parfait héros, le sauveur, le gentil, le prince, celui qui sauvait toutes ces pauvres petites âmes miséreuses...

Ce dernier la sortit de sa rêverie.

— Vous êtes compréhensive, merci de ne pas me juger. Avez-vous besoin de quelque chose dans l'urgence que je pourrais vous ramener ?

— Oui, mes enfants. Vous avez les clefs de ma maison, au 48 rue du canal. Il n'y a que la porte d'entrée en façade qui donne sur un escalier très raide. En haut, vous trouverez une deuxième porte, verrouillée également. C'est là que vous trouverez mes enfants. Faites vite, ils doivent avoir si peur ! Ma fille Milaine a cinq ans, Théo trois... Ils vont se méfier, je les ai élevés à ma manière, dans la prudence. Aussi, pour leur prouver votre bonne foi, vous leur direz que maman range tous leurs dessins dans une jolie boîte sous l'armoire de ma chambre, c'est notre petit secret. On l'appelle, la boîte à trésors...

Marc sourit tendrement. Cette femme aimait si fort ses enfants, ça transpirait par sa peau. Toute la fibre maternelle auréolait son corps, son cœur. Son âme était à nue. Il ne pouvait plus douter.

Il se mit à la regarder plus intensément. Malgré des atours peu reluisants par manque de moyens d'hygiène et de changes depuis son rapt, il la trouvait fort jolie. Elle dégageait une beauté flamboyante entre ses cheveux de feu, ses grands yeux aux reflets cuivrés très particuliers, une bouche pulpeuse, des mains délicates, une peau laiteuse...

C'était une très belle femme, un très beau modèle pour un tableau suggestif. Un nu allongé sur le sable, délicatement bercé par une eau caressante et éclairée par une lune rousse, laissant exploser un éclat de couleurs rougeoyantes, pensa non pas l'homme qui se tenait devant elle, mais le peintre qu'il était !

Violette se rendit compte de son regard un peu trop insistant, elle se sentit tout à coup déshabillée, ce qui la mit mal à l'aise.

— Vous me regardez comme une fille de mauvaise vie ou comme une mère ? lui demanda-t-elle, la tête haute et le ton dur.

— Oh, pardonnez-moi, je suis impoli. Je me disais juste, que vous… enfin… que vous étiez une très belle femme, se donnant le courage d'être franc avec elle.

— Merci, c'est gentil, un compliment fait toujours plaisir ! Il est vrai que je suis très présentable et magnifiquement arrangée et parée ! répliqua-t-elle malicieusement en tournant sur elle-même.

Ils rirent de bon cœur, appréciant mutuellement leur complicité qui naissait.

Il y avait bien longtemps que Violette ne donnait plus sa confiance à un homme, hormis son employeur, monsieur Léonnard, presque un père pour elle. Mais elle devait bien avouer qu'avec Marc, elle se sentait si à l'aise…

— Marc, j'ai peur, j'ai très peur même. Paulo va m'envoyer d'autres clients pour ne pas dire de sales types. Je ne pourrai pas le supporter. Il veut m'humilier, se venger. Je préfère mourir plutôt que de subir à nouveau ce que j'ai vécu hier soir, je vous en supplie, aidez-moi !

Marc se leva prestement et se mit à marcher dans la pièce, tout en réfléchissant. Il fallait trouver une solution rapidement, urgemment même... Le temps était à présent compté.

Violette le regardait se déplacer en se demandant bien ce qu'il pouvait cogiter. Elle se mordait nerveusement la lèvre inférieure, jusqu'à ce qu'une douleur vive et un goût métallique lui firent lâcher prise.

Tout d'un coup, il se retourna vers elle et lui dit, le regard vif.

— Je sais ! Je vais retenir toute la soirée, ainsi, vous ne serez pas importunée par d'autres hommes, et Paulo vous laissera tranquille. Ça nous laissera du temps pour agir. Le principal est qu'il ait son fric, qu'importe avec qui ou en combien de fois ?

— Mais vous êtes fou, ça va vous coûter un bras, et Paulo risque de trouver ça louche. Non, je ne crois pas que ce soit judicieux. Le mieux, ce serait que vous alliez à la police tout raconter. Ils iront chercher mes enfants, arrêteront Paulo et je serai libre. Oui, c'est ce qu'il faut faire Marc, s'esclaffa-t-elle tout à coup, un regain d'énergie la submergeant.

— Et bien voyons ! Vous voulez me faire juger pour un achat d'acte sexuel, qui plus est, excusez-moi du peu, non consommé, avec au minimum une amende, mais aussi, à la clef, un stage de sensibilisation, sans compter la honte que j'en ressentirai ? Là, sur le coup, ce n'est pas judicieux Violette. J'ai une réputation à protéger tout de même ! s'alarma-t-il, dépité. Puis, seriez-vous crédible avec votre passé, sans vouloir vous offenser ? levant les mains en l'air en guise d'excuse.

Violette en resta éberluée. Elle ne s'attendait pas à cette éventualité.

Elle voulut s'en défendre…

— Oh, mais oui, je le serai, crédible ! J'ai une vie comme tout le monde, monsieur. Je travaille, j'éduque bien mes enfants, je n'ai aucune dette. Je ne dois rien à personne, vous entendez, à personne ! retenant des sanglots étouffés.

— Si, à Paulo, il semblerait ! agacé par la tournure de la situation.

Marc était navré d'avoir parlé un peu trop fortement et indécemment, cette femme avait assez souffert comme ça par le passé, et encore aujourd'hui elle en subissait les conséquences. Il n'avait pas voulu être désagréable. Il s'en excusa dans la foulée.

— Pardonnez-moi, Violette, cette histoire me bouleverse un peu trop, mais surtout, on doit rester calmes. Il faut que l'on trouve la bonne solution pour tout le monde, et vite, vous voulez bien ? Il ne va pas tarder à revenir, avisant l'heure à sa montre.

— Dites-moi où se trouve cet endroit sordide où je me trouve et que je n'arrive pas à situer, je vous prie !
— Vous êtes à l'étage d'un vieux bâtiment qui a l'air désaffecté et qui donne dans une cour intérieure. Il faut passer par une petite rue adjacente au café. C'est très court pour y arriver. C'est tout ce que j'ai vu !
— D'accord, je vois, c'est l'ancienne réserve. On peut arriver ici directement par l'arrière du café. Il y a bien longtemps que personne ne vient ici. Je comprends que je ne puisse entendre le moindre bruit !
— Bon, on résume si vous voulez bien. Je vais en premier chercher vos enfants et je les mets en sécurité chez moi. Ne vous inquiétez pas, il y aura ma mère pour s'en occuper. Ensuite, je reviens vers vous pour toute la soirée, mais je vais essayer de faire en sorte de vous faire sortir le plus rapidement possible, mais je ne sais pas encore comment. Étant donné que ce cher Paulo me ferme également ici avec vous, il faut que je trouve une solution pour qu'il me laisse la clef. Ensuite, vous pourrez aller à la police pour porter plainte, là ce seront vos affaires, ça ne me regardera plus !

Violette écoutait le cœur battant la chamade. Si seulement ça pouvait être aussi simple ! Mais elle n'avait pas d'autres choix que de lui faire confiance…

— Occupez-vous de mes enfants, c'est le plus urgent pour le moment. Merci pour tout. Je vous fais confiance et je ferai comme vous le direz !

Marc lui passa la main dans ses magnifiques cheveux aux reflets de feu pour les ébouriffer un peu, laissant malgré lui sa main glissait le long de son cou laiteux. Puis dans un sursaut de lucidité, il défit le lit, éparpilla quelques affaires çà et là.

— Il faut qu'on laisse l'impression d'avoir eu un ébat quelque peu chaotique ! lui expliqua-t-il poliment.

— Heureusement que vous pensez à tout, répliqua Violette, décontenancée.

— Ne vous offusquez pas, mais je vais jouer le grossier personnage en partant afin que Paulo me donne toute sa confiance, enfin, le mieux que je peux, car ce n'est pas chose habituelle chez moi, s'en amusa-t-il bien malgré lui.

Violette ne put que se laisser aller à sa boutade, la situation était plus que risible !

Un coup à la porte se fit entendre et sans attendre de réponse, cette dernière s'ouvrit brutalement et largement pour laisser un Paulo savourant son entrée théâtrale.

— C'est l'heure mon seigneur !

— Malheureusement, ça passe bien trop vite, se plaignit Marc. Je n'ai pas le temps d'assouvir toutes mes envies en un si court moment, tapotant gentiment le postérieur de Violette qui eut toute la peine du monde à ne pas lui envoyer une gifle en pleine figure !

— Mais, rien ne vous empêche de profiter plus longtemps, monseigneur. Sortez donc vos pièces d'or !

pouffa Paulo dans un rire bruyant et vulgaire, tout en faisant un clin d'œil à Violette.

— Vous êtes un sacré commercial dans votre genre, vous ! s'esclaffa Marc, en parfait comédien.

Les deux hommes sortirent sans se retourner comme deux grands amis.

Marc devait être plus malin que ce diable.

Ils se dirigèrent vers le café, Paulo ayant toujours un pas d'avance sur Marc pour bien montrer qui était le patron.

— Ça tient toujours votre proposition ? osa Marc.

— Laquelle ? s'arrêtant de marcher pour mieux regarder son client.

— De me laisser plusieurs heures avec votre belle rousse, mais, il faudrait me faire un prix tout de même !

— C'est à voir ! Ça serait à quelle heure et pour combien de temps, car je n'ai pas que ça à faire moi, ça turbine dur de l'autre côté ? claquant la langue de satisfaction.

— Je dirais toute la soirée… de 20 heures à minuit par exemple, enfin si c'est possible bien entendu, jouant le parfait naïf.

— Et bien, vous alors, vous avez la forme ! Je croyais que vous étiez pris ce soir ?

— Changement de programme, ou plutôt, de priorité, lui dit Marc sur le ton de la confidence.

— Si vous le dites ! Mais vous avez à rattraper une longue période d'abstinence, ma parole ! tapant sa main sur l'épaule de Marc et riant comme un âne.

— Tout comme, oui !

— Un taulard juste sorti de son trou ? essaya Paulo, sans conviction.

— Non, pas un taulard, juste une vie de reclus, enfin un isolement volontaire si vous voyez ce que je veux dire !

— Non pas vraiment, développez pour voir.

— Disons que j'ai fait une longue retraite près d'Avignon, à l'Abbaye Notre-Dame de Sénanque. J'avais besoin de faire le point sur mon passé, l'avenir. J'étais à un tournant difficile de ma vie, vous comprenez ? Enfin je vous ennuie, mais pour vous répondre, oui, j'ai dû faire abstinence toute cette période ! répondit Marc, gardant une crédibilité toute solennelle.

— Bin vous alors, vous m'en bouchez un coin, secouant la tête de dépit. Ce n'est pas moi qui me serais embringué là-dedans ! Vous parlez d'un truc, l'abstinence, mais quelle idée ! Comme un curé en somme ? riant de plus en plus fort. Alors si je résume, vous vous abstenez comme un malade ou un curé, et après, vous passez à la vitesse supérieure. Ah, j'aurai tout entendu…

Les deux hommes rentrèrent dans le bistrot de fort bonne humeur. L'un passa derrière le comptoir, l'autre s'installa à une petite table pour boire un café. Paulo revint avec deux tasses et s'assit en face de lui.

— 250…

— Pardon ? fit Marc naïvement, sachant très bien à quoi correspondait cette somme.

— 250 euros de 20 heures à minuit, c'est mon dernier prix !

— Hum, c'est une certaine somme, Marc donnant l'air de réfléchir. Mais… c'est d'accord, topez — là ! J'aurais bien une autre requête à vous demander, insista-t-il en souriant.

— Dites, ce n'est jamais fini avec vous, mais vous m'amusez, ça me change un peu de ces soûlards à la tête vide et aux yeux de merlans frits qui traînent ici le soir !

— Vous m'en voyez ravi ! l'amenant gentiment dans sa complicité. Voilà, il faudrait me laisser la clef pour ce soir, car je ne sais pas à quelle heure exacte j'arriverai ni celle à laquelle je partirai. Je vais vous faire perdre votre temps si vous attendez alors que je ne suis pas encore là, et, vous me ferez perdre le mien si c'est moi qui désire partir plus tôt et que je ne le peux pas, vous comprenez ? avança Marc sur un ton des plus coopérateurs.

— Je vois, c'est ennuyeux tout ça ! Je pourrais vous proposer de passer prendre la clef, mais bien entendu, après m'avoir réglé la note, précisa Paulo, soucieux d'être payé. Et vous me la ramènerez dès que vous en aurez terminé. Surtout, fermez bien à double tour, notre rousse pourrait se faire la malle et elle ne pourrait plus vous satisfaire, riant fortement. C'est une dure à cuire celle-ci ! Je la mate un peu ces jours-ci comme vous avez pu le constater, mais ce n'est pas vous qui vous en plaindrez, pas vrai ?

— Oui, je confirme ! Comptez sur moi, j'y veillerai. C'est bien pour ça que je souhaite passer un peu plus de temps encore avec elle. J'aime les femmes de sa trempe, un sacré tempérament, cette jolie rousse ! Je crois que vous allez faire fortune avec moi si j'y prends goût, confirma Marc joyeusement, gagnant de plus en plus la confiance de l'homme.

Ce n'était pourtant pas l'envie de lui envoyer un bon crochet droit dans sa sale tronche qui lui manquait, mais il avait une lourde tâche à accomplir, il ne fallait pas faire de faux pas.

— Ah, vous alors, vous me plaisez ! Le café, c'est pour moi, et n'oubliez pas, les billets contre la clef, lui faisant une œillade ami-ami.

Paulo repartit derrière le comptoir et Marc sortit du troquet tranquillement tout en lui faisant un signe complice de la main en passant la porte.

Il lui fallait prendre du numéraire et aller chercher ces pauvres gamins. Il avait les mains moites et tremblantes, et le cœur anormalement rapide. Il venait juste de s'en rendre compte en marchant le long du trottoir pour aller au guichet de la banque…

Chapitre VII

La bienveillance d'un homme

Il y avait une école maternelle pas très loin de la maison où se trouvaient les enfants, où deux maîtresses s'interrogeaient sur l'absence de deux de leurs élèves. Il n'était pas habituel à cette fratrie de ne pas venir à l'école sans que la maman ne les prévienne.
Justine, l'institutrice de Milaine, se rendit dans la classe de sa collègue chargée de la petite section.
— Sonia, as-tu vu Théo Navarot ces trois derniers jours ?
— Non, justement, je voulais te poser la même question pour sa sœur, c'est très inhabituel ! De plus, ils déménagent définitivement dans une petite quinzaine normalement, on devait fêter leur départ avec leurs petits camarades, confirma Sonia.
— Oui, et j'avoue que cela me surprend beaucoup. Pourvu qu'il n'y ait rien de grave ? reprit Justine.

Les deux institutrices aimaient particulièrement ces deux enfants. Malgré leur milieu très modeste, ils étaient fort bien élevés, n'arrivaient jamais en retard et surtout, étaient très éveillés, notamment la jeune Milaine, une enfant très attachante et tellement mûre pour son âge. Elle savait déjà ce qu'elle voulait. Elle montrait une ténacité et une volonté peu communes...

— C'est curieux tout de même, mais la maman ne devrait pas tarder à nous prévenir, répondit Sonia.

— J'espère aussi, ils sont sans doute malades ? Avec cette grisaille, ce ne serait pas étonnant ! Bah, on devrait bien vite les revoir, se rassura Justine, quelque peu apaisée par son explication.

Elles discutèrent encore quelques minutes de leur journée de travail, puis se saluèrent cordialement.

— Passe un bon mercredi Sonia, je te dis à jeudi !

— Merci, Justine, à toi aussi, comme les jours filent vite !

— À qui le dis-tu ?

Ce n'était pas vrai pour tout le monde, car depuis dimanche soir, deux jeunes enfants trouvaient le temps bien trop long et ennuyeux. Ils avaient froid, ils n'avaient rien mangé de chaud, et n'avaient pas vu le jour ni pris un bol d'air frais.

Les jours ne filaient vraiment pas vite pour eux. Ils avaient perdu la notion du temps, des jours, des heures de repas, du coucher. Ils vivaient en fonction de leur intuition, de leur faim, de leur fatigue, de leurs envies…

La seule chose qui restait bien ancrée dans leurs têtes d'enfants, c'était que leur maman devrait bien vite revenir et découvrir leurs lettres sur le palier. Alors, elle serrerait très fort ses enfants dans ses bras, comme avant…

Milaine ne savait plus comment occuper son petit frère. Elle avait épuisé toute son imagination afin de tuer le temps. Dessiner, regarder la télévision, écrire une lettre, jouer à un jeu de construction, à cache-cache, au jeu des mimes, inventer une belle histoire…

En dehors du temps de sommeil et des repas froids pris à des heures décalées, Théo pleurait ou ronchonnait de plus en plus souvent.

Milaine avait beaucoup de peine elle aussi, mais comme elle était la plus grande, elle se devait de remplacer sa maman, même si cette tâche s'avérait très harassante pour une enfant de 5 ans.

Il faisait très humide dans l'appartement, car l'air frais extérieur n'avait pas changé l'atmosphère depuis deux jours. Même s'il y eut quelques rayons de soleil, ils ne purent réchauffer un tant soit peu la maisonnette avec les volets clos.

Ce matin, ils eurent très peur. Il y eut un grand bruit, comme une explosion, et il n'y eut plus de lumière au plafond du salon ! Depuis l'absence de leur maman, toutes les lumières étaient restées allumées, de jour comme de nuit. D'ailleurs, Milaine ne savait plus se repérer dans le temps. Elle essayait de lire l'heure, mais ne savait pas à quoi cela correspondait vraiment. Alors, ils se laissaient guider par leurs estomacs vides et par le sommeil qui les surprenait n'importe quand, de plus en plus souvent, comme si dormir leur permettait d'oublier qu'ils étaient bien seuls et bien tristes dans cette maison vide.

Théo, régulièrement, s'assoyait devant la porte d'entrée pour regarder les petits coins de papiers blancs qui dépassaient toujours de dessous la porte. Quand il en avait assez, il se relevait en pleurant, pestant contre sa maman qui ne voulait pas venir lire les lettres et voir leurs beaux dessins !

Milaine le réconfortait alors comme elle pouvait.

Mais elle finissait par penser que son frère avait raison. Leur maman ne reviendrait plus à présent.

Pour changer l'ambiance monotone de plus en plus lourde, la fillette décida qu'il fallait sans doute prendre une bonne douche, car leurs cheveux étaient en bataille, et jamais ils n'étaient restés aussi longtemps sans se laver entièrement.

Théo frottait juste son petit bout de nez avant de s'habiller. Milaine avait un peu plus de notions que lui concernant l'hygiène corporelle, car elle avait une certaine complicité avec sa maman, d'entre filles. Elle aimait tellement lui chiper un peu de crème de visage ou d'eau de toilette, ça sentait si bon, et elle portait ensuite l'odeur de sa mère toute la journée, un délice !

Le plus compliqué pour cette petite fille était les moments où Théo devait aller aux toilettes. Il était trop petit pour faire pipi dans la cuvette et ne savait pas s'essuyer pour la grosse commission. Il appelait donc sa sœur très autoritairement pour l'aider. Pauvre Milaine qui se débattait avec pas moins d'un demi-rouleau de papier toilette avant de tout jeter dans les toilettes à chaque fois, une chance que ça ne se soit pas bouché !

— Maman ne fait pas comme ça, puis t'es pas gentille, et tu me fais mal ! Berk, tu en mets partout Milaine ! se plaignait Théo immanquablement.

C'était décidé, elle allait lui faire prendre une bonne douche et ce serait son tour ensuite.

Théo n'était pas très emballé par cette nouvelle idée, mais sa sœur avança de bons arguments…

— Tu sais, si maman voit en rentrant que tu n'es pas douché, elle risque de ne pas te serrer dans ses bras ! Tu sais comme elle aime les petits enfants propres, lui souffla judicieusement Milaine.

— Elle aime Théo propre, pas les autres enfants ! T'es méchante de dire ça ! s'offusqua-t-il, vexé.

Et c'est ainsi qu'il fila tout nu sous la douche sans râler. Enfin, un peu quand même…

« C'est trop chaud Milaine, ça pique les yeux, c'est trop froid là, aïe, tu m'as fait mal, je veux maman ! »

Milaine pensa alors que c'était la pire chose d'une vie de maman d'avoir des enfants !

Quand elle fut à son tour bien propre et toute jolie, ayant pris de nouveaux pyjamas dans la commode de leur chambre, ils passèrent à la cuisine pour manger.

Milaine ouvrit le réfrigérateur pour constater qu'il ne restait rien à consommer de tout prêt. Il fallait donc chercher dans la réserve du meuble sous évier, quelque chose à se mettre sous la dent.

Elle proposa à Théo de choisir.

— Je veux des nouilles moi, maman fait toujours des nouilles au fromage, j'aime ça moi, les nouilles, proposa Théo avec des gargouillis dans le ventre.

— Mais je ne sais pas allumer le gaz Théo pour faire cuire, puis je n'ai pas le droit, maman se fâcherait ! On va choisir une boîte qu'on peut manger froide alors. Du thon et du maïs, tu aimes bien ça Théo ?

— Oui, si tu veux, mais avec la mayonnaise alors !

— Il n'y en a pas Théo, il y a juste de la moutarde, lui expliqua encore sa grande sœur, navrée.

— Berk, j'aime pas ! tirant la langue de dégoût.

— Mais je sais faire la vinaigrette ! J'ai vu maman souvent la faire, t'en veux ?

— Oui ! frappant dans ses mains.

Milaine essaya de bien se souvenir. Elle regardait souvent sa maman préparer le repas, et quelques fois, elle avait même le droit de l'aider.

Elle sortit la bouteille d'huile, la moutarde et le vinaigre.

« Un peu de ça, puis de ça, ah oui, et un peu de sel et de poivre aussi », énuméra-t-elle à voix haute.

— Voilà Théo, c'est prêt, goûte !

Le petit garçon trempa un petit doigt gourmand dans le bol et fit une horrible grimace.

— Elle est pas bonne Milaine, pas comme maman !

Milaine fut très vexée, et, de colère, elle se dirigea vers l'évier pour jeter le contenu du bol lorsque son petit frère s'esclaffa.

— Mets du miel dedans, Milaine, du miel, s'il te plaît !

Elle s'exécuta en rajoutant une bonne cuillère à café du beau coulis doré dans la sauce et le mélangea délicatement. Théo trempa à nouveau son petit doigt et fit un sourire enfin généreux et sincère.

« C'est trop bon ! », cria-t-il fièrement.

Le plus difficile fut d'ouvrir les deux boîtes de conserve. Il y avait bien un petit crochet sur lequel il fallait tirer, mais la force manquait à la fillette. Elle en avait les larmes aux yeux. C'était vraiment trop difficile de jouer à la vraie maman ! se répétait-elle, dépitée. Puis dans un sursaut de colère et d'énervement, elle tira très fort, en poussant un cri, jusqu'à ce que le petit couvercle, telle une vague dorée, s'enroula sur lui-même.

Milaine n'alla pas jusqu'au bout, sa force l'ayant abandonnée, mais ce fut suffisant pour en sortir le maïs. Il fallut réitérer la même opération avec la boîte de thon qui lui donna moins de résistance.

Que ce repas était bon ! Théo dégustait son assiette avec des éclats dans les yeux.

« Les mêmes éclats que maman quand elle est heureuse », pensa secrètement Milaine.

— C'est moi qui disais à maman pour la sauce Milaine ! cria Théo tout joyeux.

— C'est moi qui dis à maman ! rectifia la grande sœur.

Ils finirent le repas sur une belle pomme rouge, sucrée et juteuse à point.

Théo finit la soirée à jouer avec ses petites voitures devant la télévision et Milaine essaya de déchiffrer un livre de « Martine à la mer », qu'elle eut au Noël dernier.

Les images étaient magnifiques et remplissaient son petit cœur de bonheur. Martine et ses amis étaient si joyeux et intrépides… Qu'il devait être agréable de s'allonger dans le sable, mettre les pieds dans l'eau qui roulait en vous éclaboussant, et ramasser de magnifiques coquillages, Milaine laissant ses pensées vagabonder. Seule la petite lampe de salon éclairait, l'ampoule du plafond ne donnant plus de lumière. Il était donc très difficile de bien voir les lettres de ce joli livre, mais les images parlaient pour elles-mêmes…

Théo fit rouler sa belle voiture rouge vers la porte d'entrée. Il alla pour la ramasser quand il vit le petit bout de papier disparaître complètement de dessous la porte. Il recula tout doucement, les yeux fixés sur le sol, la bouche sèche, le cœur battant la chamade.

— Milaine, chuchota-t-il, Milaine, vient vite, regarde !

— Parle plus fort, Théo, je t'entends à peine, répondit-elle, en admirant toujours son livre.

— La lettre, elle bouge ! insista Théo, le petit doigt tendu.

— Quelle lettre ? s'approchant de son frère.

Et tout à coup, son cœur ne fit qu'un bond, lettres et dessins avaient bel et bien disparu !

Ils arrêtèrent de respirer en même temps pour bien écouter s'il y avait du bruit en haut de l'escalier…

Pendant ce temps, Marc venait de ramasser plusieurs feuilles qui représentaient des enfants, des jouets, une maman, une maison, une école, et quelques mots à l'écriture débutante, mais lisible. Il comprit alors que les enfants avaient écrit tout leur amour pour leur maman et leurs maîtresses d'école. Il en fut très touché.

Il toqua gentiment à la porte derrière laquelle il n'entendait aucun bruit. Était-il possible que les enfants ne soient plus là ?

Il inséra la clef dans la serrure et la tourna, une boule au ventre bien malgré lui. Il avait vraiment l'impression de se comporter comme un cambrioleur !

Les enfants de leurs côtés trouvèrent anormal ce silence de la part de leur maman qui aurait dû crier, « C'est moi mes chéris ! ».

Alors, un seul regard leur suffit, car au même moment, ils allèrent vite se cacher derrière le canapé avec une vue directe sur la porte d'entrée.

Ils retenaient leur souffle en se tenant par la main, la deuxième plaquée sur leur bouche...

Marc entra précautionneusement, car il ne voulait pas effrayer les deux petits s'ils étaient encore là. Il referma la porte derrière lui. Toutes les lumières étaient allumées et il ressentit immédiatement la fraîcheur et l'humidité de l'appartement.

Son regard se porta vers le coin cuisine où la vaisselle lavée était maladroitement posée sur le rebord de l'évier. Il fit un pas lorsqu'il faillit glisser sur une petite voiture rouge qui jonchait le sol.

Il s'enfonça un peu plus dans la pièce en appelant tout doucement.

— Milaine, Théo ? Je suis Marc, un ami de votre maman. C'est elle qui m'envoie. Vous voyez, elle m'a donné les clefs de la maison pour venir vous chercher ! Coucou, vous êtes là ? cria-t-il un peu plus fort. Mais personne ne vint vers lui.

Il tendit l'oreille un peu plus pour entendre la télévision qui marmonnait en sourdine au salon. Il lui fallait être perspicace, car il était certain que les enfants se cachaient quelque part. La maison était bien trop vivante pour être inhabitée.

— J'ai un secret à vous révéler, et moi seul le connais ! Moi, votre maman, et vous. Écoutez ça ! Sous l'armoire de la chambre à maman, il y a une boîte à trésors qui attend les jolies lettres que j'ai trouvées sous la porte. Vous pourrez les ranger avec tous vos autres dessins. Alors, vous voyez, je connais votre secret moi aussi, et c'est votre maman elle-même qui me l'a confié, pas plus tard que tout à l'heure !

Il entendit enfin des chuchotements. Il avait fait mouche. Il ne put retenir un large sourire.

Une petite voix finit par demander.

— Elle est où ma maman monsieur ? osa Théo dans un sanglot étouffé.

— Et pourquoi elle n'est pas avec vous alors notre maman ? se méfia Milaine.

— On va aller la chercher, ne vous inquiétez pas, mais d'abord, il faut vous mettre à l'abri, vous ne pouvez plus rester tout seuls !

Milaine prit son courage à deux mains pour sortir de sa cachette et affronter cet homme qui, bien qu'inconnu, connaissait le secret de la boîte à trésors. Ce devait être un vrai ami de leur maman !

Marc vit sortir de derrière le canapé, une tête blonde comme le soleil aux yeux merveilleusement clairs, suivie par une deuxième aux cheveux noirs comme la nuit et au regard ombreux.

« Comment pouvait-on avoir deux enfants aussi différents ? », pensa-t-il alors.

— Bonjour, Milaine ! Tu es bien la jolie Milaine dont maman est si fière ?

La petite fille secoua timidement la tête.

— Et toi, c'est Théo, le garçon à la belle voiture rouge, lui tendant la petite auto ramassée devant la porte.

— Oui, elle est à moi, c'est maman qui m'a acheté !

— Qui me l'a achetée, Théo ! reprit Milaine.

Marc fut attendri par ces deux adorables enfants. Il fut surpris de les trouver bien propres et fraîchement vêtus.

— Mais vous sentez drôlement bon et vous êtes tout beaux !

— Oui, on a pris une douche et j'ai même piqué la bouteille de bain de maman ! se vanta Théo.

Marc lui fit un clin d'œil en mettant son doigt sur la bouche, un chut complice.

— Vous avez mangé, les enfants ? s'inquiéta-t-il tout à coup.

— Oui, et c'est moi qu'a fait la sauce au miel, c'est trop bon ! raconta fièrement Théo.

— C'est moi qui ai fait, Théo, reprit une nouvelle fois Milaine, exaspérée par les fautes de diction répétées de son frère.

Marc émit un rire franc et fit une grimace à Théo qui sentit immédiatement un soutien moral sans équivoque contre sa vilaine sœur.

— Voilà ce que je vous propose. Vous allez prendre des vêtements de rechange, des chaussures et on va aller chez ma maman pour y attendre la vôtre, vous voulez bien ?

Les enfants ne prirent pas le temps de répondre, ils partirent en courant dans leur chambre récupérer les affaires demandées.

Marc en profita pour filer dans la deuxième pièce attenante, se doutant bien que c'était la chambre de Violette. Il ouvrit l'armoire et choisit une robe en lainage et quelques sous-vêtements qu'il mit, un peu gêné, dans un sac plastique trouvé sur une chaise.

Il entendit Théo demander très fort s'il pouvait prendre monsieur Doudou, et Milaine en profita pour demander si elle pouvait mettre le livre, Martine, dans sa sacoche ?

— Bien sûr, mais faites vite les enfants, maman doit vous attendre impatiemment !

Les enfants, sans se retourner et sans poser de questions, suivirent Marc dans une confiance aveugle. Ce dernier pensa alors qu'il aurait été bien trop facile pour des gens sans scrupule de berner des gamins sans défense !

Cela lui serra le cœur.

Ils montèrent dans la belle voiture qui attendait un peu plus loin dans la ruelle. Il fallait dire qu'il n'était pas simple de s'y garer sans boucher partiellement le passage d'un autre véhicule, bien que rare !

Amélie balayait le devant de sa porte. Les feuilles mortes et humides auraient pu la faire glisser en cette saison. La vieille dame fut, au même moment, très surprise de voir sortir de chez eux ses petits voisins en compagnie d'un individu, et ce sans la présence de la maman. Cela n'était vraiment pas normal. Jamais elle n'avait vu un homme venir dans cette maison, ni s'en approcher…

Les enfants s'installèrent à l'arrière, très intimidés par cet homme qu'ils n'avaient jamais vu, mais aussi par ce beau modèle de berline.

— C'est quoi la voiture ? demanda Théo très curieux.

— Une Renault, une Megane plus exactement, répondit Marc, amusé.

— Elle est trop belle, et elle roule vite ? reprit le garçonnet.

— Oui, mais tu sais, il faut rester prudent au volant et respecter la vitesse, rentrant dans le jeu du garçon.

— Maman elle avait une vieille voiture qui roulait pas vite, sinon elle faisait trop de bruit. C'est trop bête, elle est tombée malade et elle l'a mis à la poubelle, se plaignit le petit Théo.

— Bin ça alors ! répliqua Marc de plus en plus séduit par le langage du petit bonhomme.

— Pfff, n'importe quoi, marmonna Milaine, elle est à la casse !

— Bin c'est pareil ! se vexa son frère, croisant les bras, boudeur.

Marc sortit de la petite ruelle, sans savoir qu'une femme devant l'une des maisons voisines se posait encore bien des questions sur cet étranger et ses petits passagers.

« Mais où est donc passée la maman ? », se répéta la vieille dame de plus en plus intriguée...

La voiture se dirigea vers le bourg d'Amilly, là où se trouvait la belle maison familiale où vivait encore la mère de Marc. C'était un lieu très agréable à vivre avec des petits commerces de proximité, une belle place avec des halles au marché, et un calme relatif comparé à la ville de Montargis.

La maison se trouvait dans un petit quartier retiré, où l'on pouvait admirer d'imposantes constructions des années 30, du type meulières. Leurs structures étaient faites de pierres au ton gris ou rouge, jointoyées en rocaillage, typiques de la région. Elles avaient été réalisées par la belle bourgeoisie de l'époque.

Celle des parents de Marc avait un réel cachet. Construite sur deux étages, en deux parties bien distinctes, la partie du rez-de-chaussée, légèrement décalée de la partie étagée, avait permis de réaliser en façade avant, d'agréables terrasses desservant les chambres du haut. Le toit pentu était fait de tuiles rouges en arabesques, et les fenêtres ou portes-fenêtres étaient cintrées de briquettes rouges. Le tout fut toujours fort bien entretenu, ne laissant présager le nombre d'années passées !

Le terrain, pas très grand, mais joliment arboré, donnait un aspect noble à la vue d'ensemble.

C'était une maison familiale venant de ses grands-parents qui tenaient à l'époque un commerce-tabac-presse en plein Paris. Ils avaient fait construire cette maison comme résidence secondaire afin d'échapper à la vie trépidante de la capitale.

Après la mort de ces derniers, les parents de Marc s'y étaient repliés pour fuir eux aussi la vie parisienne à la naissance de leur fils.

Ils vendirent donc le commerce parisien, et avec ce beau pécule, achetèrent un tabac-presse, plus modeste certes, mais tout aussi fructueux, en plein centre de Montargis. La petite famille y vécut des jours heureux.

Cet enfant unique n'avait jamais eu l'âme commerciale, aussi à la mort de son père bien des années plus tard, la boutique montargoise fut vendue.

Sa mère put profiter d'une retraite bien méritée dans la cossue maison d'Amilly.

Marc avait toujours été attiré par le dessin et la peinture et, il lui fut facile, enfant, de se procurer feuilles de papier Canson, livres d'images, crayons et gouaches dans le petit commerce de ses parents. Aussi, s'en était-il donné à cœur joie ! Déjà tout petit, il épatait son entourage par sa dextérité à manier le crayon. Ce fut ainsi que sa passion ne le quitta jamais, l'amenant comme une évidence à l'École des Beaux-Arts à Paris, après ses études secondaires dans le Loiret.

Il y passa six années remarquables où il se donna corps et âme à sa seule raison de vivre, l'Art ! Il détenait un petit appartement dans le 15e, un bien familial que ses parents avaient gardé en prévision de ses études. Une aubaine pour ses finances !

Aujourd'hui, il pouvait dire qu'il était artiste-peintre, et qu'il pouvait vivre de la vente de ses tableaux. Le comble était de s'appeler Renoir, Marc Renoir, et cela lui valut bien des plaisanteries en tout genre. Il dut donc trouver un nom d'artiste pour signer ses œuvres, et c'est ainsi qu'il devint MarKoir, laissant Pierre-Auguste Renoir reposer en paix et surtout, sans faire d'ombre à sa grandiose réputation…

Marc se gara devant la maison. Les enfants ouvraient grand leurs yeux.

« Comme c'est joli ! », s'exclamèrent les enfants sans se concerter.

— Vous allez connaître ma maman, elle s'appelle Andréa !

— Elle est vieille ? demanda Théo, toujours aussi curieux et intrépide.

— Théo, ça ne se dit pas ça, s'offusqua Milaine, se comportant toujours comme une sage grande sœur.

— Un peu vieille, enfin plus que vous et moi, mais vous verrez, elle est très gentille, répondit Marc tout sourire.

Une petite femme aux cheveux d'un blanc lumineux, soigneusement tirés et attachés par un ruban de velours noir, et portant un tailleur chic, chiné gris et noir, révélait un grand soin apporté à son apparence. Elle enlaça son fils tendrement puis, se tournant vers les enfants, leur fit un magnifique sourire. Elle était très surprise de voir son fils avec ces deux enfants qu'elle n'avait encore jamais vus, mais, en femme intelligente et intuitive, elle comprit qu'il devait y avoir une raison de la plus grande importance ! Elle joua donc le jeu en recevant ses hôtes comme s'ils étaient attendus.

— Bonjour ! Je suis Andréa, la maman de Marc, et vous, comment dois-je vous appeler ?

— C'est mon petit frère Théo, et moi, c'est Milaine, répondit la fillette, très poliment.

— Je suis ravie de faire votre connaissance, Milaine et Théo. Les amis de Marc sont toujours mes amis ! Allez, suivez-moi, nous allons manger de bons gâteaux et boire un chocolat chaud, je vous attendais !

— Toi aussi tu vas boire du lait ? demanda encore Théo à Marc, sur le ton de la surprise.

— Mais bien entendu, j'en bois tous les jours. Même à mon âge, ma maman que tu vois là, me le prépare délicieusement chocolaté et parfumé !

Cette réplique laissa une admiration générale sur la frimousse angélique des deux chérubins.

Les enfants n'en finissaient pas de regarder dans cette jolie maison aux bibelots et meubles cossus et reluisants. Une bonne odeur de cire flottait dans l'air. Il y avait des tas de choses accrochées aux murs. Tableaux, photos, souvenirs divers… Ils n'en avaient jamais vu autant d'un coup !

Théo et Milaine s'étaient arrêtés devant un cadre photo où l'on pouvait voir un petit garçon en culotte courte courir sur la plage, entre sable et eau, un sourire généreux sur son visage tourné au soleil.

— C'est qui ? osa Milaine, comparant cette image à celles de son beau livre, Martine à la mer.

— C'est Marc ! répondit Andréa. Il avait ton âge à peu près, Milaine. Nous étions en vacances à la Baule. C'était un petit coquin, vous savez ! souriante et nostalgique, fixant elle aussi la photographie.

— Son papa était là aussi ? demanda un Théo très sérieux.

— Bien sûr, c'est son papa qui prend la photographie du reste ! répondit la vieille dame tout en lui ébouriffant les cheveux tendrement.

— Et bien nous, on n'en a pas de papa, releva Milaine, admirant toujours ce petit garçon si heureux.

Marc et sa mère se regardèrent, aussi émus l'un que l'autre. Puis, Andréa prit les opérations en main pour changer de sujet. Elle invita les enfants à la cuisine et leur prépara une assiette de cookies faits maison et fit chauffer du lait avec de gros carrés de chocolat qui en fondant, répandirent une bonne odeur sucrée, délicatement parfumée à la cannelle.

Milaine et Théo dévorèrent. Ils avaient à présent de belles moustaches chocolatées qu'ils finissaient de laper avec leurs petites langues roses. Deux chatons adorables qui firent briller les yeux de cette femme qui regrettait bien souvent le temps passé.

— On peut regarder ta maison ? demanda un Théo de plus en plus serein.

— Oui, allez-y, vous pouvez. En haut, c'est ma chambre, annonça Marc joyeusement.

Les enfants partirent en courant et riant, c'était une chouette aventure, comme ils n'en avaient jamais vécu jusqu'alors !

Marc expliqua brièvement à sa mère, et sans trop de détails, ce qu'il en était de leur maman, et surtout ce que les enfants venaient de subir en restant deux jours et trois nuits, seuls et enfermés.

Malgré la compassion pour ces deux bambins, elle fut très surprise de savoir son fils fréquenter ce genre de milieu. Son garçon pouvait avoir toutes les femmes à ses pieds s'il le désirait !

— Enfin, je n'ai pas besoin d'en savoir plus, je vais bien m'occuper d'eux, ne t'inquiète pas. Si tu les aides eux et leur mère, c'est que tu juges qu'ils doivent l'être ! Tu n'es plus en âge à recevoir des recommandations ou la morale, et je te fais confiance. J'espère ne pas me tromper, regardant son fils tendrement.

— Je te reconnais bien là maman, tu es une femme si généreuse. Je savais que tu comprendrais. Mais, je voulais te dire… cette femme… enfin… il n'y a rien entre nous, ne va rien t'imaginer surtout ! Elle travaille dans une blanchisserie et élève très bien ses enfants. C'est juste une malheureuse circonstance de la vie qui a fait qu'elle fut si malmenée par le passé, la faute à un sale individu sans scrupule.

— Mais je ne m'imagine rien, c'est ta vie, mon garçon. Mon dieu, fait attention tout de même, il pourrait s'en prendre à toi aussi. Mais où as-tu mis les pieds ? Tu as toujours la tête dans les étoiles, mon doux rêveur, alors, que connais-tu à ce milieu ?

— N'ait crainte, j'ai beaucoup plus de ressources que tu ne peux le penser. Tu peux me faire confiance.

Mais, laisse-moi t'en dire un peu plus, tu comprendras mieux…

Marc prit donc le temps de résumer le long parcours cahoteux de Violette. Une enfance malheureuse, seule et délaissée par sa propre mère, puis la mort de son père, et ensuite, cette erreur de jeunesse. Tout ceci secoua cette pauvre Andréa. Elle voulut exprimer sa désolation lorsque des cris joyeux d'enfants résonnèrent dans la cage d'escalier. Ils revenaient en courant de leur excursion aventureuse.

— C'est trop beau ! s'écria Milaine.

— C'est grand chez toi ! rajouta Théo.

Marc leur expliqua alors qu'il devait s'absenter pour aller chercher Violette. Les enfants en entendant le nom de leur mère retrouvèrent une lucidité plus sérieuse tout à coup. Milaine s'arrêta de grignoter le cookie proposé à l'instant, le regard sombre et inquiet. Andréa vit immédiatement un changement sur leurs visages.

— Ne vous inquiétez pas. Mon garçon vous a promis de ramener votre maman ici même et il tiendra parole ! Je lui voue une grande confiance, vous savez, il ne m'a jamais déçue, alors vous pensez, pour vous, c'est encore plus vrai, mettant le doigt sur leur sincère complicité. En attendant, je vais vous apprendre à jouer aux cartes, à la bataille, vous connaissez ?

Les visages de Milaine et Théo se détendirent quelque peu à la perspective d'un jeu qu'ils ne connaissaient pas encore…

Marc en profita pour s'éclipser. Il avait une double promesse à tenir à présent. Une faite à Violette pour la sortir de ce pétrin, et une faite aux enfants pour leur ramener leur maman au plus vite !

Il ne voulait décevoir aucun d'entre eux…

Chapitre VIII

Une complice précieuse

Marc arriva pour 19 h 30 au bistrot qui commençait à cette heure-ci à se remplir d'un genre humain qui semblait peu recommandable à un homme tel que lui.

« T'as l'air malin de penser ça, tu as bien su y venir tout seul ! », maugréa-t-il en refermant la porte.

Quelques filles aux visages bariolés et à la tenue vestimentaire très dénudée riaient et se pavanaient dans la salle. C'était là que le business de Paulo donnait à flot.

Marc s'approcha du comptoir discrètement, et bien que ce ne soit pas la première fois qu'il mettait les pieds en ce lieu, il ne se sentait pas du tout à l'aise. Quand Paulo le vit, il vint vers lui avec un grand sourire, la satisfaction et l'appât du gain se lisaient sur son visage.

Marc lui glissa instantanément les billets dans la main le plus discrètement possible, comme s'il pouvait être pris en flagrant délit. Alors, Paulo lui remit une clef en marmonnant.

« Minuit, pas une minute de plus, mon gars ! », tout en lui faisant un clin d'œil en guise de remerciement.

Il reprit ses activités de comptoir comme si de rien n'était...

La clef de la liberté. Marc la serrait si fort dans sa poche de pantalon, que sa main en était devenue moite et douloureuse.

Il connaissait l'impasse par cœur à présent et il ne lui fallut pas plus de trois minutes pour arriver dans la cour déserte, sombre et silencieusement angoissante.

Il sursauta fébrilement lorsqu'il entendit un drôle de bruit. Un « psst » bref et léger. Il pensa à un chat ou tout autre animal nocturne.

Il arriva devant la porte qui devait le conduire à l'étage où Violette se trouvait, quant à nouveau, un deuxième « psst », plus fort cette fois-ci, se fit à nouveau entendre.

Il se retourna vivement pour apercevoir une forme dans un recoin de la courette, qui lui faisait à présent un petit signe de la main.

Il s'avança prudemment, se demandant si ce n'était pas un piège dans ce coupe-gorge ? Ce serait bien sa veine !

Il vit alors une jeune femme dont le maquillage lui mangeait le visage, lui-même encadré par de longs cheveux noirs coiffés en une structure désorganisée. Elle sentait le tabac froid et son regard était d'une tristesse immense !

— Vous avez un souci, mademoiselle ? osa Marc, peu rassuré.

— Oui, je suis Lison, une amie de Violette. Je vous ai vu entrer au bistrot et j'ai bien vu votre petit jeu avec Paulo. Vous êtes venus ici encore hier en sa compagnie. Je le connais trop bien, et je sais à son sourire diabolique qu'il a fait un truc pas catholique. J'ai même ma petite idée, voyez-vous ! Vous devez me dire ce qu'il a manigancé, j'ai un mauvais pressentiment.

— Je n'ai rien fait de mal si c'est ce que vous croyez. Puis, qu'est-ce qui vous fait croire que je connais cette… Violette ?

— Disons, une intuition féminine ! Je connais trop bien le système pour ne pas avoir compris que vous étiez un nouvel habitué de Paulo, et je connais aussi toutes les filles qui travaillent pour lui. Aucune d'entre nous ne vous avons eu comme client, c'est bien dommage du reste, le reluquant de pied en cap. Alors, je vous demande avec qui Paulo vous fait monter, et pourquoi ici, monsieur ?

— Ce n'est pas ce que vous croyez mademoiselle. Il y a un malentendu, je ne suis pas un client comme vous dites, s'efforçant de cacher son trouble. Et qu'est-ce qui me prouve que vous êtes bien une amie de votre Violette ? se méfiant lui aussi.

— Et qu'est-ce qui me prouve que je peux vous faire confiance ? rétorqua Lison.

Ils se dévisagèrent mutuellement, d'un regard franc et volontaire.

« Cette femme a un sacré tempérament », pensa Marc.

« Cet homme a l'air trop bien pour être un vulgaire et sale type », remarqua Lison.

— Je suis la marraine de Milaine, vous devez savoir qui elle est ?

— Oui, je la connais, mais pas que…, rentrant dans son jeu énigmatique.

— Non, un petit voyou nommé Théo la seconde ! répondit-elle au tac au tac, soulagée de voir qu'ils étaient sur la même longueur d'onde.

— Suivez-moi, mademoiselle, j'espère que je ne fais pas de bêtise, mais au point où on en est, je ne sais plus que penser ! se dirigeant vers la porte juste en face d'eux.

— Que voulez-vous dire ? Et, où allons-nous exactement ?

— Votre intuition vous aurait-elle lâchée ? Allez, dépêchez-vous, on discutera plus tard, le temps nous est compté.

Ils s'enfilèrent dans le vieil escalier en bois, partiellement rongé par les termites et crissant dangereusement à chaque marche. Ils arrivèrent devant une porte que Marc ouvrit avec la clef que lui avait confiée Paulo.

— Vous avez la clef ? s'esclaffa Lison.
— Je vous raconterai, entrez vite ! lui intima Marc.

Violette se tenait debout, figée et anxieuse, les mains serrées si fortement que les jointures de ses doigts en étaient blanchies. Elle attendait Marc impatiemment, ayant prié pour que tout se passe comme prévu.

Quand elle vit Lison, elle étouffa un cri et se jeta dans ses bras, pleurant tout son saoul.

Marc prit la précaution de bien refermer à clef derrière lui, Paulo pouvait arriver à tout moment pour vérifier si tout se passait comme prévu. Sournois et méfiant comme il l'était…

— Et bien, on me vole la vedette, je vois ! essayant de plaisanter un peu pour détendre l'atmosphère bien trop pesante en l'instant pour lui.

— Oh, pardon Marc, je ne m'attendais tellement pas à voir ma Lison. Mais comment vous êtes-vous rencontrés ? Et Paulo, si…

— Ne t'inquiète pas, Violette, il me croit au taf chez un client ce soir. J'ai deux bonnes heures devant moi. Tu penses bien que je n'aurais pris aucun risque pour compromettre notre départ. Mais ça a l'air mal barré, ma belle !

— J'ai dû louper quelque chose là, fit remarquer Marc.

Mais les deux jeunes femmes ne relevèrent pas, continuant à s'interroger.

— Mais comment as-tu su pour moi ? Puis, se tournant vers Marc. Vous avez pu vous occuper des enfants, oh Marc, rassurez-moi, je vous en prie !

— Tout va bien, ils sont chez ma mère et ils sont en pleine forme. Ils vous y attendent du reste. Et pour répondre à la première question, votre amie Lison possède une intuition extra-développée !

Lison lui fit une grimace pour réponse.

— Que Dieu soit loué, reprit Violette, j'étais si inquiète, j'ai cru en mourir, essuyant ses larmes qu'elle ne pouvait contenir.

Les femmes s'assirent sur le lit en se tenant les mains, et Marc prit la chaise bancale pour s'installer en face d'elles.

Lison raconta comment elle s'était méfiée à voir venir cet homme plusieurs fois en si peu de temps vers Paulo, et qui plus est, un nouveau client qui ne montait pas avec ses filles, ça semblait trop bizarre.

« J'ai donc décidé de me planquer ici ce soir, et j'ai attendu pour voir s'il revenait. Disons, une autre intuition ! », faisant une œillade à Marc.

Marc prit le relais pour raconter comment s'était passée l'entrevue avec les enfants, et, ensuite avec Paulo.

— Vos enfants vont très bien, de vrais petits scouts !
— Ça ne m'étonne pas, ils sont à la bonne école, releva Lison.
— Je vois ça, souriant à cette femme à la répartie vive. Il faut faire vite à présent, nous avons déjà perdu pas mal de temps. Je vais vous conduire chez ma mère, vous y serez en sécurité et surtout, vous verrez vos enfants.
— Mais Paulo, va encore s'en sortir cette fois-ci ! Il assouvira à nouveau sa vengeance, il ne me lâchera pas aussi facilement. C'est un gros risque pour mes enfants, pour vous, et même pour Lison, avança Violette, anxieuse et tremblante, consciente du danger que cela représentait.

Lison s'était tue. Elle réfléchissait à comment aider son amie. Elle lui devait bien ça, lorsque lui vint une idée de génie.

— Vous allez partir tous les deux. Moi, je vais rester enfermée ici. Vous irez à la police signaler ta fuite violette, avec l'aide de Marc. Vous direz qu'il reste encore une fille séquestrée ici. Il faudra aussi tout raconter pour tes enfants, pour Paulo, tout, tu dis bien tout cette fois-ci, violette !
— Non, Marc doit rester en dehors de tout ça, il n'a pas à être impliqué dans cette histoire, releva Violette,

se rappelant fort bien ce qu'il lui avait dit la veille sur cette éventualité. Mais oui, Lison, ça aurait pu être une très bonne idée, sauf que, si Paulo déboule entre temps ici, et qu'il te trouve, que va-t-il se passer à ton avis ? Non, c'est trop risqué, sœurette !

— J'ai payé jusqu'à minuit, à mon avis, on devrait avoir assez de temps, mais il faut faire vite ! reprit Marc.

— Oui, et ça nous laisse assez de temps pour mettre au point notre tromperie. Si Paulo déboule, je lui dirai que l'on n'a pas terminé notre sauterie et que je suis dans l'incapacité d'ouvrir. Je pousserai des cris si aigus, que je lui en ferai péter les tympans ! riant de sa boutade. C'est donc décidé, on fait comme j'ai dit ! insista Lison, prête à tout pour aider son amie.

Marc tendit à Violette le sac plastique contenant des changes.

— J'ai pris au hasard, j'espère que ça ira, mais dépêchez-vous, précisa-t-il, de plus en plus nerveux.

Violette demanda à Marc de se tourner afin d'enfiler les vêtements propres. Elle se sentit immédiatement beaucoup mieux. Lorsqu'elle prévint qu'elle était prête, Marc se retourna et fut surpris de voir que le choix de la robe en laine était exquis. Elle lui donnait une allure toute féminine et très élégante. La jeune femme sentit le regard appuyé de cet homme peu commun et en fut troublée.

Les femmes s'enlacèrent à nouveau, et dans un élan spontané, Lison serra fortement Marc dans ses bras, ce qui le fit rougir à en faire sourire ces demoiselles ! Puis, ils sortirent rapidement, laissant seule Lison à son sort.

Elle s'enferma à clef rapidement. Une boule sèche venait de se former au fond de sa gorge, lui rendant la respiration plus difficile. Elle avait l'impression de suffoquer. L'heure de faire sa forte tête venait de s'éteindre en une seconde !

« Même si Paulo a le double, en laissant la clef sur la porte, il ne pourra pas insérer la sienne », se rassura-t-elle. Oh puis zut, advienne que pourra, au point où j'en suis !

Elle connaissait trop bien la perversité de cet oiseau de malheur. Elle pria très fort pour que tout se passe au mieux, et surtout au plus vite. Elle n'avait pas l'intention de rester dans cet endroit isolé et lugubre trop longtemps, même pour rendre service !

Pendant ce temps, deux ombres traversèrent la cour en courant jusqu'à la ruelle, puis se faufilèrent dans une deuxième, et enfin, arrivèrent dans la rue Dorée où était garé le véhicule de Marc. Ils sautèrent dans la voiture, sans un regard, sans un mot, la peur au ventre.

Marc démarra en trombe en direction de la rue du Port où se trouvait le commissariat de police, à un peu moins de deux kilomètres. À cette heure tardive, la circulation était fluide. Ils mirent à peine cinq minutes pour y arriver.

Ils eurent juste le temps de reprendre leurs esprits pour se répéter comment Violette devait expliquer la situation.

— De toute façon, vous n'avez pas à mentir. Vous dites la vérité. En ce qui me concerne, je suis juste un ami de la famille qui a pris soin des enfants. Ce sera la seule chose qui sera, disons, inventée ! Allez, filez vite, je vous attends ici, et surtout, si vous avez besoin que je témoigne, je le ferai sans aucun scrupule, vous entendez ? voulant la rassurer pour lui donner un peu de courage.

Violette sortit de la voiture, le souffle court, la bouche sèche, l'angoisse lui enserrant la gorge.

« Pourvu que je sois crédible, surtout, il ne faut pas que je m'emmêle les idées ! », se rassérénait-elle.

Elle se dirigea vers la porte principale et appuya sur la sonnette. Un agent de permanence de nuit vint lui ouvrir. Marc ne vit plus que la porte se refermer sur elle. L'attente allait être longue et angoissante…

Violette fut très vite reçue par un inspecteur qui travaillait encore à cette heure tardive à son bureau. Elle déclina son identité et essaya de lui raconter ce qu'elle venait de subir, et qu'une autre fille était encore détenue dans ce trou à rats. Elle parlait trop vite et bien trop nerveusement pour que l'inspecteur comprenne toute l'histoire au premier jet !

— Reprenons plus calmement, madame, si vous voulez bien. Vous me dites donc que vous vous êtes échappée et qu'une autre femme est détenue. D'accord. Pouvez-vous me donner l'adresse, je vous prie ?

Il tapait sur son ordinateur sans regarder son interlocutrice. Cela arrangeait la jeune femme qui se sentait si mal à l'aise. Au moins, il ne verrait pas transparaître son angoisse.

Elle lui donna l'adresse, en décrivant le raccourci par l'arrière du bistrot pour arriver à la courette du bâtiment, et précisa l'étage de la chambre.

— Et ensuite ?

— Ensuite ? Ensuite rien, il faut agir vite ! Ce monsieur Paulo risque d'être très violent s'il se rend compte de mon évasion, et Lison est en danger. Il faut que vous sachiez aussi que mes deux enfants étaient également enfermés et livrés à eux-mêmes dans notre maison. Deux petits êtres innocents et si jeunes ! C'est un monstre, un individu abject. Si vous voulez des preuves, il y a un dossier chez vous, ça remonte à plus de trois ans. Cherchez à Violette Navarot, ou Paul Duveau dit Paulo, vérifiez, vous comprendrez mieux, mais faites vite surtout !

L'inspecteur venait de tomber sur les fiches regroupées des deux identités annoncées. Effectivement, il y avait du lourd du côté de ce Paulo, ça pouvait être une belle prise. Mais il émit un doute quant à la véracité des dires de cette madame Navarot, sachant qu'elle était elle-même impliquée dans cette ancienne affaire.

Il vérifierait tout cela après. Il devait agir vite si ses dires étaient bien vrais, une femme était encore détenue et sans doute en danger.

En un coup de fil, une équipe de quatre agents rentrèrent dans le bureau en trombe en saluant brièvement Violette.

— Les gars, une histoire de mœurs. Vous vous rendez à cette adresse, c'est urgent. Je vous fais le topo. Une équipe de deux pour la fille qui se trouve au premier étage du vieil immeuble en passant par l'arrière du bistrot qui arrive sur une courette. Elle y est, semble-t-il, séquestrée. Vous me la sortez de là et vous me la ramenez ici pour une déposition. La deuxième équipe, vous agissez en parallèle dans le bistrot de ce monsieur Paulo, et vous m'arrêtez ce type. Je vous envoie du renfort pour coffrer le reste des employés. On entendra tout ce beau petit monde. Allez au boulot, soyez vigilants, on a affaire à un sacré malfrat. La nuit risque d'être longue !

Les quatre policiers filèrent comme des flèches, laissant une Violette inquiète et pressée d'en finir. Elle n'avait pas l'intention de tomber sur Paulo ici même ni de passer la nuit dans ce bureau !

L'inspecteur, l'air de rien, reprit son interrogatoire.

— Bon, continuons, ma petite dame… Si je m'en réfère à votre dossier, vous avez donc cohabité avec ce fameux Paulo dans ce même troquet il y a quelques années ? Êtes-vous en contact avec lui ces derniers temps, peut-être plus… intimement j'entends ? le regard acerbe dévisageant sa plaignante.

— Une ex-colocataire, et amie contre mon gré ! Si vous lisiez correctement le rapport, vous verriez que j'ai été blanchie à la suite du mauvais traitement subi par ce même Paulo. J'ai pu m'en sortir grâce à vos collègues de l'époque. Depuis, je travaille, je suis mère de deux enfants et personne ne pourra vous dire du mal de moi, vous pouvez demander, s'exclama Violette, quelque peu remontée par le verbe hautain de cet inspecteur.

Il lâcha des yeux son écran pour prendre le temps de la regarder un peu mieux. C'était une très belle femme, même si l'on devinait derrière cette beauté des traits tirés par la fatigue et l'inquiétude. Ces deux jours passés l'avaient tout de même marquée !

Il constata également qu'elle avait plus l'air d'une mère au foyer qu'une femme de mauvaise vie.

Violette sentit son regard appuyé et se demanda ce qu'il pouvait bien penser d'elle…

Il se racla la gorge pour reprendre.

— Bien, je relis votre déposition, vous me dites si vous êtes d'accord. Par contre, il faudra éclaircir la situation du côté de vos enfants. Ils n'étaient donc pas avec vous, c'est bien ça ?

— Non, je vous l'ai dit, ils étaient retenus dans notre logement, enfin, chez moi. Ils se sont retrouvés seuls, deux journées et trois nuits, à cinq et trois ans, vous imaginez ?

— Et c'est ce Paulo qui les a enfermés à votre domicile, au 48, rue du Canal à Montargis, vous confirmez ?

— Euh… non, c'est moi ! C'est que….

L'inspecteur lui coupa la parole.

— Attendez, attendez ! Vous me dites que c'est vous ? J'ai du mal à suivre là. Vous enfermez vos enfants seuls à la maison puis vous vous faites kidnapper et enfermer à votre tour par ce type, enfin ce Paulo, c'est bien ça ?

Violette acquiesça, accablée, sentant cette fois-ci que ça allait se compliquer.

— Vous m'excuserez, mais j'ai du mal à bien tout comprendre. Reprenons, je vous prie ? prenant un air plus que soupçonneux.

Violette se sentit abattue et désappointée. Mais pourquoi ne pouvait-il pas juste l'écouter, taper à son ordinateur, puis la laisser partir ?

Elle s'en défendit, ne cachant pas son agacement.

— Écoutez, c'est moi la victime ! J'ai laissé mes enfants pour seulement un petit moment, pour ne pas dire dans l'urgence, afin de prévenir justement mon amie Lison qui doit partir avec nous. Je veux plus que tout la sortir des griffes de ce Paulo. Croyez-moi, j'étais censée en avoir pour une trentaine de minutes, allez, une heure tout au plus, et c'est au moment où je rentrais chez moi, que ce sale type m'a kidnappée en pleine rue. Alors, vous ne pouvez pas m'accuser à tort et à travers tout de même ! J'ai essayé de faire au mieux pour tout le monde, la voix entrecoupée de sanglots.

— Au mieux dites-vous ? Vous avez laissé vos jeunes enfants seuls, fermés à clef, livrés à eux-mêmes, sans même avoir prévenu quelqu'un ? s'indigna l'inspecteur de police sur un ton très réprobateur. Et vous voulez que je passe sur ce comportement immoral et immature parce qu'on vous a kidnappée ?

— Juste une petite heure, une toute petite heure. Ils étaient sagement installés devant la télévision, ils ne risquaient rien. Je ne pouvais pas me douter que notre vie allait basculer à ce moment-là ! Si j'avais su, mon Dieu, bien sûr que je serais restée chez moi ! Que puis-je vous dire de plus, que dois-je faire de plus pour que vous me croyiez ?

Violette craqua. Elle ne pouvait retenir ses larmes plus longtemps. Elle se sentit tout à coup en position de l'inculpée, dénigrée et diffamée, elle qui aimait tant ses enfants !

Puis soudain, des bruits de voix se firent entendre dans le couloir, juste derrière la porte vitrée du bureau.

Violette eut à peine le temps de reconnaître la voix de Marc, que ce dernier fit irruption dans la pièce.

L'inspecteur se leva prestement, demandant à cet intrus de sortir immédiatement.

— Non, je ne sortirai pas d'ici, car je me dois de vous expliquer ma responsabilité dans cette affaire !

L'inspecteur reprit place sur son fauteuil et fixa d'un air entendu cet homme plus qu'impoli.

— Je vous écoute monsieur, mais faites vite, en espérant que ce ne soit pas aussi saugrenu que l'histoire que je viens d'entendre !

Violette en resta sidérée. Elle voulut s'en défendre lorsque Marc prit la parole...

— Cette femme n'est pas une mauvaise mère, et ce qu'elle vous a raconté est juste. C'est moi qui ai manqué à tous mes devoirs ! cria-t-il.

— Ah, de mieux en mieux, vous écoutez aux portes en plus d'être inconvenant ! Et qui êtes-vous, monsieur... ? demanda le policier, les sourcils levés.

— Monsieur Renoir, Marc Renoir, comme le peintre ! lâchant un sourire narquois. Je suis un ami de cette dame et le parrain de Théo, son fils. C'est de ma faute si les enfants ont été enfermés dans ce logement depuis dimanche soir. Elle m'avait bien laissé un message afin que je vienne passer un moment avec eux le temps qu'elle voie son amie Lison, mais j'ai été retardé à Paris. Vous savez ce que c'est de traverser la capitale, ou pas, mais qu'importe, le temps que je

rentre, il était bien trop tard ! J'ai pensé alors que la maman était déjà rentrée chez elle et que tout ce petit monde était bien au chaud dans leurs lits. Je ne voulais pas les déranger. Je n'aurais jamais pu imaginer ce qu'il s'était passé, quel drame ! débita Marc sur un ton des plus crédibles.
    Se tournant promptement vers Violette, il continua.
    — Oh ma chère amie, comme je m'en veux, tout est ma faute ! lui saisissant les mains presque à genoux.
    Violette n'en revenait pas du culot de Marc et de sa facilité à être aussi bon comédien.
    — Alors, veuillez m'expliquer comment vous avez été au courant des ennuis de madame et de ses enfants puisque vous n'étiez pas là ? demanda alors l'enquêteur, dubitatif.
    — Le lendemain, j'ai voulu prendre des nouvelles et surtout m'excuser. Le portable de Violette ne répondait pas, celui de Lison non plus. Lison est une amie commune, mais aussi la marraine de Milaine, s'amusa-t-il à préciser. Alors, je me suis tout naturellement inquiété !
    — En effet, Paulo m'avait confisqué mon téléphone ! hurla presque une Violette revigorée, pour soutenir les dires de cet homme si bienveillant.
    — J'ai cogité un bon moment, ce n'était pas normal, vous comprenez ? Bref, comme je savais où était caché le double des clefs de la maison, je m'y suis rendu ce matin même, et c'est à ce moment-là que j'ai

trouvé les deux petits, seuls. Ils étaient si heureux de me voir, Théo n'arrêtait pas de crier « Parrain, mon gentil parrain ! », ce sont des enfants si attachants ! Voilà, vous savez tout, continua Marc, essayant de garder une allure naturelle et affirmée.

— Oh, que non, ce n'est pas tout ! s'esclaffa l'inspecteur. Que faites-vous ici à cette heure bien tardive, comment avez-vous su où se trouvait madame, et qu'avez-vous fait des enfants ? Car, si je résume, vous les avez trouvés seuls chez eux, soit ! Mais pour madame, comment avez-vous su qu'elle était retenue par ce Paulo dans ce sinistre endroit isolé de tout ? Et ce soir, vous venez directement la trouver au poste de police ? Vous avez un GPS dans la tête, monsieur Renoir ?

— Un GPS ? Oh mon Dieu, non, je dirais plutôt, de l'intuition ! sourit Marc. Je vous explique. J'ai déposé les petits chez ma mère, vous pouvez vérifier, elle habite dans le bourg d'Amilly, lui précisant l'adresse exacte. Ils sont même en train de jouer à la bataille à cette heure-ci, s'amusa Marc.

— Passez-moi les détails, je vous prie ! Et donc, pour madame ? la pointant du menton.

— Je vous ai dit, je ne trouvais ni Violette ni Lison. Ce sont des amies, donc je connais parfaitement le passé de ces jeunes femmes. Mais je connais aussi la soif de vengeance de ce Paulo suite à sa dernière arrestation, pour laquelle il porte la responsabilité sur

Violette. Alors, par intuition, je l'ai filé. J'ai attendu qu'il sorte du bistrot pour le suivre. L'intuition ou l'instinct, je ne saurais vous dire, a payé ! J'en ai déduit que Violette était bien là, dans cette chambre sordide du vieux bâtiment. J'ai attendu qu'il reparte et je suis monté discrètement. J'ai réussi à ouvrir avec un fil de fer qui traînait dans la cour. J'ai pu crocheter la serrure. J'avoue que j'ai été étonné moi-même, c'était une première. N'est pas cambrioleur qui veut, inspecteur ! expliqua Marc avec une vantardise plus vraie que nature.

— Restons-en aux faits ! Mais alors, pour cette Lison, comment avez-vous su qu'elle se trouvait détenue là-bas également, et pourquoi n'est-elle pas avec vous deux à l'instant ?

— Je me suis dit que si l'une était là, l'autre ne devait pas être loin, puisqu'elles étaient toutes deux injoignables. Et j'avais vu juste, elles étaient bien au même endroit, mais pas dans la même chambre ! J'ai essayé de la libérer, mais impossible, la serrure ne lâchait pas. J'ai donc demandé à Lison de patienter, que j'allais revenir en espérant que ce Paulo n'arrive pas entre-temps ! Violette et moi avons sauté dans ma voiture pour venir jusqu'ici. Elle souhaitait déposer plainte tant elle avait peur pour elles deux et ses enfants. Ensuite, je suis vite retournée jusqu'à la chambre de Lison et j'ai une nouvelle fois essayé d'ouvrir cette foutue porte ! Mais je n'ai pas réussi, ce qui confirme ce que je vous ai dit, n'est pas un cambrioleur qui veut ! Sûrement une serrure différente, à plusieurs points de sécurité, que sais-je, je ne suis pas serrurier non plus. Pour finir, je suis donc revenu au plus vite pour vous expliquer tout ceci. Voilà, je ne pense avoir rien oublié et surtout avoir été limpide !

— Arrêtez vos sarcasmes, monsieur Renoir, je vous en prie, c'est une histoire bien trop grave si elle est avérée ! reprit l'inspecteur.

— Veuillez m'excuser, c'est juste que j'ai besoin de me détendre un peu et de relativiser. Cette histoire m'a quelque peu secoué ! se justifia Marc.

Violette se tenait la poitrine, elle étouffait. Elle venait d'avoir la peur de sa vie. Marc aurait pu perdre le fil de l'histoire tant elle semblait rocambolesque ! Elle acquiesça sottement de la tête tout le long de sa plaidoirie.

Jamais elle n'aurait pu être aussi inventive et crédible. Cet homme était vraiment son sauveur, son héros, mais aussi un sacré bonimenteur, pensa-t-elle intimement.

L'inspecteur arrêta de taper sur le clavier de l'ordinateur, se leva et se dirigea vers la porte.

— Bien, on en a fini pour le moment. Vous pouvez y aller, on vérifiera bien entendu tous vos dires. Je pense que vous avez des témoins de votre séquestration et de l'enfermement des enfants, madame ?

— Enfin inspecteur, il me semble que s'il y avait eu un seul témoin, on nous aurait secourus, rien ne se serait passé ainsi ? À part Marc et Lison, non, personne ! ouvrant grand les yeux, restant ahurie par une question aussi stupide !

— Oui, j'entends bien, se rattrapa-t-il vivement, quelque peu vexé. Je me suis sans doute mal exprimé. Je veux dire, des témoins qui pourraient répondre de vos absences, du changement de vos habitudes, à vous, mais aussi aux enfants ?

— Oh oui, à l'école, à mon travail, peut-être une voisine, je ne sais plus, la mère de Marc, oui certainement !

— Bien, je vous recontacterai, j'ai vos coordonnées téléphoniques, vos adresses… Restez dans cette ville, et disponibles à tout moment pour l'enquête. Et ça vaut pour vous deux évidemment ! Merci. Bonsoir.

Ils quittèrent le bureau, longeant le long couloir qui desservait des tas de petites pièces vides à cette heure, pour rejoindre le hall d'entrée. L'inspecteur les suivait du regard…

Marc avait eu des sueurs froides. Il se demandait comment il avait pu enchaîner autant de fausses informations aussi facilement ? Il avait l'impression de ne plus se souvenir de tout ce qu'il venait de raconter.

Violette avait le cœur rapide et le souffle court. Elle était libre, mais surtout, elle allait retrouver ses enfants adorés.

La porte d'entrée s'ouvrit sur Lison qui arrivait en sens inverse. Elle se jeta dans les bras de Violette, toute tremblante, feignant de pleurer. Violette en profita pour lui murmurer quelques détails importants à ne pas omettre de préciser à l'inspecteur. Il fallait que tout corresponde…

« Marc a emmené les enfants chez sa mère. Il m'a libérée, mais tu étais dans une autre chambre, il n'a pas pu forcer la serrure, alors il m'a amené ici et est revenu vers toi, mais ça n'a toujours pas fonctionné, donc il t-a dit qu'il allait chercher la police pour te libérer. À toi de jouer Lison ». Puis, elle lâcha son étreinte et se mit à parler fort pour qu'agents et inspecteur entendent.

— J'ai eu si peur, Lison, j'ai eu si peur pour toi, c'est un cauchemar, ma chérie. Heureusement que Parrain Marc était là pour libérer son filleul et Milaine ! s'esclaffa Violette pour arriver à en apprendre un peu plus à son amie, car les policiers devenaient impatients.

— C'est fini, c'est fini, ma Violette. Paulo va payer, il nous a fait tant souffrir ! jouant la comédie à la perfection, même si toute cette histoire n'était pas loin de la pure vérité.

Lison était surexcitée, car c'en sera bientôt fini pour elle aussi de cette sale vie. Paulo allait tomber, et pas pour deux ans, cette fois-ci !

Elle suivit l'inspecteur qui s'était avancé dans le couloir pour la prier de bien vouloir entrer dans son bureau pour une déposition.

Ce coup-ci, elle n'allait pas se débiner, le proxénète allait bel et bien payer…

Violette monta dans la voiture de Marc avec les mains tremblantes, la bouche sèche, les joues en feu. Elle crut bien que ça n'en finirait jamais !

— Oh, merci Marc, vous m'avez sortie de cette mauvaise situation ! Mais, comment avez-vous deviné que j'étais en prise avec l'inspecteur en ce qui concerne les enfants pour foncer ainsi dans le bureau ?

— J'ai réfléchi une fois seul dans la voiture qu'il y avait une ombre au tableau. Une mère ne peut pas laisser ses enfants en bas âge seuls dans une maison, qui plus est, à la tombée de la nuit. Veuillez m'excuser de ce jugement qui vous accable, mais même le plus débile des flics aurait relevé l'infraction !

— Vous avez raison, je suis impardonnable pour ce que j'ai fait et je mériterais d'en être punie, mais je peux jurer devant Dieu que cela n'arrivera plus jamais ! balayant d'une main vive une larme qui coulait le long de sa joue.

— J'en suis persuadé, violette ! Donc, après cette réflexion, j'ai immédiatement décidé de venir vous apporter de l'aide. Quand je suis arrivé à la porte du bureau, j'ai entendu la dernière phrase assez accusatrice de cet inspecteur, alors j'ai foncé tête baissée ! Ensuite, ça a été tout seul, c'est sorti comme ça, je m'étonne moi-même sur ce coup, faisant un clin d'œil qui redonna un léger sourire à la jeune mère.

— Vous avez une imagination débordante Marc, jamais je n'aurais su inventer une telle histoire, et aussi cohérente, surtout ! le remerciant d'un sourire radieux et chaleureux. J'espère seulement que Lison n'aura pas de souci et qu'elle sera vite libre. Elle peut être tellement spontanée et naïve parfois !

— Je ne me fais pas de souci pour elle, elle a un sacré tempérament, votre amie, elle s'en sortira ! Vous savez, on peut sans doute se tutoyer à présent que je suis le parrain de Théo ? rétorqua-t-il joyeusement.

— Oui, je veux bien, rougissant de plaisir.

« Cet homme est un vrai baume pour un cœur en détresse comme le mien », pensa-t-elle intimement.

— Si l'on allait voir ces petits chez ma mère à présent, qu'en penses-tu ? Ils vont être si heureux de retrouver leur amour de maman, lui jetant un regard attendri.

— Tu as raison, il me tarde de les serrer dans mes bras. Merci pour tout, Marc !

« Les petits veinards ! », se surprit-il à penser.

Au moment où le moteur démarra, deux voitures de police arrivèrent en trombe, faisant crisser les roues, toutes lumières clignotantes.

Dans l'une, assis à l'arrière, un Paulo au visage fermé, et juste à côté, son acolyte, Jo.

Dans la deuxième, les trois filles qui vendaient leurs services pour la soirée. Celles-là mêmes que Marc aperçut dans le bistrot lorsqu'il prit la clef. Elles avaient l'air complètement abasourdies.

Violette sentit une bouffée de chaleur envahir tout son corps. Ce n'était pas celle de la peur, mais plutôt de jubilation. Enfin, ce sale type allait tomber pour proxénétisme, et tout ce qui allait avec, le dossier était solide ce coup-ci !

Les filles n'allaient pas lui faire de cadeaux, elles en avaient tellement soupé de ce souteneur.

« J'espère qu'elles s'en sortiront, pour un moment seulement, car je sais bien que certaines repartiront sur le trottoir, mais au moins pour leur propre compte. C'est tout ce qu'elles peuvent faire pour survivre, malheureusement ! Au moins, ma Lison sera sortie de cet enfer », pensa tristement Violette en les voyant rentrer dans le commissariat.

Paulo, les mains menottées dans le dos, tourna brusquement la tête pour planter un regard glacial dans celui de Violette…

Chapitre IX

L'enquête libératrice

Lison subit un interrogatoire poussé. Elle raconta comment s'étaient passées ces douze années, sans rien omettre. Elle avoua sa crainte de témoigner voilà trois ans de cela pour faire tomber Paulo. Elle avait eu trop peur des représailles, louant au passage le courage de son amie Violette. Puis, elle détailla les mauvais traitements subis, les menaces continuelles, le peu d'argent qui leur restait sur chaque passe, l'incapacité de rester autonome pour quoi que ce soit. Pas de papiers, pas d'argent, et surtout, pas de toit sur la tête pour s'évader de cet enfer !

Un engrenage sans fin…

La jeune femme expliqua comment Paulo prenait une grosse partie des gains, à elle et aux autres filles, leur laissant juste de quoi manger et vivre dans une chambre sordide.

Elle omit seulement de parler des manigances mises en place avec Marc et Violette, afin que cette dernière puisse s'échapper, et surtout porter plainte. Tout le reste n'était malheureusement bien que trop vrai.

L'inspecteur ne fut pas dupe, certains éléments lui semblaient peu crédibles en ce qui concernait l'évasion de son amie. De plus, ce Marc Renoir surjoua un peu trop sa façon de relater les faits.

Mais il ferma les yeux, l'arrestation de Paulo lui valut les compliments de sa hiérarchie avec une promesse de promotion à la clef tant espérée. Alors, il ne chercha pas plus loin, à quoi bon ? Ces pauvres filles devaient avoir bien assez souffert, et il savait pertinemment qu'elles n'avaient pas fait fortune. Leurs regards sombres et tristes suffisaient à comprendre la peur et le malheur qu'elles avaient vécus…

La jeune femme le sortit de ses réflexions.

— Vous savez, inspecteur, je dois partir avec Violette, refaire une vie meilleure dans le Poitou, vivre normalement, enfin, comme tout le monde. J'ai tellement rêvé de changer de vie ! J'ai souvent voulu essayer, vous savez, mais entre la peur et le manque d'argent, j'avais fini par accepter ma condition ! Grâce à mon amie, à ma sœur de cœur, mon rêve va enfin devenir réalité…

Lison ne pouvait plus s'arrêter de parler, comme au confessionnal, elle avait besoin de se libérer. Elle continua donc à se raconter, il y avait si longtemps ! Ce n'était pas avec les clients qu'elle pouvait s'épancher, Paulo aurait été bien vite au courant. Oh, il y avait bien Violette, mais elle évitait de se plaindre depuis deux ans, car elle avait refusé de suivre ses conseils lors de la première arrestation de Paulo.

Alors, quitte à tout dire, c'était le bon moment !

— J'avais tellement peur de Paulo, toujours à me menacer, m'humilier, me traiter d'une moins que rien, que j'avais fini par le croire. J'étais paralysée, je n'arrivais pas à décrocher. Je souhaitais même mourir dans une de ces chambres sordides, comme ça, vite fait, de chagrin, de honte, de douleurs, ses yeux s'embuant de larmes non feintes… Mais, même ça, je n'ai pas pu, je n'en ai pas eu le courage ! Je n'ai jamais eu beaucoup de courage du reste, vous savez, et ce, depuis que je suis toute petite !

Lison regarda l'inspecteur droit dans les yeux, comme si elle venait de reprendre contact avec le réel.

— Je n'aurai pas de souci avec la justice, dites-moi, je n'ai rien fait de plus que de vendre mon corps sous la contrainte ? Je ne veux pas qu'on me casse mon rêve, pas maintenant, nous sommes si près du but !

L'inspecteur eut pitié de cette jeune femme. Il connaissait bien les types comme Paulo, et il en avait vu de pauvres filles sous cette emprise démoniaque.

Ce n'étaient pas elles qu'il fallait blâmer, mais tous ceux qui gravitaient autour. Les souteneurs, les rabatteurs, et les clients, bien entendu ! C'était toute une organisation bien ficelée, impossible à abattre en une seule fois !

— Non, vous pourrez suivre votre amie, vous avez largement contribué à nous faire prendre ce beau gibier. Mais, promettez-moi une chose, Lison, vous permettez que je vous appelle Lison ?

— Oh oui, bien entendu ! Mais, que dois-je vous promettre ? surprise qu'il l'appelle par son prénom.

— Ne vous laissez plus jamais embobiner par un homme, enfin, le mauvais ! Prenez le temps, vous êtes si jeune, vous avez toute la vie devant vous. Quand l'amour, le vrai celui-ci, sonnera à votre porte, vous ressentirez une chose que vous n'avez encore jamais connue auparavant, alors là, vous saurez vraiment.

Lison pleurait silencieusement. Ces mots étaient si justes, si touchants. Elle qui croyait qu'un flic tel que lui ne pouvait pas avoir un cœur compatissant ! Elle le remercia sincèrement, signa sa déclaration et lui tendit une main toute tremblante.

— Le juge décidera de la suite, on vous convoquera. Vous avez une adresse où l'on peut vous joindre ? Vous ne devez pas quitter la ville pour le moment, je suis navré !

— Et bien, c'est-à-dire que… je n'ai pas vraiment de chez-moi ! Chez-moi, c'est pathétique, vous ne trouvez pas ? Donnez l'adresse de mon amie Violette, elle me tiendra au courant, c'est plus sûr ainsi. Merci, inspecteur, j'espère ne pas devoir me trouver à nouveau en face de ce salopard, j'ai encore tellement peur !

— Puis-je vous demander où vous allez dormir ce soir ? Il est tard et vous êtes seule, s'inquiéta tout à coup l'inspecteur.

— Je pensais retourner au-dessus du café, dans ma chambre. Il y a toutes mes affaires pour ne pas dire toute ma vie là-bas, s'étonna Lison.

— C'est impossible, tout l'établissement est sous scellé. Pour l'enquête, les preuves, vous comprenez ? Ça m'étonnerait que le bistrot rouvre un jour !

— Mais alors, mes effets personnels ? J'ai peu de choses, certes, mais ce n'est pas une raison ! riposta la jeune femme, dépitée. Ou alors, je vais aller chez Violette ?

— Je ne crois pas que ce soit judicieux à cette heure tardive, qui plus est, elle est partie chez la mère de ce Marc Renoir pour retrouver ses enfants.

— Ah c'est vrai, j'avais oublié ! Alors… je ne sais pas trop où je vais bien pouvoir aller ? Lison se trouvant dans l'incapacité de trouver un autre endroit.

— Je vais vous conduire à une chambre d'hôtel pour ce soir et demain matin, je vous emmènerai récupérer vos affaires. Ça vous va comme ça ? lui proposa-t-il, le cœur empli de compassion.

Cette jeune femme ne le laissait pas indifférent. Si l'on faisait abstraction de son passé malheureux et activités inconvenantes, elle dégageait une beauté sauvage, une nature bohème qui lui allait à ravir. Oui, il l'a trouvée vraiment très jolie, et si jeune...

« Comme j'aurais aimé redorer son cœur, son âme, ses yeux. Quel gâchis, quel dommage ! », pensa-t-il intimement.

L'inspecteur trouva une chambre d'hôtel proche du commissariat. Il demanda au service restauration un plateau-repas pour ce soir, ainsi qu'un petit déjeuner au réveil pour le lendemain.

— Mais je n'ai pas d'argent sur moi, inspecteur, osa Lison très gênée.

— C'est la maison qui paie, ne vous inquiétez pas. Je passerai vous prendre demain matin à 8 heures pour récupérer vos affaires. Prenez une bonne douche, profitez, relaxez-vous, vous en avez bien besoin.

— Merci, merci pour tout inspecteur, remercia Lison, intimidée.

L'inspecteur commença à s'éloigner et, en passant devant le comptoir de l'hôtel, il demanda sur un ton sans équivoque.

« Vous prenez soin de cette personne, compris ? », puis, sortit en trombe.

Lison fut conduite dans une chambre spacieuse et coquette, deux fois plus grande que celle où elle vivait. Elle attendit que le garçon d'étage la laisse seule pour en faire le tour. Elle n'avait encore jamais dormi dans un tel luxe. Elle caressa d'un revers de main comme on caresse un chat, le couvre-lit au velours couleur crème assorti aux tentures. La literie était d'une telle épaisseur, qu'en s'assoyant sur le lit, elle se crut sur un nuage ouaté. Six énormes oreillers en broderie anglaise d'un blanc immaculé ornaient la tête de lit. Lison se demanda bien pourquoi il y en avait autant, deux auraient amplement suffi pour dormir dans un lit double ! Une jolie lampe baroque trônait sur un guéridon juponné du même velours que les rideaux. Dans un angle se trouvaient un bonheur du jour et son fauteuil crapaud beige. Lison s'y lova, savourant l'assise large et veloutée.

Elle se dirigea ensuite vers le cabinet de toilette à la porcelaine à l'émail éclatant. Des serviettes de toilette douces et blanches étaient roulées comme des petits pains gonflés et farinés. Des tas de produits de beauté s'éparpillaient judicieusement sur une petite table en marbre à côté d'une magnifique et grandiose baignoire.

Lison vit alors son reflet dans un immense miroir qui dévorait tout un pan de mur.

« Mon Dieu, que je suis laide et fade, à faire peur ! », pensa-t-elle, effarée.

Elle ouvrit le robinet couleur or de la baignoire qu'elle venait d'obstruer, pour y laisser couler une eau chaude et limpide. Puis, elle prit un bocal contenant des sels de bain de toutes les couleurs et les jeta comme des grains de riz dans une casserole. Cela la fit sourire.

« À quand remonte mon dernier bain ? Cela fait plus de dix ans, c'est certain ! Je ne m'en souviens même pas... », constata-t-elle tout en se déshabillant prestement pour s'allonger de tout son long dans ce remous de mousse à la senteur de fleurs fraîchement cueillies.

Quel délice cela lui procura, tout son corps en frémit de béatitude.

« Comme j'aimerais rester toute une vie ici », chuchota Lison, se laissant glisser au fond de la baignoire, immergeant entièrement sa tête. Elle retint sa respiration jusqu'à ce que son cœur se mette à cogner très fort et résonne dans ses tympans, dans son crâne, dans tout son corps. Lison sentit alors sa tête se vider de mauvaises choses, son corps des mauvais coups, sa dignité des mauvais regards. Elle se sentit comme renaissante, fraîche, nouvelle, intacte, pure...

Puis dans un sursaut de lucidité, elle remonta à la surface en prenant une grande bouffée d'air. Des petits éclats de mousse s'envolèrent pour retomber comme de légers flocons de neige, lui provoquant un rire cristallin, un rire qu'elle ne se connaissait pas.

« C'est donc ça le bonheur, se prélasser dans un bain chaud et sourire à la vie ! », se convainquit-elle.

Après quinze bonnes minutes à se délasser dans la baignoire, elle enfila le chic peignoir en éponge d'une douceur extrême. Elle lissa ses cheveux, se brossa les dents, et mit quelques gouttes de parfum d'un minuscule flacon de verre. Elle se sentit fraîche et belle instantanément.
Le reflet du miroir lui renvoya l'image d'une jeune femme séduisante, à la peau satinée et douce, aux yeux d'un éclat nouveau et d'un visage clair et lumineux.

Elle se trouva jolie pour la toute première fois.

Lison s'allongea sur le lit et ferma les yeux. Le calme et le vide de sa tête lui faisaient un bien fou. Elle se sentait si détendue. Ses muscles, ses membres, son âme. Le silence, rien que le silence…

Plus de bruits abrutissants d'hommes ivres, de verres et de bouteilles tapées sur les tables, de voix fortes lâchant des mots salasses, de rires vicieux, d'envies lubriques. Plus de mains sales sur son corps, de pétrissages, de palpations indécentes, de tapes ou de coups douloureux. Plus de violations de son intimité, de salissures, d'irrespect…

« C'est fini tout ça, terminé, plus jamais ! », se jura-t-elle.

Un léger coup à la porte la fit sursauter. Comme prise en faute, elle ferma précipitamment son peignoir et alla ouvrir pour entendre.

« Groom service, madame ! »

Un jeune garçon posa sur la table un plateau-repas, suivi d'une jeune femme qui à son tour mit sur le lit une robe et une poche plastique.

— Mais ceci n'est pas à moi, c'est une erreur, mademoiselle, rectifia Lison.

— C'est un ordre donné par monsieur Simon, une commande spécialement pour vous, madame, précisa la femme de chambre.

— Monsieur Simon ? n'ayant jamais entendu ce nom.

— Enfin, l'inspecteur Simon si vous préférez, répondit le garçon d'étage, l'air embarrassé.

Lison les remercia d'une voix ne pouvant cacher son étonnement.

— Nous ferons sonner votre téléphone qui se trouve juste à côté du lit à 6 h 45 pour vous réveiller, et nous vous servirons le petit déjeuner à 7 heures. Monsieur Simon passera vous prendre à 8 heures précises. Si vous avez besoin de quoi que ce soit, vous composez le 123, vous tomberez sur le service chambres. Bonne nuit, madame.

Les deux employés s'éclipsèrent discrètement et fermèrent la porte précautionneusement.

Lison entendit son estomac émettre des gargouillements tant les odeurs du plateau étaient très alléchantes. Elle s'installa dans le fauteuil et souleva le couvercle pour découvrir une coquille de saumon-œuf-salade en mayonnaise, une tranche de bœuf et ses petits légumes, une part de fromage, et une tartelette aux pommes.

Elle sourit tout en dévorant les succulents mets en pensant que jamais elle ne rentrerait dans le superbe vêtement étendu délicatement sur le lit. D'un magnifique bleu azur, au buste brodé de minuscules perles et finement pincé juste en dessous de la poitrine pour lui donner ensuite une forme évasée, cette robe requérait une silhouette fine et élancée ! Ses yeux se portèrent sur le sac plastique posé tout à côté.

Elle se leva après avoir tout dévoré pour aller regarder dans la poche et y découvrir un coordonné de lingerie finement brodée de petites fleurs du même bleu que la robe. Était jointe une carte qui disait.

« *J'espère que cela vous conviendra en attendant de récupérer vos affaires, passez une bonne nuit, à demain matin. Ronald S* »

Lison en resta comme deux ronds de flan.

« Et bien, y'en a qui ont du savoir-vivre et un bon goût ! », dit-elle à haute voix en regardant les étiquettes pour vérifier si c'était bien sa taille.

Elle décida de faire un essayage en s'empressant de sauter dans les beaux sous-vêtements pour finir par la robe. Elle courut comme une enfant jusqu'au miroir de la salle de bain.

Elle ouvrit grand les yeux devant la jolie femme qui se tenait là, souriante, éclatante et si chic !

« Est-ce bien moi ? Ce n'est pas possible ! Mais comment vais-je pouvoir rembourser tout cela à cet homme ? », songea-t-elle après coup, effarée.

Elle se glissa sous les draps après avoir posé sans un faux pli la robe et les délicats dessous sur le fauteuil crapaud. Les draps étaient frais et sentaient si bon. Quelle délicatesse, quel plaisir !

Une jolie princesse sortie tout droit d'un conte de fées, à la vie dorée dans son superbe château, en compagnie d'un prince charmant d'une grande beauté et d'une telle bonté, s'endormit Lison, avec un sourire aux lèvres et le visage détendu…

Une nuit paisible l'attendait, comme jamais Lison n'en avait eu depuis bien longtemps… depuis la nuit des temps !

Le lendemain matin, des agents de police se rendirent successivement dans le quartier où vivaient Violette et ses enfants, à l'école, à la blanchisserie, et aussi chez le propriétaire de la vétuste maison en location, pour effectuer des interrogatoires.

La vieille voisine, Amélie, fut étonnée de voir arriver deux agents de police à sa porte, le quartier était tranquille, cela n'arrivait jamais. Après que les deux hommes lui eurent expliqué les faits, elle confirma que Violette était une maman sans histoire, très dévouée, sérieuse et avec des enfants fort bien élevés. C'est alors qu'elle se souvint…

— Oh, mais j'y pense, il y a bien quelque chose qui m'a interpellée hier ! Un homme est venu chercher les enfants et ils sont partis en voiture tous les trois. Je m'en suis inquiétée sur le coup, car je n'ai jamais vu personne venir chez cette petite famille, à part une amie. Le plus surprenant fut de ne pas voir la maman avec eux ! Mais que voulez-vous, je n'ai pas à m'initier outre mesure dans la vie des gens ! Rien de grave, j'espère ? Je m'en voudrais dans le cas contraire, regretta-t-elle sur le coup.

Elle fut terriblement choquée d'apprendre que ces deux petits étaient restés seuls, fermés dans la maison juste à côté de chez elle, deux jours et trois nuits ! Les agents de police la rassurèrent en lui expliquant que l'homme était un ami de la famille, et que les enfants allaient bien.

— Je savais bien qu'il y avait quelque chose d'anormal, messieurs les policiers. Je ne voyais plus partir les enfants à l'école ni passer la maman pour se rendre à son travail. J'ai même cru qu'ils avaient déménagé, c'est pour vous dire ! Mais bon, si vous me dites que tout va bien, j'en suis heureuse ! se reprochant au fond d'elle-même de ne pas avoir fait plus attention que ça à la vie de ses gentils voisins.

Les policiers la saluèrent aimablement. La vieille dame rentra chez elle en pestant intérieurement contre elle-même.

« Quand même, j'aurais dû réagir, les pauvres enfants, seuls plusieurs jours et nuits ! »

L'interrogatoire à la blanchisserie Léonnard se passa tout aussi élogieusement. Aussi bien la patronne que le patron ne manquèrent pas de compliments concernant leur employée modèle.

— Vous pensez, mon mari croyait qu'elle était partie sans nous dire au revoir, je savais bien qu'elle ne se serait jamais comportée ainsi. Puis, elle n'aurait pas laissé son dû quand même, elle ne roulait pas sur l'or la pauvre femme. J'aurais dû me renseigner plus que ça sur son absence, pauvres petits ! Je connais bien ma Violette, cela a dû lui briser le cœur !

À l'école, la directrice et les deux maîtresses des enfants, furent tout autant choquées. Jamais ces enfants ne manquaient l'école. Il aurait fallu qu'ils soient très malades, et qui plus est, les deux à la fois !

— Nous devons fêter leur départ avec leurs petits camarades de classe, précisa Sonia.

— Et j'avais promis à Milaine qu'elle partirait avec tous ses dessins et cahiers, renchérit Justine. Je savais bien qu'elle n'aurait pu l'oublier !

La directrice n'avait rien à ajouter. Les trois enseignantes souhaitaient ardemment qu'elles puissent revoir d'ici les vacances de Toussaint leurs deux jeunes élèves pour tenir leurs promesses avant leur départ définitif…

Quant au propriétaire, il n'y avait rien à redire. Cette femme payait son loyer sans un jour de retard, sans la moindre plainte ni un mécontentement !

— Vous savez, j'ai refait tous les volets ! Ce n'est pas tous les loueurs qui font ça, et le chauffage est bon ! Je n'ai jamais abusé du prix du loyer, vous pensez, une femme seule avec deux enfants ! se défendit-il bien vite. Pour sûr que je vais avoir du mal à retrouver une aussi bonne locataire…

Les policiers sourirent aux propos de cet homme pingre qui se justifiait bien trop rapidement. À en voir cette vieille maison rongée par l'humidité et le poids des années, il aurait fallu la raser pour la reconstruire à neuf, plaisantèrent-ils en catimini.

Les agents rentrèrent au poste de police, avec dans le dossier de Violette Navarot, que du positif. Cette femme s'était racheté une conduite, elle était appréciée par tous et élevait très convenablement ses enfants.

— On lui donne donc le Bon Dieu sans confession si je comprends bien, ironisa l'inspecteur.

Ronald Simon était le parfait bon flic. Un vrai inspecteur « Harry » sortit tout droit du grand écran ! Il faisait un certain zèle dans le métier, ce que l'on pouvait mettre sur le compte de l'insolence de sa jeunesse ! Et même s'il faisait un peu trop son cador, il avait malgré tout un bon fond, mais il avait surtout horreur de le montrer. Un inspecteur de police devait être au-dessus de toute faiblesse !

Ses collègues ne le connaissaient que trop bien, alors ils ne s'offusquaient jamais de ses réflexions incisives ou remarques narquoises. C'était juste une façade derrière laquelle il se cachait pour taire ses sentiments.

Il était fort bel homme. Très grand, il aurait pu avoir une corpulence élancée, mais il démontrait une musculature très impressionnante. En sportif assidu, il s'imposait un footing chaque matin suivi deux fois par semaine de quelques séances de musculation.

Il avait de grands yeux bleus aux reflets acier, vifs et très expressifs, mais quand il était contrarié ou en colère, on aurait pu croire qu'ils viraient au noir. Les cheveux d'un blond cendré éclairaient son visage, et quand il le voulait bien, ce qui était assez rare chez lui, il avait un sourire à faire fondre la glace et à en faire tomber les filles à ses genoux !

Pourtant, il était un célibataire endurci, n'ayant jamais osé se lancer vraiment. Il eut bien quelques aventures, certaines plus longues que d'autres, mais il trouvait trop compliqué de concilier son métier et ses heures de sport avec une vie de famille. Ses conquêtes lui en avaient bien souvent fait le reproche. Alors, il s'offrait du bon temps de temps en temps, quand l'occasion se présentait, mais il ne cherchait pas plus que ça. Il se sentait bien ainsi, libre et sans contrainte.

Mais aujourd'hui, il y avait du lourd, une bombe même, le dossier « Paulo » ! Pour sa carrière, ce serait un tremplin extraordinaire et il comptait bien ne rien négliger pour arriver à ses fins.

Les témoignages des filles qui travaillaient pour ce Paulo relataient les mêmes faits. Pressions, menaces et maltraitances. Elles avaient toutes confirmé être obligées de se prostituer sous la contrainte. Il leur avait confisqué leurs papiers d'identité, par sécurité administrative, leur avait-il dit ! Ils les avaient toutes cueillies les unes derrière les autres à un moment difficile de leurs vies. L'isolement, le manque d'argent, l'insouciance, la fragilité, la candeur de leur jeunesse firent leur malheur, comme pour Violette et Lison… Toutes se firent prendre dans le filet d'un beau garçon qui n'était autre qu'un rabatteur…

En plus d'une maison de passe avérée sous le couvert d'un débit de boissons, on pouvait relever des locations de chambres illicites, des ventes d'alcool en partie enregistrées ou déclarées, ainsi que du tabac et des drogues négociés sous comptoir. Un associé, Jo, faisant office de comptable véreux, complétait le tableau. À cela, il fallait rajouter la séquestration de Violette et Lison qui allait être un acte accablant…

Oui, le dossier était lourd, et l'inspecteur Simon s'en frottait les mains. Ce serait sans aucun doute un beau palmarès à sa carrière !

Le procureur accepta la requête demandée par l'inspecteur Simon pour protéger les témoins. Ces pauvres femmes n'avaient pas à subir le regard du public. Il fallait également protéger leur identité envers de futurs rabatteurs ou souteneurs peu scrupuleux qui ramasseraient ces pauvres filles séance tenante dès leur sortie ! Paulo connaissait beaucoup de monde dans le business et avait bien des complices pour faire le sale boulot. L'on savait de quoi il était capable, ce n'était pas son premier coup d'essai...

De plus, il fut demandé une protection en matière familiale pour Violette Navarot. Ses deux enfants en bas âge devaient être particulièrement épargnés. Ils furent bien trop terrorisés en étant livrés à eux-mêmes !

Il fut donc entendu par le juge que les séances se dérouleront à huis clos pour la partie concernant la séquestration et incitation à la prostitution.

Pendant ce temps, Violette serrait ses deux enfants dans ses bras dans une chambre à l'étage de la maison de la mère de Marc, où ils s'étaient endormis. Ils ouvrirent bien vite les yeux lorsqu'elle entra à pas de loups dans la pièce. À croire que les enfants possédaient un sixième sens pour sentir l'odeur maternelle !

« Maman, maman ! », crièrent les enfants rapidement réveillés et enthousiasmés.

— Mes chéris, mes trésors, je suis là, tout va bien à présent. Comment vous sentez-vous ? demanda-t-elle tendrement.

— On a joué à la bataille, j'ai gagné ! cria Théo fièrement.

— Non, tu as triché, puis Andréa t'a laissé gagner, se rebiffa Milaine.

Violette souriait, comme c'était bon de voir ses enfants se chipoter. Elle ne remerciera jamais assez ces braves gens d'avoir tant pris soin d'eux. Après de gros câlins et une écoute toute particulière concernant les histoires qu'ils avaient à lui raconter, Violette leur demanda de bien vite se rendormir. Demain, ils retourneraient à leur maison…

Elle attendit qu'ils s'endorment profondément, les contemplant tendrement.

Pendant ce temps, dans la cuisine, Andréa et son fils discutaient. Marc lui raconta en détail ce qui s'était passé. Ils avaient une grande complicité et ne se mentaient jamais. Andréa avait exigé une franchise et une grande confiance avec son fils unique dès son plus jeune âge, ce que son époux n'avait pas toujours compris du reste. Il prônait une éducation beaucoup plus stricte.

— Mais enfin Marc, comment as-tu pu te rendre dans un endroit pareil ? Ce n'est pas ton genre enfin ! Un homme tel que toi, quand même, tu n'as pas besoin de ça ! s'offusqua Andréa.

— Maman, je ne suis pas fier de moi, ça, c'est certain, mais tu vas rire. En plus de n'avoir pas consommé et d'y avoir perdu pas mal d'argent pour sortir Violette de cette situation, j'ai monté un de ces bobards à l'inspecteur, je n'en reviens pas encore, il a tout avalé ! s'amusa Marc.

— Et ça t'amuse ? Enfin Marc, tu as perdu la tête ! Si tu as des ennuis avec la justice ? Et ce Paulo, s'il te créait des problèmes à présent ? Mon Dieu, si ton père était là, se lamenta Andréa, de plus en plus abasourdie.

— Si papa était là, tu n'en saurais rien, vois-tu. Je ne t'aurais rien raconté du tout ! enlaçant sa mère affectueusement.

Violette arriva dans la cuisine pour découvrir un tableau très touchant. La mère et le fils dans les bras l'un de l'autre. Marc se détacha un peu trop vivement, se racla la gorge et invita Violette à s'asseoir.

Ce fut Andréa qui prit la parole la première tout en servant une tasse de café avec les biscuits épargnés par la faim stupéfiante des deux petits gloutons.

— Ma pauvre enfant, Marc m'a tout raconté, quelle histoire ! Ça aurait pu mal finir tout ça. Enfin, vos petits n'ont rien et vous non plus. Vous vous en sortez plutôt bien, Dieu soit loué ! Quant à mon fils, je crois que c'est l'homme le plus… imprévisible que je connaisse ! confia-t-elle en roulant des yeux malicieux.

Marc ressemblait à ce moment-là à un petit garçon pris en faute. Il était tellement touchant. Violette en eut le cœur tout chaviré, et une douce chaleur imprégna son corps tout entier.

— Je ne vous remercierai jamais assez Andréa, et vous aussi, Marc. Demain, votre vie redeviendra plus calme, ce ne sera plus qu'un mauvais souvenir. En tout cas, les enfants sont ravis, ils se sont bien amusés avec vous !

— Ça n'a pas été difficile, ce sont des anges ! Ils sont très bien élevés, Violette. Votre Théo a un fort tempérament déjà, un vrai charmeur. Quant à sa sœur, c'est une petite mère très prévenante ! Vous voyez, Violette, c'est ce qui me manque le plus à présent. Je vieillis, et mon fils ne se décide pas à s'engager et à me donner des petits enfants ! Qui puis-je faire ?

— Enfin maman, ma vie n'intéresse en rien Violette, la coupa-t-il, vexé des confessions bien trop intimes à son goût !

— Oh, je t'en prie mon chéri, tu en sais bien plus sur la vie de notre chère amie et cela ne te gêne pas ! s'insurgea sa mère.

Ce fut Violette qui se trouva confuse sur le coup. Elle ne voulait pas que Marc se sente mal à l'aise à cause d'elle, aussi, se sentit-elle obligée de mettre fin à cette discussion.

— Marc, tu veux bien me ramener à la maison s'il te plaît ? Il se fait tard et je m'inquiète énormément pour Lison.

— Vous n'allez pas retourner là-bas ce soir avec vos enfants qui dorment comme des loirs ? Il est bien trop tard ! s'offusqua Andréa. Puis, votre amie Lison a dû rester un bon moment avec l'inspecteur, allez savoir s'ils en ont terminé du reste. Ils vont sûrement la garder au poste à cette heure si tardive !

— Pour une fois, ma mère a raison, Violette. Tu vas dormir ici et demain matin, je vous ramènerai tous les trois chez vous. Ne discute pas, tu es seule contre deux ! lui renvoyant un magnifique sourire. Je suis sûr que cet inspecteur aura pris soin de Lison, et j'irai m'en assurer également après t'avoir ramenée, ça te va comme ça ?

— Ai-je le choix ? J'espère que tu dis vrai pour Lison, murmura Violette.

C'est ainsi que toute la petite famille dormit paisiblement dans cette belle demeure. Il n'y eut qu'une personne qui tourna dans son lit une bonne partie de la nuit. Marc était très perturbé par le fait de savoir Violette tout près de lui dans une chambre voisine.

Il l'imagina bien malgré lui se dévêtir, exposant son corps à la peau laiteuse et souple, s'allongeant dans des draps doux et frais, s'étirant comme une chatte au souffle lent et chaud. Elle laisserait sa belle chevelure de feu éparpillée sur l'oreiller comme une lune rousse sur la mer, et ses yeux mi-clos laisseraient passer des éclats brûlants.

Comme il s'en retrouva troublé, Marc.

Cette femme ne le laissait vraiment pas indifférent. Pourtant, la façon dont ils s'étaient rencontrés aurait pu laisser une gêne, voire un gouffre entre eux deux…

Un deuxième homme restait également surpris par son comportement. L'inspecteur Simon se demandait bien ce qui lui avait-il pris d'exiger de la femme de chambre de l'hôtel, de trouver une toilette complète d'un bon cachet pour la jeune femme de ce soir ? Et qu'allait penser sa hiérarchie de la note salée pour les frais engagés pour la chambre et les repas ? Il était son propre chef dans son commissariat, certes, mais il devait tout de même rendre des comptes à ses supérieurs, encore plus concernant le budget ! En même temps, cette fille était un témoin à charge capital, et en tant que tel, elle devait être hautement protégée. Il pourrait toujours justifier son état affligeant, aussi bien moral que physique, dû aux mauvais traitements et à sa séquestration…

« Mais bon sang, que doit penser cette fille de moi ? Va-t-elle croire que je veux acheter ses services ? Jamais je ne me suis comporté ainsi, quel idiot je fais à présent ! », maugréa-t-il, tout en finissant le dossier « Paulo ».

Le juge d'instruction téléphona tard dans la soirée pour que l'inspecteur lui présente les deux femmes séquestrées et l'homme qui les avait libérées, pour une audition, demain à 15 heures à son bureau.

Marc dut mettre les bouchées doubles pour s'organiser dans tous les papiers, dépositions et plaintes afin d'être prêt pour le lendemain. Il allait devoir y passer une bonne partie de la nuit...

Lison fut réveillée en sursaut par un bip venant du côté opposé du lit. Elle allongea le bras le plus loin possible afin de saisir le combiné. Elle entendit à l'autre bout de la ligne, une voix masculine qui lui rappela que le petit déjeuner serait servi dans trente minutes en chambre et qu'elle se devait d'être prête pour 8 heures précises.

Le temps de s'étirer, de laisser son corps encore un peu dans la douceur et la chaleur du lit douillet, elle se leva enfin pour filer dans la salle de bain.

« Zut, je n'ai pas le temps de prendre un autre bain, quel dommage ! », pensa-t-elle, en entreprenant une petite toilette à la vasque d'un blanc étonnement lisse et éclatant. Elle brossa énergiquement ses cheveux et les attacha en une natte stricte qui descendait jusqu'à son mi-dos. Sa chevelure noire de jais était magnifiquement longue et ondulée, et avait toujours fait des envieuses de la part des autres filles. En général, elle les relevait en un chignon sauvage, ce que les hommes préféraient. Mais ça, c'était avant ! Aujourd'hui, elle était la nouvelle Lison, celle qui voulait vivre dignement comme sa sœur de cœur, Violette.

Elle trouva une paire d'escarpins couleur crème qui n'y était pas la veille au soir devant le fauteuil où elle se dirigeait pour s'habiller. Comment cela se pouvait-il, elle n'avait rien entendu après s'être couchée ? Un sac en toile de jute brodé à l'enseigne de l'hôtel contenait ses affaires personnelles, dont ses vieilles chaussures. Cela la laissa plus que dubitative.

« Le luxe n'a donc pas de limites ? », constata-t-elle, amusée.

Elle enfila les beaux sous-vêtements en dentelle, sages et délicats, puis la robe bleue qui lui allait à la perfection, et pour finir, les escarpins. Tout était à sa taille, comme si on lui avait pris ses propres mesures !

Elle se sentit une autre femme, transformée par une gentille fée d'un coup de baguette magique, comme dans Cendrillon. Mais elle savait pertinemment qu'allait bien vite redevenir la pauvre fille qu'elle était, sans aucun prince qui essaierait de la retrouver pour l'aimer.

La robe lui arrivait juste en dessous des genoux, laissant voir le galbe parfait de ses mollets. Les petites manches ballon donnaient à ses bras une délicatesse et une finesse incomparables. En se regardant dans le miroir ainsi coiffé, sans fard, légèrement parfumée, si bien vêtue, elle eut du mal à se reconnaître. Elle se trouva belle, très belle même ! Cette constatation enflamma ses joues d'un discret rose poudré.

« Et bien quoi, j'ai bien le droit de me trouver jolie, non ? », souffla-t-elle devant le miroir en se souriant.

Le garçon d'étage toqua en criant « service d'étage ! », puis entra poser le plateau sur la table sans lever les yeux. Mais, quelle ne fut pas sa surprise en repartant de tomber nez à nez avec Lison qui sortait de la salle de bain. Il resta la bouche grande ouverte telle une carpe coincée sur un rocher. Il se demanda si c'était bien la même personne que la veille ? Puis, il se ressaisit en bon employé modèle, pour lui souhaiter un bon appétit et une bonne journée avec un ravissement dans le regard. Il referma la porte précautionneusement sans cesser de l'admirer. Il la trouvait si jolie qu'elle en était intimidante.

Lison savoura ce moment avec une certaine délectation. Tout d'abord parce qu'elle vit sa beauté dans les yeux de ce jeune homme, mais aussi, parce qu'elle ne laissera plus jamais quiconque la juger autrement que ce qu'elle était à partir de ce jour…

Ronald Simon n'en revint pas lui-même quand il arriva au hall de l'hôtel où l'attendait déjà Lison à 8 heures sonnantes.

Quelle beauté, quel plaisir des yeux ! Il ne pouvait pas détacher son regard de cette magnifique femme.

Lison se sentit scrutée de la tête aux pieds, et cela la rendit encore plus nerveuse. Elle reprit du courage en affirmant à l'inspecteur.

— Oh, inspecteur, je voulais vous remercier. Je ne sais pas comment vous vous y êtes pris, mais tout me va parfaitement ! tournant sur elle-même pour lui montrer la ravissante toilette.

— Vous m'en voyez ravi, retenant un sourire admiratif.

— Comment vais-je vous rembourser tout ceci ? Je veux dire l'hôtel, les vêtements, les repas, succulents, du reste ! demanda-t-elle, quelque peu gênée.

— Vous ne me devez rien comme je vous l'ai déjà expliqué hier soir, et c'était bien normal.

— Comment ça, normal ? releva Lison, incrédule.

— Vous avez fait beaucoup pour la justice, on vous devait bien ça ! Le fameux Paulo va être au placard pour un bon moment, enfin je l'espère. Puis nous ne laissons pas une femme à la rue dans la police, un témoin important, qui plus est ! se justifia l'inspecteur.

— Important ? Alors, merci beaucoup, ne sut-elle que répondre.

Ronald Simon en profita pour lui donner le programme de la journée en commençant par se rendre à sa chambre au-dessus du café pour récupérer ses affaires personnelles. Ensuite, ils iront chez Violette pour la prévenir du rendez-vous avec le juge d'instruction, où ils se rendront pour 15 heures.

— Le juge ? Mais que dois-je lui dire ? montrant une inquiétude toute naturelle.

— Ce que vous m'avez dit hier, rien de moins, rien de plus ! Ne vous inquiétez pas, ça ira, et puis, ce n'est pas vous la coupable, ironisa-t-il pour détendre l'atmosphère.

Lison aurait bien voulu le croire, mais son passé lui porterait sans doute préjudice aux yeux de la justice !

Elle n'osa pas lui confier cette dernière pensée…

Violette était prête à partir. Les enfants dormirent paisiblement, mangèrent, se lavèrent et s'habillèrent sans discuter. Ils étaient heureux de revenir chez eux, mais à la fois tristes de laisser Marc et Andréa.

Andréa était désolée de voir partir cette petite famille aussi vite. Sa maison avait retrouvé pour un court moment une vie si animée, remplie de cris d'enfants, de rires et de câlins ! Tout ce qui lui manquait tant à son âge…

Violette remercia à nouveau chaleureusement cette femme si généreuse et les enfants lui sautèrent à nouveau au cou, ce qui provoqua un enthousiasme communicatif. Ensuite, Marc les invita à descendre jusqu'au véhicule pour se rendre au 48, rue du Canal à Montargis.

« En voiture ! », cria-t-il aux enfants, tout excités de cette ambiance si nouvelle et inhabituelle. Ce n'était pas pour leur déplaire d'avoir un entourage presque familial. Ils étaient devenus le centre de cette maisonnée, et tout comme Andréa, ils auraient bien aimé en profiter un peu plus !

Ils arrivèrent rapidement devant leur vieille maison qui paraissait encore plus minuscule à présent. Il y avait peu de circulation en ce début de matinée. Lorsque Violette inséra la clef, son cœur se serra en repensant à ses enfants enfermés seuls en ce lieu.

« La maison doit être bien froide et humide, il faudra allumer le chauffage bien vite », affirma-t-elle en poussant la porte.

Effectivement, une bouffée d'air frais se fit ressentir à peine la porte d'entrée de l'étage ouverte. Violette se jeta sur les radiateurs électriques des trois pièces pour monter l'intensité de la chaleur.

— Gardez vos vestes, les enfants, c'est trop tôt pour vous déshabiller, il fait bien trop froid.

Marc se frotta les mains pour se réchauffer et Violette entreprit de faire un bon café.

En ouvrant le placard puis le réfrigérateur, elle constata qu'il n'y avait pratiquement plus rien à manger. Cela la réconforta quelque peu, au moins ses enfants surent se débrouiller seuls.

Les enfants filèrent dans leur chambre en s'esclaffant devant leurs jouets préférés.

— Ils sont heureux d'être à nouveau chez eux, ne put s'empêcher de souligner Marc. Bien, je bois un café et je file prendre des nouvelles de Lison, ainsi, ça te rassura.

— Merci, je veux bien, c'est très aimable à toi. Tu sais, pour en revenir à ce que tu viens de dire, que nous sommes heureux d'être rentrés chez nous. Plus pour longtemps, car nous partons à la mi-novembre. Si tu savais comme il me tarde à présent, j'ai encore si peur, j'ai vraiment besoin de changer d'air. Je crois même qu'il y a longtemps que j'aurais dû quitter cette région. J'ai pris de gros risques pour ma famille en restant ici, je ne l'ai compris que vraiment aujourd'hui ! Je l'ai surtout fait pour Lison en fait, dut avouer Violette.

Marc eut un nœud à l'estomac, il n'avait pas du tout envie de la savoir loin de lui juste maintenant. Il désirait vraiment la connaître un peu plus...

— Le cœur sur la main ! chuchota Marc, pensif.

— Marc, ça va, tu as l'air bizarre tout à coup ? le dévisageant, inquiète.

— Oh, ce n'est rien, juste que... vous allez me manquer toi et les enfants !

— Mais, tu nous connais à peine, puis tu vis à Paris, qui plus est. On ne t'a pas apporté que du bon si je peux me permettre ! étonnée de ce revirement.

— J'ai l'impression de vous connaître depuis toujours. Puis tu te trompes, j'ai adoré être ton sauveur, pour ne pas dire, ton héros !

Violette voulut en rire lorsque, dans un élan, il l'enlaça et lui prit la bouche délicatement. Ses lèvres douces et gourmandes prirent possession de celles de la jeune femme, doucement, puis plus violemment, la laissant complètement hypnotisée par ce baiser. Quand ils se regardèrent enfin, Violette avait une larme au coin des yeux. Marc lui essuya du bout du doigt et le porta à sa bouche pour goûter la sève salée de cette beauté qu'il était sûr d'aimer.

— Pourquoi pleures-tu, je t'ai offusqué, Violette ? Ma jolie lune rousse qui éclaire mes jours et nuits depuis que je t'ai vue ! J'ai tellement besoin de te savoir heureuse, je voudrais tellement pouvoir t'aimer. Laisse-moi t'apprivoiser, te connaître mieux, les yeux brillant de fièvre.

Violette en eut le souffle coupé. Jamais elle ne se serait attendue à une telle déclaration. Bien sûr qu'elle se sentait flattée, jolie, appréciée, comment ne pas l'être ? Elle qui n'avait plus jamais osé croire au grand amour tellement il l'effrayait depuis tout ce temps ! Son passé l'avait marquée au fer rouge à tout jamais. Certes, elle n'avait plus vingt ans et surtout, elle n'était plus cette pauvre gamine égarée dans sa vie… Mais non, elle ne pouvait pas se laisser aller à une amourette passagère, elle n'en avait ni le temps ni l'envie. Elle allait changer radicalement de vie, pour ses enfants, pour Lison et pour elle-même.

Partir loin, seulement eux quatre. Il n'y avait pas de place pour un homme…

— Non Marc, je suis désolée, mais c'est impossible, tu ne dois pas, on ne doit pas ! Tu ne peux pas dire m'aimer en si peu de jours, tu ne me connais pas, lui murmura-t-elle.

— Mais pourquoi, nous sommes des adultes responsables, libres, autonomes ? Où est le problème, Violette ? Et oui je t'aime, je le sens vibrer en moi, au plus profond, là ! posant sa main sur son cœur.

— Mais il y a un problème Marc, un énorme problème même. Nous ne venons pas du même monde. Tu es un homme bien, tu as une famille bien, des amis bien, un travail bien, tout est trop parfait chez toi, Marc ! Moi, j'ai eu une vie, un passé qui ne s'effaceront jamais ! Tôt ou tard, tout cela nous anéantirait. Crois-moi Marc, c'est pour ton bien, tu mérites mieux que ça, une larme roulant sur sa joue.

— Mais, je m'en moque de ton passé, Violette, c'est aujourd'hui et demain, qui m'intéressent ! l'enlaçant tendrement pour lui prouver qu'il avait besoin d'elle. Toi et les enfants, voilà ce que je sais vouloir en ce moment, plus que tout !

Un grand bruit se fit entendre dans les escaliers puis on frappa à la porte du haut. Violette sursauta et eut tout à coup une grande inquiétude. Elle n'attendait personne.

Elle alla ouvrir, tremblante, les enfants dans les jambes qui avaient eux aussi entendu frapper de leur chambre.

Marc s'était posté à l'angle de la porte, prêt à intervenir, au besoin.

— Lison, Inspecteur, mais, que se passe-t-il ? Oh, finissez d'entrer, pardonnez-moi.

Ils étaient chargés de bagages qu'ils se débarrassèrent bien vite dans l'entrée. Puis, ils pénétrèrent dans la pièce principale et tombèrent nez à nez avec Marc. Tous se saluèrent poliment.

Violette se sentit très gênée tout à coup, comme prise en faute. Qu'allaient-ils penser de voir Marc chez elle, s'inquiéta-t-elle sur l'instant.

Ce fut Marc qui coupa ses pensées interrogatives en voyant sa mine déconfite.

— Nous venons juste d'arriver également ! Les enfants et leur maman ont dormi chez ma mère et auront pu se reposer bien au chaud. De plus, j'allais venir vers vous, inspecteur, pour prendre des nouvelles de Lison. Je vois que vous avez eu une bonne intuition également, inspecteur ! ironisa Marc.

Ronald Simon ne préféra pas relever la boutade, il n'était pas d'humeur à s'énerver ce matin.

— Des nouvelles de moi ? Vous en avez, me voici ! répondit Lison joyeusement. Grrr, il fait un de ces froids de canard ici, se frottant énergiquement les épaules. Tu n'as pas mis le chauffage, Violette ?

— Si, bien entendu, je l'ai même mis à fond, mais la maison est restée fermée plusieurs jours, un petit moment encore et il fera meilleur. Tenez, prenez une tasse de café bien chaud, il est tout juste fait, ça vous fera du bien.

Violette regarda son amie avec des yeux nouveaux. Qu'elle était belle et chic ! D'où lui venaient ces beaux vêtements ? Elle fut agréablement surprise de voir sa petite sœur de cœur sans fard ni coiffure provocante, la sobriété lui allait à ravir !

Lison comprit dans le regard de son amie ce à quoi elle pensait, mais ne fit aucune remarque. Pour le moment…

L'inspecteur leur expliqua le rendez-vous de 15 heures et l'importance de cet entretien avec le juge.

— Vous dites exactement ce que vous m'avez rapporté. Vous verrez, c'est un homme très humain, d'ailleurs, il a tout de suite décidé d'un huis clos pour que vous restiez en sécurité. Paulo connaît bien trop de monde dans le milieu, la relève serait trop facile.

Les deux femmes déglutirent au même moment, pensant qu'il n'en était pas encore fini de risquer de mauvaises rencontres.

Ronald Simon s'en aperçut et les rassura.

— Mais ne vous inquiétez pas, personne n'osera montrer son nez. L'arrestation de ce Paulo va les calmer pour un bon moment, puis ce n'est pas dit qu'il ne nous lâche pas quelques noms de plus pour sauver ses fesses ! ironisa-t-il pour détendre l'atmosphère.

Violette servit un deuxième café à ses convives. Milaine monta sur les genoux de sa marraine et Théo montrait à Marc toutes ses petites voitures. Le garçonnet était heureux d'avoir un parrain, c'était trop bien, comme il l'eut rapporté à sa maman ! Ceci amusa beaucoup Violette et Lison qui se firent un clin d'œil de complicité.

Avant de partir, l'inspecteur s'assura que Lison resterait bien chez son amie à partir d'aujourd'hui.

— Oui, grâce à l'inspecteur, j'ai pu récupérer mes affaires dans mon ex-chambre. Je n'avais pas grand-chose, mais c'est tout ce que je possède, toute ma vie se résume ici ! montrant deux sacs et une petite valise posée dans un coin de la porte d'entrée.

Violette fut ravie d'avoir son amie chez elle, elle ne se voyait pas rester seule avec les enfants, elle ne se serait pas sentie tranquille, et imaginer Lison, allez savoir où, n'aurait rien arrangé à son état !

Les deux hommes prirent congé après avoir décidé que ce serait Marc qui viendrait prendre ces dames pour le rendez-vous de l'après-midi. Les enfants retourneraient à l'école à 13 h 30, ils devaient profiter de leurs derniers jours avec leurs amis et leurs maîtresses.

Une fois seules, Lison raconta à Violette, sa nuit d'hôtel, les vêtements et chaussures, son délicieux bain, le luxe de la chambre et ses repas succulents…

Violette riait de bon cœur, tant Lison mettait de l'enthousiasme à son récit. Elle était toujours très théâtrale lorsqu'elle discutait avec son amie.

— Au moins, tu auras passé une bonne nuit, ça t'aura fait du bien ! Il en pince un peu pour toi l'inspecteur, non ? lui fit remarquer Violette, malicieuse.

— Oh, je vois bien que je ne le laisse pas insensible, mais c'est un homme comme les autres, voilà tout ! haussant les épaules.

— Oui, mais pas n'importe lequel ! Il a du charme, du pouvoir, et célibataire qui plus est, lui donnant un coup de coude.

— Arrête tes bêtises, veux-tu ? se défendit Lison. Je pourrai t'en dire autant avec ton peintre !

Elles rirent de bon cœur. Que c'était bon de se retrouver là, toutes les deux, sans Paulo dans leur sillage.

La maisonnette se réchauffait doucement et il faisait déjà meilleur. Violette ouvrit les volets pour laisser pénétrer les timides rayons de soleil. Milaine lui expliqua qu'elle n'avait pas pu les ouvrir, car le bras était bien trop dur à faire tourner, et que comme ça, Théo n'avait pas pu se pencher ou tomber.

« On n'a rien désobéi, maman ! », lui clama la fillette si sage.

Cela lui serra le cœur de savoir ses deux petits dans le noir deux jours durant, mais elle complimenta sa fille de son comportement exemplaire. Elle se demandait toujours comment une enfant de cet âge pouvait être aussi raisonnable et responsable ?

Violette se proposa d'aller chercher quelques victuailles pendant que Lison garderait les enfants.

Puis, elle passerait également à l'école pour signaler le retour des enfants à 13 h 30, ainsi qu'à la blanchisserie pour s'excuser auprès de ses employeurs…

Les maîtresses furent enchantées de voir enfin revenir la maman de leurs deux élèves, et lui assurèrent leur compassion pour cette terrible histoire. Les enfants n'avaient rien à craindre, ils resteraient à la garderie si elle n'était pas revenue pour 17 heures, et surtout, qu'elle ne devait nullement s'inquiéter.

La directrice vint la saluer également en personne.

— Je suis ravie que tout soit rentré dans l'ordre et que vos enfants puissent avoir une jolie fête dans leurs classes respectives pour leur départ définitif. Nous nous reverrons, bon courage à vous !

À la blanchisserie, madame Léonnard serra Violette dans ses bras en pleurant. Cette histoire l'avait rudement secouée !

— Comme je suis contente de vous voir violette, si vous saviez comme je m'en veux de ne pas avoir mieux cherché à savoir ce qui se passait, reniflant bruyamment contre l'épaule de son employée.

— Vous ne pouviez pas savoir, allez, ne vous en faites pas, ça va, à présent ! Les enfants repartent à l'école cet après-midi même, et moi, je vais revenir travailler, mais, à partir de demain seulement, car j'ai un rendez-vous très important à 15 heures, précisa

Violette. Pour donner suite à la déposition de ma plainte, je dois voir le juge.

— Ah non, je n'oserais pas vous faire reprendre le travail, vous devez vous reposer ma petite. Quelle tragédie vous avez vécue !

Madame Léonnard appela son mari qui fut ravi lui aussi de revoir sa gentille salariée.

— Mon mari et moi avons décidé de vous laisser congé jusqu'à votre départ, payé naturellement. On vous doit bien ça !

— Mais, je ne peux accepter, pas sans travailler, et vous ne me devez absolument rien ? s'indigna Violette. Puis, vous avez besoin d'aide ici, surtout avant les fêtes !

— Si, j'insiste, mais, à une seule condition ! Que vous veniez nous dire au revoir avec les enfants avant de quitter le Loiret, insista madame Léonnard.

Comment Violette aurait-elle pu partir sans les saluer, des gens si gentils ?

— Pour ce qui est du travail, ma nièce va venir quinze jours, sa mère veut qu'elle apprenne la vraie vie, lui raconta le patron. Bah, on va en prendre soin de cette petite quand même, vous pensez, à 16 ans !

— Le contraire m'aurait étonnée ! sourit Violette. C'est promis, je passerai vous voir avec les enfants, les embrassant tous les deux tendrement. Vous êtes de si bons employeurs, je ne vous oublierai jamais.

Les deux femmes essuyèrent une larme pendant que le patron se raclait la gorge. Puis, il ouvrit le tiroir-caisse pour en sortir une enveloppe qu'il remit à Violette.

— Voilà, vos heures travaillées du mois, les congés payés, plus les dix jours jusqu'à votre départ. On vous a rajouté dix jours également, un bonus pour loyaux services, une prime quoi ! lui lançant une œillade.

— Mais, c'est beaucoup trop, je ne peux pas accepter !

— Oh, que si, ma petite, c'est qui le patron ? Vous le méritez amplement, Violette. Ces trois années furent un réel plaisir de travailler avec vous. On ne vous oubliera jamais nous non plus, soyez-en certaine !

— Et je peux vous dire qu'après notre nièce, votre future remplaçante va devoir faire de sacrés efforts pour vous supplanter ! rajouta madame Léonnard.

Violette fit donc quelques achats au retour. Un plat cuisiné à réchauffer, une brique de potage pour le soir, des compotes et yaourts, des gâteaux secs, deux litres de lait et du bon café pour Lison. Au dernier moment, en réglant sa note, elle pensa à prendre deux sucettes pour ses trésors.

« De toute façon, ce n'est pas le moment de remplir les placards comme on part dans une dizaine de jours, il doit rester quelques conserves, il vaut mieux faire petit à petit », se raisonna-t-elle en quittant l'épicerie…

Les enfants retournèrent joyeusement à l'école tandis que Lison et Violette attendaient nerveusement la venue de Marc. Elles étaient tendues et ne savaient pas à quelle sauce elles allaient être mangées. L'inspecteur avait beau leur avoir dit qu'elles se présentaient en tant que victimes, leur passé était terriblement dégradant.

Ils se retrouvèrent donc à 15 heures précises devant le juge d'instruction. Ronald Simon était déjà dans les locaux et se sentit une fois de plus troublé de revoir sa sauvageonne belle comme ce n'était pas permis. Il remarqua également la tenue sobre et chic de Violette. Un tailleur en lainage écru sous lequel elle portait un chemisier soyeux de couleur bordeaux.

« Décidément, la brune et la rousse sont deux magnifiques femmes, s'affirma-t-il intimement. Je comprends pourquoi ce Paulo ne voulait pas les lâcher pour ses affaires. Ce serait comme demander à un bijoutier de refuser un vrai diamant contre une fausse pierre ! ».

Le juge dut être séduit également, car il leur rendit un sourire des plus chaleureux, ce qui rassura quelque peu les deux jeunes femmes.

C'était un homme pas très grand, bien en chair, au visage rond et avenant, et à l'expression très courtoise.

Les dépositions furent assez rapides, l'inspecteur Simon ayant déjà dégrossi l'entrevue avec un dossier fort bien organisé et solide.

— Mesdames, pour votre sécurité, mais aussi, pour respecter votre vie privée, vous viendrez témoigner en huis clos. Nous jugerons la partie vous concernant, c'est-à-dire comme suit. Séquestration, mauvais traitements et incitation à la prostitution. Madame Navarot, vos enfants ont été en danger pendant trois nuits et deux jours, un concours de circonstances malencontreux, où tout finit pour le mieux, heureusement. Étant donné que vous avez subi de graves préjudices moraux et physiques, j'ai décidé d'être plus qu'indulgent envers vous. Aussi, je pense qu'il n'a pas lieu d'en débattre ouvertement lors de la séance pour laquelle vous êtes appelées à témoigner, cela ne serait pas judicieux pour votre crédibilité. Mais à l'avenir, si vous me le permettez, ne laissez plus jamais vos chères petites têtes blondes seules. C'est la seule condition requise afin de ne pas relever une faute grave à l'encontre de ce comportement fâcheux. Vous m'avez bien compris, madame Navarot ?

— Oui, monsieur le juge, je le comprends et j'adhère totalement à vos reproches. Avec le recul, je ne peux toujours pas me le pardonner ! Je vous le promets, merci infiniment, monsieur le juge, répondit Violette, timidement.

Se tournant vers Lison, le juge reprit.

— Mademoiselle, vous témoignerez pour les mêmes faits cités dans ce dossier. Il vous faudra bien insister sur le fait que, jusqu'aux dernières circonstances de votre séquestration, vous étiez obligée d'offrir vos services à des clients de cet établissement où vous étiez également logée contre retenue de salaire et confiscation de vos papiers d'identité. Les autres filles qui travaillaient avec vous en témoigneront également comme elles me l'ont confirmé !

— Bien, monsieur le juge, je vous remercie infiniment.

— Cependant, je vous demanderai de quitter au plus vite cet environnement néfaste et de vous reprendre en main. Je ne veux plus vous savoir en prise avec ce genre d'individus. Je me suis bien fait comprendre ?

— Oui, monsieur le juge, c'est déjà du passé. Mes projets sont plus qu'honorables, je suis une nouvelle personne aujourd'hui ! clama Lison fièrement, laissant le juge approuver d'un haussement de tête.

— Quant à vous, monsieur Renoir, votre intervention a été courageuse et audacieuse. Cela aurait pu mal tourner, vous avez eu beaucoup de chance ! Vous serez cité à comparaître pour relater votre acte de bravoure afin de mettre fin à la séquestration de ces deux personnes ici présentes.

— Je vous remercie, monsieur le juge. Je témoignerai volontiers, et je reste à votre entière disposition, bien entendu.

Au moment de sortir, le juge interpella Marc, lui demandant.
— Êtes-vous artiste-peintre, monsieur Renoir ?
— Oui, je le suis, monsieur le juge ! étonné par cette dernière question.
— C'est donc bien vous, le grand MarKenoir ! J'ai pu apprécier vos œuvres à l'une de vos expositions parisiennes. Je me souviens très bien de vous. Un talent incontestable, et un succès montant, précisa le juge, admiratif.
— Merci, monsieur le juge, je suis ravi de savoir que vous appréciez mon travail !
— On se reverra, j'en suis certain, mais, dans d'autres circonstances, disons, artistiques, c'est préférable, ironisa-t-il, sur un ton jovial.
— Je l'espère aussi, monsieur le juge, répondit Marc, amusé.

Le huis clos eut lieu très rapidement, à peine une huitaine de jours plus tard, ce qui soulagea Violette qui ne serait pas retardée pour son déménagement. Les cartons étaient faits, le logement briqué, les demandes de clôtures, eau et électricité programmées, les changements administratifs signalés…

Les corvées furent vigoureusement simplifiées avec l'aide de Lison qui faisait les allers-retours à l'école, surveillait les enfants à la maison, préparait les repas. Elle gérait toute l'intendance domestique, ce qui permettait à Violette de rester libre pour ses rendez-vous, démarches ou courriers.

Marc passait souvent les voir un moment après l'école pour voir également les enfants. Il ne pouvait toujours pas croire que Violette allait vraiment partir, et surtout, que rien n'ait pu la faire changer d'avis concernant sa déclaration. Elle se comportait avec lui comme avec n'importe quel ami !

L'inspecteur, sous un prétexte souvent feint, rendait également visite aux deux femmes, mais Violette comprit bien vite que son petit manège concernait surtout Lison. Son regard et sa nervosité parlaient pour lui…

Les juge d'instruction, avocat et procureur anéantirent le prévenu, Paulo. Ce dernier n'ouvrit pratiquement pas la bouche lors des interrogatoires, ce qui était très inhabituel chez lui. En même temps, tout l'accablait, preuves à l'appui.

Aucune des filles ne l'épargna. Ce fut sans crainte et la tête haute qu'elles l'affrontèrent…

La sentence serait connue ultérieurement en délibération publique, interdite aux mineurs, et en l'absence de Violette, Lison et Marc cette fois-ci.

Violette refusa l'offre d'indemnisations pour dédommagement aux souffrances physiques et morales ainsi que la mise en danger de mineurs, ne voulant toucher aucun argent sale de ce type. La justice ferait le reste, c'est tout ce qu'il lui importait.

Elle ne voulait plus entendre parler de ce Paulo qui lui avait volé ses plus belles années de jeunesse. La page était bel et bien tournée, définitivement…

— Je vous invite à boire un verre, mesdames, vous aussi Marc. Voici une bonne chose de réglée ! proposa l'inspecteur en sortant du tribunal, soulagé de l'issue du huis clos.

— Merci, inspecteur, on accepte volontiers, cette atmosphère lourde donne soif ! reprit Marc.

— Ah non, je ne suis plus inspecteur pour vous trois à partir de maintenant, je suis Ronald, tout court.

— D'accord, Ronald tout court ! reprirent en trio Marc, Violette et Lison.

Ils rirent tous les quatre en se dirigeant vers un pub de très bon standing, il en serait fini pour nos trois amis de mettre les pieds dans un vulgaire troquet…

Chapitre X

Quand les sentiments s'en mêlent

Il ne restait plus que trois jours avant le grand départ. Les enfants eurent droit à une magnifique fête organisée par l'école, avec crêpes, bonbons, atelier de dessins et jeux. Ce fut un après-midi magique pour tous ! Violette fut saluée très chaleureusement par les enseignantes, et madame la directrice fit une gentille élocution. Ce fut touchant pour tout le monde.

Au retour, les enfants sautillaient entre leur maman et Lison, en piaffant comme des moineaux. Ils avaient tant de choses à raconter…

— Demain, nous sommes invités à manger chez madame et monsieur Léonnard, les enfants !

— Même marraine Lison ? demanda Milaine toute joyeuse.

— Et parrain Marc aussi ? continua Théo.

— Oui, tout le monde, mes petits chéris, même Ronald !

— Youpi, trop bien, s'esclaffa Théo.

Lison et Violette se regardèrent en souriant. Les anciens patrons tinrent à réunir la fine équipe qui participa à sauver leur employée tant appréciée.

Violette était passée les voir juste après le huis clos pour leur donner des nouvelles. Elle leur avait raconté comment l'inspecteur Simon avait été des plus prévoyants, le juge si humain, sans oublier la gentillesse de Marc. Elle leur parla également de sa sœur de cœur, Lison, qui partirait définitivement avec eux.

Sans hésitation aucune, madame Léonnard insista pour les avoir tous à sa table, tous, sans le juge tout de même.

— Vous ne pouvez refuser, Violette, cela contrarierait mon épouse, et moi-même, insista monsieur Léonnard avec son air décidé.

Violette ne put qu'accepter, trouvant ses employeurs adorables et si amicaux.

À l'annonce de cette invitation, les hommes furent quelque peu gênés. Ils connaissaient si peu ces gens-là, ou plus précisément, d'une rencontre somme toute inhabituelle… L'un pour un interrogatoire de police en bonne et due forme, l'autre se faisant passer pour un ami de leur salariée qui ne connaissait même pas l'identité de leur blanchisseuse, c'était pour dire !

Mais à la perspective de passer encore quelques moments avec ces deux jeunes beautés, alors, oui, pourquoi pas ? Les deux hommes acceptèrent.

Ce samedi, les deux femmes finirent les derniers préparatifs. Une bonne vingtaine de cartons attendaient dans le coin du salon, des valises, un téléviseur, un aspirateur, et quelques effets appartenant à Lison.

La mère de famille ayant loué un meublé déjà équipé en vaisselle, literies et gazinière, le déménagement s'en retrouvait amoindri.

Sur les conseils de Lison, pour le chargement, Violette retint la location d'un véhicule utilitaire. Un Ford transit qui pouvait contenir une cinquantaine de cartons, dont la même enseigne commerciale à côté d'Arçais réceptionnerait le véhicule au lendemain de l'aménagement. Une aubaine !

Violette disposera une fois sur place de la voiture de sa mère, une Renault Clio rouge pratiquement neuve. De plus, elle avait à disposition à présent l'argent de l'héritage, quelques milliers d'euros qui lui seront très utiles pour repartir à zéro. Une nouvelle vie prenait enfin forme…

— Je ne sais pas si je vais savoir conduire un tel véhicule ? s'inquiéta Violette. J'aurais dû en prendre un plus petit, bien moins imposant pour la route !

— Je reconnais qu'il ne sera pas rempli à bloc, mais il fallait bien prévoir deux places assises supplémentaires pour les enfants, répliqua Lison. Ne t'inquiète pas, ça va aller ! Je te promets d'être un co-pilote hors pair !

Violette se rendit compte que Lison, n'ayant pas l'expérience d'être mère, ni l'habitude d'entretenir plus de dix mètres carrés ou de gérer un budget pour trois personnes, était étonnamment pragmatique quant à l'organisation et les décisions du moment. Elle constatait à quel point elle eut besoin d'elle tous ces jours passés depuis le drame. Jamais elle ne s'en serait sortie aussi facilement, seule avec les enfants.

Il fut entendu que Marc et Ronald retrouveraient femmes et enfants devant la blanchisserie pour midi. C'était un dimanche de mi-novembre, gris et pluvieux. Pas un chat dans les rues, la ville semblait endormie.

Les hommes achetèrent un magnifique bouquet de fleurs, et les femmes prirent une bonne bouteille pour monsieur Léonnard. Les enfants offriraient à sa femme, des pralines Mazet, ces petits bonbons pralinés enrobés de nougatine et chocolat noir, communément appelés, crottes du chien.

Ce légendaire chien de Montargis avait une statue érigée à son effigie dans le parc de l'hôtel de ville. On racontait qu'au XIVe, dans la forêt montargoise, le chien reconnut l'assassin de son maître Aubry de Montdidier, favori du roi Charles V. À la demande de ce dernier, un combat loyal fut organisé entre chien et suspect, ce qui valut à ce dernier d'avouer son crime, l'animal lui enserrant trop vivement la gorge. Le chevalier Macaire fut ensuite pendu, et le chien justicier, vénéré.

Depuis une cinquantaine d'années, la confiserie en fit sa force de vente en associant leurs bonbons à cette légende moyenâgeuse…

Quel délicieux et réussi moment fut ce repas dominical ! Madame Léonnard fit des merveilles en proposant à ses hôtes un repas des plus succulents. Une terrine de lapin, un cassoulet fait maison, mijoté depuis la veille, une salade verte, et un Pithiviers, ce délicieux gâteau régional à base de pâte d'amande. Le tout arrosé d'un bon vin de la vallée de la Loire.

Les enfants sages, comme des images, apprécièrent eux aussi le repas ! Ils eurent même le droit de boire au dessert un petit verre de cidre doux aromatisé au miel.

L'ambiance fut chaleureuse, chacun se laissant aller à quelques anecdotes croustillantes…

La famille Léonnard fut très impressionnée par le métier de Marc, un artiste peintre reconnu, ils n'en avaient jamais rencontré encore.

— Je ne suis qu'un homme parmi tant d'autres ! Seuls mes pinceaux diffèrent quelque peu aux outils habituels, s'esclaffa Marc, ravi et heureux.

Ronald fut tout aussi intimidant, cela étant dû sûrement à son métier d'inspecteur de police. Mais, fort sympathique, au demeurant, constatèrent les époux.

— En dehors de mon commissariat, je suis également un monsieur tout le monde ! Bon, j'avoue, j'ai tendance sans doute à avoir l'œil quelque peu acéré, déformation professionnelle ! s'amusa Ronald.

Quant aux deux femmes, elles furent joyeuses et ravissantes, discutant sans retenue. Elles possédaient beaucoup d'humour et une grande complicité malgré un passé douloureux. Madame Léonard se plut énormément en leur compagnie et découvrit ce lien fort qui unissait Violette et Lison…

Ils prirent congé, en remerciant fort chaleureusement encore ces gens, dont l'épouse ne pouvait cacher ses lames.

— Donnez-moi des nouvelles, ma petite, ça nous fera tant plaisir, et revenez nous voir bien vite, c'est un peu chez vous ici, vous savez, enlaçant tendrement son employée.

La fine équipe décida de terminer ce dimanche chez Violette, à discuter et refaire le monde. Les enfants jouaient avec leurs extraordinaires cadeaux offerts par les anciens patrons de leur maman. Un camion de pompier pour Théo et une magnifique poupée rousse au visage délicieusement parsemé de petites taches de rousseur.

« On dirait maman ! », s'était esclaffée Milaine, en faisant rire toute la tablée.

Seul Marc pensa à ce moment-là que la maman était bien plus jolie que cette poupée ! Sa jolie lune rousse, comme il l'appelait en secret, renvoyait des rayons qui transperçaient son cœur à chaque parole, chaque sourire, chaque regard.

« Je suis bel et bien tombé amoureux », s'avoua-t-il en son for intérieur.

Violette ne fut pas en reste de se poser bien des questions également. Cette journée lui permit de mieux connaître cet homme si charmant. Elle le trouvait plaisant, généreux, attachant, et ne lui trouvait aucun défaut ! Le fait d'être un artiste connu ne lui avait en rien ôté sa simplicité. Il s'adaptait à toute situation et à toute personne. Il fallait le voir jouer avec les enfants, respecter Lison, rire avec Ronald ! Il ne faisait aucune différence dans la hiérarchie sociale des êtres, ce qui était très rare de nos jours. Le fossé se creusait chaque jour un peu plus entre les riches et les pauvres. Ces fortunés qui s'enrichissaient toujours plus encore au détriment de la petite classe sociale qui voyait leur pouvoir d'achat s'amoindrir. Violette savait de quoi elle parlait, comptant chaque centime pour finir ses mois !

Et ce regard de braise qu'il posait sur elle... Que c'était dur de renoncer à une liaison avec un homme tel que lui. Elle songea également à sa mère, Andréa, qui avait été si ouverte, si prévenante, si amicale. Une famille normale en somme. Comme elle aurait aimé vivre cela. Une grande et belle famille pour ses enfants, c'était ce qu'elle avait désiré le plus au monde…

Ce fut Lison qui la sortit de ses pensées secrètes.

— Et bien ma jolie, tu es dans la lune ? Tu n'as rien écouté à ce que l'on vient de dire !

— Oh, pardonnez-moi… Je pensais à cette merveilleuse journée, se levant bien vite, les joues rosies, pour s'occuper du café.

La nuit tombait. Pendant que cette joyeuse équipe finissait la soirée de ce dimanche fort agréable, un événement inattendu allait se produire…

Dans un recoin de la ruelle, un homme se tenait tapi derrière un muret de la maison longeant le canal. Ce fut lorsqu'il apprit l'arrestation de Paulo, avec une certaine délectation, qu'enfin le champ était libre pour revenir traîner dans la région…

Il en fut chassé du jour au lendemain lors de la première grossesse de Violette. Paulo lui avait fait alors la promesse de le tuer s'il le revoyait traîner dans les parages. Il ne vécut pas très loin, Paris n'était qu'à une centaine de kilomètres, mais jamais il n'aurait pris le risque de revenir. D'une, il était trop connu dans le milieu, et de deux, Paulo ne l'aurait pas épargné, ses menaces n'étant jamais faites dans le vide.

Violette lui manqua énormément au début, puis il passa bien vite à autre chose. Il travaillait pour un autre souteneur et rabattait d'autres filles dans la capitale. Un travail peu compliqué, une routine pour lui. C'était tout ce qu'il savait faire de toute façon, et avec sa belle petite gueule, il devait reconnaître que ça marchait plutôt pas mal.

Il n'était pas fait de toute manière pour une vie rangée et encore moins pour être père !

Mais, revoir Violette, ça, il en avait bien envie aujourd'hui. Ces dernières années, il pensait de temps en temps à elle, comme ça, pour rien ! Il n'avait jamais voulu se l'avouer, mais il l'aima vraiment, en tout cas, au début ! Si seulement sa vie fut différente, il aurait sans doute vécu avec elle et aurait vu grandir son enfant, comme tout homme qui se respectait. Si seulement ! Mais il n'était pas du genre à avoir des regrets. Depuis qu'il était enfant, la rue ne lui apprit pas ce genre de sentiments, et Paulo encore moins…

Tout à coup, il entendit des voix et vit sortir deux hommes de la maison. Après un dernier échange verbal, ils embrassèrent amicalement les deux femmes avant de monter dans une voiture garée un peu plus bas.

Il eut juste le temps de reconnaître Lison qui fit demi-tour en riant pour remonter à l'étage, fermant la porte derrière elle.

« Violette devait être la deuxième femme, je n'ai pas eu le temps de bien voir, mais toi, Lison, je t'ai bien reconnue ! Et si tu es là, ma mignonne, ma jolie rousse est là aussi ! », maugréa l'homme, de plus en plus excité.

Le silence revint dans le soir de cette rue de plus en plus sombre, qui dégageait à présent une atmosphère de vengeance et d'intimidation…

Chapitre XI

Le passé ressurgit

Violette, chargée d'un sac poubelle, se dirigea vers le bac vert à ordures ménagères caché par un muret, à une vingtaine de mètres de la maison. La rue était sombre et silencieuse à cette heure. Elle serra un peu plus son châle sur sa poitrine, il faisait bien frais et humide.

Elle lâcha le sac en sursautant juste avant de soulever le couvercle du bac, sentant comme une présence dans son dos.

Elle pensa aussitôt à Paulo.

« Mais c'est impossible, il a été arrêté ! Quelle idiote je fais, que puis-je bien craindre à présent ? », se rassura-t-elle.

Un deuxième bruit la sortit de ses réflexions, lui nouant l'estomac, lorsqu'une voix perça la nuit.

— Alors, ma belle, je t'ai fait peur ? Oh, pardon, je ne voulais pas…

« Non, c'est impossible ! Deviendrais-je folle ? », s'entendit-elle marmonner.

Elle se retourna vivement et se trouva nez à nez avec Sylvain.

— Sylvain ? s'exclama-t-elle, ahurie. Mais qu'est-ce que tu fais là, et comment as-tu su où j'habitais ? gardant la bouche grande ouverte de surprise, ou peut-être, de terreur.

Elle ne savait pas si c'était une bonne ou une mauvaise surprise, son cerveau fonctionnant bien trop vite pour analyser la situation. Une chose était sûre, jamais elle n'aurait pensé le revoir un jour !

Il faisait bien plus mûr, il avait les cheveux très courts et quelques kilos de plus, toujours un regard de braise et ce sourire aux dents étonnamment blanches et parfaitement alignées. Il était resté très beau…

— Tu sais, Montargis n'est pas une grande ville, on arrive à tout savoir. J'ai su pour Paulo, bon débarras, ma foi. Te voilà libre sur le coup, et, moi de même ! s'amusa Sylvain sur un ton trop mielleux au goût de Violette.

Il regardait ce qui avait changé chez elle… Elle était toujours aussi belle et bien faite encore, mais, plus naturelle, plus mature, plus… femme ! Elle en était encore plus désirable, pensa-t-il.

Elle le sortit de sa contemplation insolente.

— Il fallait que Paulo disparaisse de la circulation pour avoir envie de revenir, de prendre de mes nouvelles ? Ça fait combien de temps, dis-moi, six ans ? Six années que tu m'as plantée, Sylvain. Tu m'as laissée seule, seule et désemparée, désespérée, enceinte qui plus est, à la merci d'un sale type. Tu ne vaux pas plus que Paulo, deux pauvres minables qui profitent du malheur des autres ! Que dis-je, qui entretiennent et se délectent du malheur de jeunes et pauvres filles momentanément égarées. Mais il faut que tu saches que je n'ai plus rien à voir avec Paulo et tout ce qui va avec depuis bien longtemps ! Ça t'en bouche un coin, pas vrai ? Et oui, Sylvain, je me suis débrouillée comme une grande fille, tu vois ! Pas besoin de chaperon, ni d'une poule mouillée comme toi pour m'aider à m'en sortir. Je suis une femme honnête et libre, je ne dois rien à personne, à personne, tu entends ? essoufflée par la colère et la rancune.

Sans réfléchir, elle se mit à lâcher d'un coup ce qu'elle avait gardé au fond d'elle tout ce temps…

Sylvain écoutait religieusement, sans un mot, mais l'on pouvait voir dans ses yeux un éclat dédaigneux, voire angoissant. Il lui prit alors la main assez violemment pour la porter à ses lèvres, et bien que Violette essaya de se libérer, elle ne put s'en défendre, il avait plus de force qu'elle.

— Laisse-moi, je ne veux rien à voir avec toi, tu es sorti de ma vie, c'est très bien ainsi, va-t'en ou…

— Ou quoi, ma Violette ? coupa Sylvain de plus en plus menaçant.

— Ou j'appelle la police, Sylvain ! Je te préviens, plus personne ne pourra me forcer à vivre ce que je ne veux pas, plus personne ne pourra me faire du mal, plus personne ne me dictera quoique ce soit. Je décide de ma vie, et j'ai décidé que tu n'en faisais plus partie depuis six ans, et surtout, que tu n'en feras jamais plus partie ! se rebiffa-t-elle, avec une haine dans la voix qui la surprit elle-même.

— Tu oublies qu'on a quelque chose en commun, ma belle. Un enfant ! As-tu dit à la police qui était le père de ta fille ? Non, j'en étais sûr ! Tu serais moins crédible tout à coup devant la justice, riant fort.

Cette situation la ramena d'un coup au soir où Paulo l'avait agressée puis séquestrée. Non, jamais elle ne revivra cela, jamais elle ne laissera ses enfants être en danger ! Puis subitement, elle leva le second bras qui était resté libre pour lui envoyer une gifle magistrale qui fit lâcher sa main emprisonnée par Sylvain.

Il allait réagir violemment lorsqu'une voix aiguë retentit de l'autre côté de la rue.

Lison venait d'assister à la scène sans une certaine peur au ventre. Elle était tout autant surprise que son amie à voir Sylvain ici !

« Jamais on ne nous laissera donc vivre notre vie normalement ? », se dit-elle, les yeux remplis de haine et de colère.

Elle s'approcha avec son portable à la main, écran allumé, prête à composer le 17 au besoin.

— Laisse-la minable, tu lui as fait assez de mal comme ça, toi aussi ! Je te préviens, j'ai juste à dire un mot pour te faire coffrer. Tu veux peut-être tenir compagnie à Paulo, ton papa de substitution ? À toi de voir ! Mais je parierais que non, pas toi, Violette ? Fous le camp Sylvain, disparais, on était très bien sans toi, mettant le téléphone à son oreille pour appuyer sa menace, la tête haute et le regard franc.

Sylvain se retrouva quelque peu déstabilisé par l'assurance de Lison, mais n'en montra rien en se forçant à la narguer pour répondre.

— Eh, salut, Lison, quelle beauté tu es ! Toujours aussi sauvageonne à ce que je vois. C'est ce qui plaisait tant aux hommes du reste, ou devrais-je dire, qui plairait encore ! Mais, calme-toi, ma jolie, je ne veux rien faire de mal. Je voulais juste faire un petit coucou en passant, mais il semblerait que ma Violette ne soit pas décidée à me recevoir, ni même à discuter un petit moment ! C'est bien dommage, oui, bien regrettable… Mais bon, je ne veux pas insister, je sais me tenir, je suis un gentleman. Fut un temps où tu savais m'apprécier plus que ça, Violette ! Mais, je repasserai quand vous serez mieux disposées, les filles, je suis là pour plusieurs jours, j'ai tout mon temps !

Lison fit mine d'appuyer sur la touche du téléphone, toujours bien plaqué à son oreille.

— Ça va, j'y vais, pas de panique ! levant les bras en l'air, d'un air moqueur. Décidément, avec l'âge vous êtes devenues de vraies tigresses, et j'adore ça, figurez-vous, ça vous rend encore plus belles, se retournant calmement pour commencer à redescendre la ruelle de plus en plus obscure.

— Salut les filles, à très bientôt, bonjour aux enfants pour moi ! secouant la main narquoisement.

Violette ramassa le sac poubelle au sol et le mit dans le bac machinalement. Ses mains tremblaient, son souffle était court, et sa tête la martelait à cause d'une vilaine migraine.

Lison la prit par le bras pour remonter vers la maison.

Les enfants attendaient sur le palier du haut, inquiets. Ils avaient bien entendu crier un homme dont la voix ne semblait pas du tout rassurante…

Lorsque les deux femmes arrivèrent sur le palier du haut, Milaine demanda.

— C'était qui, maman ? la fillette remarquant le visage livide de sa mère.

— Ce n'est rien, ma chérie, juste un monsieur qui avait perdu son chemin, je crois bien qu'il avait trop bu, et il parlait si fort ! faisant mine de se boucher les oreilles en se forçant à sourire.

— Bin dis donc, c'est pas bien ça ! constata Théo, les yeux tout ronds, ce qui amusa Lison bien malgré elle.

Ses deux enfants étaient des rayons de soleil qui réchauffaient leurs vies…

La petite famille se calfeutra dans la maisonnette, bien fermée à double tour, aussi bien en bas qu'en haut. Il fallait bien deux portes ce soir pour faire barrage à leurs angoisses et inquiétudes !

La sérénité et la bonne humeur de ce beau dimanche s'étaient volatilisées en un claquement de doigts. Juste le temps de voir revenir cet homme indésirable et malsain pour ombrager un changement de vie si proche aujourd'hui…

Les enfants grignotèrent et se couchèrent de bonne heure, la journée eut raison de leur énergie. Les deux jeunes amies ne pouvaient rien avaler. Elles étaient encore sous le choc.

Il ne restait plus que demain à tenir avant le grand départ. Violette voulait des enfants bien reposés et sereins. Elle savait très bien qu'ils seraient surexcités en arrivant dans leur nouvelle maison et qu'il leur faudrait un peu de temps avant de prendre leurs marques. Tout cela allait engendrer bien des inquiétudes et de nuits agitées, surtout chez Théo ! Alors, autant ne pas rajouter d'angoisses et d'imprévus à ses deux petits amours. Ils ne devaient absolument pas voir la détresse de leur maman et encore moins rencontrer Sylvain…

Une fois les deux femmes enfin seules devant une tasse de café bien chaud, elles réussirent à discuter calmement. Violette avait encore du mal à contenir ses nerfs, car elle avait peur que Sylvain revienne sur ses pas pour la provoquer ou l'intimider à nouveau !

— Je ne crois pas qu'on le reverra ce soir. Il n'a pas envie que je mette à exécution ma menace d'appeler la police. Puis, il sait qu'on est deux, et l'union fait la force, Lison souriant tendrement à son amie… Tu peux dormir tranquille, sœurette, c'est un vrai poltron !

— Poltron, poltron, oui, quand Paulo était dans les parages, mais là, il fait son caïd, il a repris sa place de leader ! Si tu savais comme j'ai eu peur, j'ai cru que tout allait recommencer. Tu vois Lison, je me suis toujours demandé ce que ça me ferait de le revoir un jour, après toutes ces années passées. L'aimais-je encore ? Aurais-je envie qu'il connaisse sa fille ? Les sentiments de cet amour de jeunesse referaient-ils surface ? Enfin, des trucs tout bêtes quoi ! Mais je te jure, j'ai ressenti le dégoût, l'écœurement, la haine même, dans tout mon cœur, mon corps. Une chose est certaine ce soir pour moi, je ne ressens plus rien pour lui, je serais même capable de le tuer de mes propres mains s'il le fallait, affirma Violette avec un éclat noir dans les yeux.

— Bon, tu n'auras pas à en arriver là, ma chérie ! Mais c'est tant mieux que tu y vois plus clair ce soir, tu auras au moins appris une chose… qu'il ne vaut rien, comme Paulo et toute sa clique ! Puis mardi, on part, et il ne saura jamais pour où, il faut juste qu'on reste discrètes et prudentes, d'accord, ma Violette ?

— Oui, j'entends bien ! Mais je doute qu'il s'arrête là. J'ai si peur pour Milaine ! S'il exigeait de la voir, ou pire, qu'il se servait d'elle pour me faire du mal, ou que sais-je encore ? Et s'il voulait faire reconnaître sa paternité ? Il parlait sur un ton si menaçant, ça m'a glacé le sang !

— Il n'a pas cherché à la voir jusque-là de toute façon, tu crois qu'il a envie d'être père ? Ne t'en fais pas, va, dans deux jours on sera loin ! C'est une petite Navarot, notre Milaine, une vraie, une dure, une lionne comme sa maman, embrassant tendrement son amie sur la joue.

— Tu as raison… enfin, j'espère de tout cœur que tu as raison ! lui souriant affectueusement.

Si Lison dormit à poings fermés cette nuit-là, Violette tourna et retourna dans son lit en pensant à Sylvain. Elle avait si peur qu'elle se releva deux fois pour vérifier si la porte du bas et celle du haut étaient bien fermées à clefs.

« Pourvu qu'il ne traîne pas dans les parages mardi quand on chargera l'utilitaire », se répétait-elle en boucle.

Elle finit par sombrer dans un sommeil agité, rempli de cauchemars, où l'odeur de la peur transpirait...

« C'est le dernier jour, c'est le dernier jour ! », chantaient les enfants en se levant ce matin.

— Hein maman, on part demain, dis maman, c'est bien le dernier jour ? redemanda Théo pour la énième fois !

— Oui mon cœur, mais, si tu me le demandes jusqu'à ce soir, je serai trop fatiguée pour partir demain matin, lui ébouriffant les cheveux.

Milaine aida Lison à préparer le strict minimum pour les derniers repas. Ce serait du froid et du pratique, le réfrigérateur étant débranché. Jambon, œufs durs et fromage resteraient au frais sur le rebord d'une fenêtre dans une boîte plastique. Lait, pain, biscuits et fruits quant à eux, ne craignaient rien.

La petite fille fut enchantée de savoir qu'ils s'arrêteraient à mi-chemin sur la route pour faire un pique-nique.

— Même s'il pleut, on pique-niquera, maman ? insista Milaine en regardant le ciel bien menaçant.

La grisaille de ce mois de novembre était quasi continuelle.

— Une promesse, c'est une promesse ! On trouvera un petit abri, ne t'inquiète pas, ma chérie.

Milaine, rassurée, reprit son rangement dans le garde-manger improvisé.

Juste avant midi, des coups résonnèrent à la porte du bas. Violette et Lison se regardèrent, anxieuses...
— Et si c'était Sylvain ? s'exclama Violette, devenue déjà blême.
Lison prit les devants.
— Je m'en occupe ! Referme la porte du haut derrière moi, je descends.
— Non Lison ! Et s'il s'énerve ou... te fait du mal ? Non, ça craint trop, on ne répond pas, voilà tout ! ordonna violemment Violette, commençant à trembler de tout son corps.
— Écoute, j'ai une idée, je descends, mais, je n'ouvre pas, je parle à travers la porte. Ça te va comme ça ? De toute façon, je ne risque rien, ce n'est pas moi qu'il a envie de revoir !
— D'accord, mais tu n'ouvres pas, jure-le-moi ! souffla Violette, frisant l'hystérie.
— Je te le jure, tendant une main assurée. Allez, enferme-toi avec les enfants et plus un bruit.
Lison descendit l'escalier perdant peu à peu de son assurance, mais elle se devait de protéger à tout prix la petite famille restée en haut... Elle venait justement d'entendre le coup de clef donné dans la serrure du haut par Violette.
Arrivée en bas, elle demanda sur un ton belliqueux qui aurait fait faire demi-tour à n'importe quel colporteur.

— Fous le camp, sale poltron ! Ce que je t'ai dit hier soir tient toujours ! Les flics vont te ramasser vite fait bien fait si tu restes une seconde de plus derrière cette porte. Tu m'entends, salopard ? Retourne d'où tu viens, et fiche-nous la paix, tu ne nous as jamais manqué. Avec tout le mal que tu as pu faire à Violette, comment oses-tu revenir vers elle ? Tu n'as toujours qu'été un sale traître ! Et tu sais ce qu'on leur fait aux traîtres ? On les fusille ! hurla Lison, le cœur battant la chamade.

Elle ne pouvait plus se contrôler, et si elle s'était écoutée, elle aurait bien ouvert la porte pour lui en balancer deux en plein milieu de la figure, mais elle avait promis...

De l'autre côté de la porte, les deux hommes se regardèrent incrédules. Qu'est-ce qui pouvait bien pousser Lison à être aussi agressive ce matin ? Et lequel des deux traitait-elle de tous ces noms d'oiseaux ? pensèrent-ils au même moment en se dévisageant.

— Lison, tout va bien ? demanda timidement Ronald, tout en regardant Marc, l'air interrogatif.

« Zut de zut, c'est nos deux amis, mais que je suis bête ! ronchonna-t-elle tout en se ressaisissant. J'aurais dû vérifier qui était derrière cette foutue porte ! »

Il fallait rattraper le coup, et intelligemment...

Elle ouvrit, affichant un magnifique sourire qui aurait fait fondre un iceberg.

— Eh, salut les gars, déjà en promenade, vous êtes bien matinaux ?

— On s'était dit que vous seriez contentes de manger des petits plats tout prêts pour ne pas avoir de travail ce midi, justifia Marc, soulevant deux sacs en papier contenant six boîtes encore toutes chaudes et dégageant une bonne odeur de frites. Mais… tout va bien ici ?

— Oh, oui ! Juste un colporteur qui nous a importunés deux fois ce matin, alors j'ai pris les devants cette fois-ci ! Bon, j'avoue, j'y suis allée un peu fort, pardon pour les gros mots, se forçant à rire de sa boutade.

— Bien, s'il n'a pas compris avec ça, sûr qu'il est franchement idiot ! Je n'aimerais pas faire du démarchage chez toi, dis donc ! reprit Ronald, peu convaincu.

Lison les embrassa et les invita à monter à l'étage. Elle toqua trois coups à la porte.

Violette, avant d'ouvrir, demanda.

— C'est toi, Lison, il n'y a plus de danger ?

— Ouvre Violette, on a de la visite, c'est bon ! la rassura son amie.

— Non, je ne veux pas le voir, fais-le partir immédiatement, tu as compris ?

Lison vit les deux hommes l'interroger du regard. Elle leva la main, signalant que ce n'était rien, tout en leur souriant...

— C'est Marc et Ronald, ma chérie, ouvre donc !

La porte s'entrebâilla sur une Violette blême et tremblante. Les deux enfants, tapis dans le coin de la cuisine, semblaient inquiets eux aussi. Ils comprirent bien vite au comportement de leur mère qu'il se passait quelque chose d'anormal.

Une atmosphère lourde d'angoisse régnait dans la pièce qui n'échappa pas aux deux hommes lorsqu'ils y pénétrèrent.

Marc, prit Violette par les épaules tendrement, et lui chuchota à l'oreille.

« Qu'est-ce qui ne va pas, tu as des ennuis, tu sais que tu peux tout me dire ? »

Violette fit non de la tête et se dégagea, bien qu'elle se soit sentie si bien à cet instant contre la chaleur de ce corps protecteur, son souffle chaud au creux de son cou et sa voix grave si rassurante.

Leurs yeux se scellèrent dans un regard profond et intense, redonnant à la jeune maman un semblant de couleur aux joues.

Ronald, à l'intuition aiguisée du parfait policier, capta la grande détresse de l'instant. Il se doutait bien qu'il s'était passé une chose grave, alarmante même.

Il se tourna vers Lison pour essayer d'en savoir plus, mais elle passa aussitôt à autre chose pour couper court à son regard interrogateur, et surtout, pour détendre un peu l'atmosphère.

— Regardez les enfants, la belle surprise ! Les garçons nous portent un succulent casse-croûte encore tout chaud, ouvrant les sacs pour en sortir les boîtes.

— Trop bien ! s'esclaffa Théo. C'est quoi, pour moi ?

— Ah, ah ! répondit Ronald, ébouriffant ses cheveux. Pour toi et Milaine, c'est encore mieux que pour nous ! Je me demande d'ailleurs si je ne vais pas le garder pour moi ?

— Non, non, c'est pour nous, youpi ! Milaine, Milaine, on a une surprise !

Milaine se retint de laisser aller sa joie, appréciant depuis quelques jours les cadeaux et les petits plus qui amélioraient leur quotidien. Mais elle était encore secouée par la peur de sa mère qu'elle avait ressentie juste quelques minutes avant leur arrivée. Son estomac n'était plus qu'un gros nœud douloureux.

Ronald s'en rendit compte et il avait bien l'intention de savoir ce qui se passait dans cette maison !

Après quelques échanges de politesse, ils dégustèrent chacun leurs hamburgers, frites et beignets, le tout accompagné d'un grand verre d'une boisson gazeuse.

Les enfants avaient une box spéciale, avec des proportions plus petites, un yaourt à la fraise à boire et un jouet qui fit sauter de joie le petit garçon.

— Trop bien ! s'écria Théo, toujours aussi démonstratif.

— Milaine, tu n'as fait qu'émietter ton repas. Tu devrais être contente ! Tu veux bien remercier Ronald et Marc ? fit remarquer Violette, surprise par le silence de sa fille, qui d'habitude, débordait de politesse.

— Merci, murmura-t-elle, la mine chagrinée.

Violette resta pensive à regarder le joli minois de sa fille, dont la tristesse et la crainte, comme dans un miroir, se réfléchissaient dans son cœur...

Lison prit les choses en main encore une fois et permit aux enfants de quitter la table pour aller jouer dans leur chambre. Ils ne se le firent pas dire deux fois et détalèrent comme des lapins avec leurs nouveaux jouets du moment. Une petite hélice fixait à une quille d'où il fallait tirer une ficelle pour libérer dans les airs une jolie soucoupe volante. Des éclats de rire éclatèrent instantanément dans la chambre. Milaine, loin de la tension des adultes, retrouva sa joie de vivre.

Le départ des enfants permit enfin aux hommes de questionner les deux femmes. Chacune essayait de passer à un autre sujet, mais leurs amis revenaient à l'attaque. Ce fut Ronald, en policier avisé qui monta le ton.

— Bon, ça suffit les filles, Marc et moi nous ne sommes pas dupes et plus des gamins non plus ! Vous allez nous dire ce qui s'est passé ici depuis qu'on vous a quittés hier soir, d'accord ?

Les deux amies se regardèrent, dubitatives, comme deux petites filles prisent en faute.

— Vous allez commencer par nous dire qui est ce sale poltron dont Lison parlait en bas, et ensuite, nous raconter ce qu'il vous a fait, exigea Ronald, ne laissant aux deux femmes aucune occasion d'esquiver les questions.

Marc prit la main de Violette pour la rassurer et mit dans son regard toute sa tendresse pour qu'enfin elle se confie. Elle resserra ses doigts sur les siens sans s'en rendre compte, comme si ce geste lui était familier et rassurant.

Alors, elle se mit en devoir de raconter…

— On a eu une visite inattendue après votre départ. Sylvain est venu ici. Sans Paulo dans les parages, il a trouvé le courage de revenir à Montargis, en roi ! Par contre, je ne sais pas comment il a pu avoir mon adresse, expliqua Violette, encore affectée rien que d'y penser.

— Sylvain… comment ? Et qu'est-ce qu'il a à voir avec ce Paulo et vous ? questionna Ronald, les sourcils froncés.

Violette s'assura que les enfants jouaient bien dans leur chambre et tira leur porte discrètement pour continuer.

— C'était mon petit ami, celui que j'ai suivi pour venir vivre ici, il y a pas mal d'années à présent, et j'étais si jeune, mon premier amour ! Mais, ça ne s'est pas passé comme je l'avais espéré, les larmes roulant sur ses joues déjà bien rougies par l'émotion.

— Vous voulez dire que c'est lui qui vous a mis sur le trottoir ? insista Ronald, rattrapé par son métier.

Il venait de faire la relation entre ce garçon et Paulo…

— On s'est connus à la Baule où j'étais en vacances avec une amie. Sylvain et moi sommes tombés immédiatement amoureux, avec des projets pleins la tête ! Mais une fois que je l'ai suivi jusqu'à Montargis, tout est devenu bien vite différent. Disons qu'il n'avait pas le choix, il était sous l'emprise de Paulo qui l'avait pris sous sa coupe dès son plus jeune âge…

— Non, je n'y crois pas, on a toujours le choix ! se rebiffa Marc, en colère.

— Moi, continua Ronald, je pense qu'il savait très bien ce qu'il faisait en rabattant de jeunes filles naïves et seules afin de les ramener chez Paulo ! Il leur contait fleurette le temps de les apprivoiser et ensuite, sous prétexte qu'il fallait bien apporter une participation financière, il les mettait sur le trottoir. Ça se passe toujours comme ça, un manège parfaitement huilé ! C'est bien ça, Violette ? Excusez-moi, je ne voulais pas remuer le couteau dans la plaie, s'approchant d'elle gentiment pour lui poser une main sur l'épaule.

Violette ne pouvait qu'approuver cette vérité en hochant la tête tout en pleurant, et Lison ne put que confirmer. Elles avaient vécu exactement ce scénario diabolique.

Marc en avait le cœur chaviré. Il pensait à toutes les désillusions qu'elles avaient vécues, si jeunes, si naïves, et si amoureuses !

Violette se ressaisit pour clore le récit. C'était son histoire, c'était à elle de le terminer.

— C'est malheureusement vrai, Ronald… Mais j'avais tellement confiance en lui, en notre amour, mon tout premier amour, j'étais aveuglée. Je croyais vraiment qu'on allait rester ensemble, et peut-être même, partir vivre ailleurs. Il me promettait tellement de belles choses, et le pire dans tout ça, c'est que j'y croyais dur comme fer ! Par la suite, il s'absentait de plus en plus souvent. Oh, je savais bien qu'il voyait d'autres filles, mais il me promettait toujours un bel avenir, nous deux, alors je lui pardonnais. Puis, il y eut ma grossesse… J'étais heureuse, si heureuse à l'idée d'avoir un tout petit bien à moi, à nous deux, à aimer… J'ai pensé que ça allait tout changer, qu'on allait pouvoir vivre comme un couple normal ! Mais Paulo l'a pris de haut, et tout a basculé à partir de ce moment-là. Sylvain a disparu de la circulation du jour au lendemain, et moi, j'étais devenue la bête noire de Paulo. Pratiquement jusqu'à la veille de mon accouchement, il m'a envoyé des clients. J'ai compris à ce moment-là que jamais je ne pourrai mener ma propre vie. Il allait me faire payer cher, et pas seulement, les enfants avec.

Violette était tétanisée au terme de son récit, son être tout entier était dans une telle souffrance !

— Vous voulez dire que... Sylvain... est le père de..., ne finissant pas sa phrase en regardant vers la porte de la chambre où s'amusaient les enfants.

— De Milaine, oui ! conclut Violette de plus en plus incommodée.

— Ces hommes sont des salopards, des êtres abjects, ignominieux, méprisables. Je suis tellement navré de tout cela, et tellement en colère aussi ! Comment des êtres humains peuvent-ils être traités de la sorte, des femmes sans défense ? ne put se contenir Marc, le regard voilé devant tant d'affliction.

— Au moins, on sait à qui l'on a à faire, reprit Ronald ! Ne vous inquiétez pas, on va vous protéger de ce type jusqu'à votre départ, mais sans doute, n'osera-t-il pas s'approcher d'ici pour le moment. Il sait que la police est en alerte depuis l'arrestation de Paulo, il devrait se tenir à carreau, en tout cas, ça devrait vous laisser le temps de partir demain. Pouvez-vous me donner son nom de famille à ce Sylvain, juste au cas où ?

— Renaud, Sylvain Renaud, répondit Violette, les yeux emplis de larmes, mais encore bien plus de haine.

Ronald prit son portable pour appeler ses collègues afin qu'il passe un certain, Sylvain Renaud, au fichier. C'était urgent et il souhaitait une réponse rapide…

Marc proposa à Violette et ses enfants de venir dire au revoir à sa mère Andréa, elle y tenait tellement ! Ils seraient de retour vers 17 heures tout au plus. Violette accepta volontiers, cet intermède fera du bien à Milaine et Théo et ça lui changera un peu les idées…

Ronald et Lison décidèrent de rester gentiment ici, il valait mieux ne pas laisser sans surveillance la maison…

— Prenez votre temps, on préparera le repas pour ce soir, proposa Lison, bien contente de rester seule un moment avec son bel inspecteur.

Les enfants sautèrent de joie à l'idée de revoir Andréa et la jolie maison. Décidément, la vie était remplie de surprises ces jours-ci, ils n'en avaient pas eu autant de toute leur courte existence…

Pendant ce temps au commissariat de police, la photocopieuse sortait un dossier peu réjouissant sur Sylvain Renaud. Il était recherché pour proxénétisme, troubles de l'ordre public et divers délits dans le milieu de la prostitution.

« Un beau poisson à prendre encore, l'inspecteur Simon va être content ! », répliqua le policier à son collègue.

Lorsque son portable sonna, Ronald fut ravi du résultat. Ils allaient pouvoir le ramasser ! S'il fut très difficile de le coffrer à la capitale, ici ce serait plus aisé, répliqua-t-il. Il demanda à deux équipes de faire une planque, une vers le bistrot de Paulo, l'autre ici même, dans la petite rue du canal. Ils arriveraient sûrement à l'appréhender !

Lison écouta discrètement, mais, elle n'en ramenait pas large, ça avait l'air sérieux à voir la tête que faisait Ronald. Et si ça tournait mal ? Comment faire s'il se pointait ici en pleine nuit ? Le déménagement risquait d'être tout simplement compromis, voire annulé, sans compter le danger que cela représentait ?

« Ce n'est pas possible, on n'y arrivera jamais ! », souffla-t-elle, contrariée.

Ronald, ayant l'oreille fine, entendit ce que venait de murmurer Lison.

— Ne vous inquiétez pas, Lison, je veille au grain, vous pourrez partir sans encombre, malheureusement, se rapprochant d'elle, un peu trop près.

— Comment ça, malheureusement ? que voulez-vous dire ? s'offusqua-t-elle.

— Je vous aurais bien gardée ici, près de moi, ça me rend triste de savoir que vous partez à présent, puis, j'aime bien jouer le bon samaritain ! lui prenant la main délicatement.

— Non, mais je rêve, ou bien l'inspecteur me ferait-il du grain ? s'esclaffa-t-elle.

— Pas l'inspecteur, Lison, l'homme, juste l'homme ! Vous me plaisez beaucoup, si vous saviez, je ne pense qu'à vous depuis notre rencontre. J'ai besoin de vous voir, vous entendre, vous sentir près de moi chaque jour un peu plus. Vous éveillez chez moi... un sentiment inhabituel...

Il lui prit les lèvres dans un baiser tendre et si doux que Lison en eut le souffle coupé. Jamais on ne l'avait embrassée et enflammée aussi vitement. Non, c'était impossible, pas maintenant ! Elle se libéra prestement, sentant ses joues en feu, ses yeux brillants de désir, ses mains moites... Jamais elle n'avait connu un tel embrasement dans tout son être !

— Non, on ne peut pas, Ronald, nous n'avons aucun avenir, et entre nous, vous voyez la risée de tous vos collègues, vos amis, votre famille ? La vilaine fille avec un inspecteur de police ? Vous voulez foutre votre vie, voire votre carrière en l'air ? marchant de long en large nerveusement dans la pièce.

— Et alors, on s'en moque des autres ! Et puis, on a qu'une vie, autant choisir comment la vivre, et l'amour ne se commande pas ! Je parle de nous deux, Lison, rien que nous deux ! Je rêve de t'aimer, de te couvrir de cadeaux, de bonheur, de caresses, de nuits blanches à s'aimer. Je rêve de te faire faire le tour du monde, en bateau, en avion, à pied même s'il le fallait. Mais, à nous deux, Lison, on peut soulever des montagnes, ouvrir l'océan, faire trembler la terre ! Je t'aime, tu comprends ça ? Tu me trouves sûrement idiot, mais c'est la première fois que je ressens ça pour quelqu'un !

Lison resta abasourdie par cette déclaration. Cet homme était-il sérieux ou se jouait-il d'elle ? Elle n'osait plus le regarder. Elle était redevenue la petite fille d'avant, celle si craintive, si naïve, si rêveuse. Celle qui croyait que la vie était un long fleuve tranquille, bordé d'un rivage à l'herbe douce d'un vert chatoyant qui vous effleure gentiment à l'ombre de peupliers qui dansent dans le vent. À l'eau si limpide que l'on peut s'y voir comme dans un miroir et qui rend votre peau si délicate. Au soleil caressant qui vous satine de ses rayons dorés et au vent qui sent si bon, ramenant jusqu'à vous toutes les odeurs printanières… Oui, elle se sentait comme lorsqu'elle avait seize ans et qu'elle croyait que l'amour était la plus belle chose au monde ! Était-elle en train de rêver ? C'était certain, elle allait se réveiller, seule, misérable, avec ce passé qui lui collait à la peau, qui ne la lâcherait jamais, jusqu'à sa mort…

Dans un sursaut de lucidité, elle regarda tendrement Ronald et lui rappela d'où elle venait, qui elle était, que tôt ou tard son passé la rattraperait, qu'il ne le supporterait pas, et qu'un jour, leur belle histoire se transformerait en rancœurs et reproches, et qu'alors, c'est elle qui ne le supporterait plus à ce moment-là ! Elle avait souffert d'humiliations, de contraintes, d'abus insoutenables, mais aujourd'hui, elle ne voulait pas souffrir d'amour.

Ronald en eut le cœur chaviré. Plus elle parlait, plus elle semblait belle et sauvage. Plus elle le regardait, et plus elle était sensuelle et désirable. Plus elle faisait les cent pas dans cette pièce comme une tigresse, et plus son corps était un appel à l'amour... Non, il ne s'avouerait pas encore vaincu, il prendra tout le temps qu'il faudra pour la conquérir, même à des milliers de kilomètres d'ici. Il s'en fit le serment à ce moment précis...

Lison s'arrêta net en voyant son interlocuteur si songeur, si calme, si résigné tout à coup. Cet homme était surprenant, il retombait comme un soufflé, passant d'un état de passion à celui d'abandon.

— Tu vas bien, Ronald ? Tu m'inquiètes subitement ! le tutoiement étant devenu de rigueur.

— Hum, je réfléchissais. Tu as sans doute raison, Lison, restons-en là. J'ai dû te paraître bien entreprenant, je ne me reconnais pas moi-même. Tu m'as fait perdre la tête sûrement, disons, un moment d'égarement ! Excuse-moi, Lison, lui renvoyant un sourire tendre, je respecte ton choix, ta volonté. Mais sache que je peux être très patient, tu n'as même pas idée à quel point ! J'ai tout mon temps, Lison...

Alors là, Lison était éberluée ! Le temps ? Jamais une personne ne prit son temps pour elle. Jamais un homme ne l'attendit, l'espéra, la désira, si ce n'était pour une ou deux heures dans un lit poisseux. Puis, elle se souvint de ce que Ronald lui avait dit dans son bureau lors de sa déposition...

« Quand vous rencontrerez le bon, le vrai amour, vous le saurez ! »

Et si c'était lui, l'homme de sa vie, pour qui son cœur battait en cet instant ? Le temps ? Avait-elle envie d'attendre pour connaître enfin l'amour, le vrai, celui qu'on lui avait refusé toute son existence ? Voulait-elle prendre le risque de laisser partir cet homme si aimant, doux, tendre et prévenant ?

Elle ne savait plus où elle en était avec ses sentiments, c'était un tel supplice !

Mais elle était certaine de vouloir une chose, Lison, plus que tout au monde, plus que d'aimer un homme, c'était de partir avec Violette et les enfants dès demain, c'était bien là sa priorité !

Le temps lui apporterait alors une réponse, ou pas...

Le portable de l'inspecteur sonna au même moment, tirant Lison de sa méditation.

Son équipe le prévenait qu'il y avait eu un règlement de compte dans une courette donnant juste derrière le même bistrot où ils firent une descente. Une rixe qui avait mal tourné. Un homme était refroidi, un deuxième, bien amoché.

Lison entendit juste les derniers mots lâchés par Ronald.

« Vous êtes sûrs, les gars, c'est bien lui ? J'arrive immédiatement ! », raccrochant nerveusement.

— Je dois m'absenter, Lison, une affaire urgente, il y a eu une bagarre qui a mal tourné, semble-t-il.

— Mais, je vais être seule, ici ! Et si Sylvain revenait, comment je…

L'inspecteur lui coupa la parole.

— Tu ne risques plus rien, fais-moi confiance. Je reviens dès que j'ai réglé cette affaire, d'accord ? Surtout, il ne faut plus t'inquiéter, je te demande de me faire confiance !

— Très bien, je t'attendrai, puis de toute façon, Violette, Marc et les enfants ne devraient pas tarder à revenir.

Ronald déposa un doux baiser sur sa joue et partit sans se retourner.

Lison resta un bon moment après son départ, la main posée sur ce baiser brûlant et tellement délicieux…

Cette fin d'après-midi, Lison se repassa une bonne dizaine de fois la phrase que Ronald avait prononcée juste avant de partir.

« Tu ne risques plus rien à présent, fais-moi confiance ! »

Elle se rappela également le ton si solennel et paternel qu'il avait eu à ce moment précis, et c'est alors qu'elle prit subitement conscience de l'importance de cette information.

« Et si cela concernait Sylvain ? »...

Andréa était ravie de revoir Violette et les enfants. Depuis cette drôle d'histoire, elle discutait bien souvent avec son fils de la vie de cette jeune femme, et elle dut reconnaître qu'il était tellement facile de se faire avoir lorsqu'on était jeune, belle et sans expérience ! Surtout sans parents prévoyants et présents pour se faire guider...

La vie avait bien des inégalités envers certaines familles... Être bien né, choyé, aimé et élevé comme l'eut été Marc, dans l'aisance qui plus est, rendait les choses tellement plus faciles, elle le reconnaissait volontiers.

Aussi, se battant avec ses regrets d'un jugement bien trop hâtif, elle demanda spontanément à Marc s'il pouvait amener la petite famille passer un moment à la maison pour qu'elle puisse leur dire au revoir plus chaleureusement. Il accepta spontanément, et comprenait les remords de sa mère, les approuvait même !

Andréa appréhendait cette nouvelle rencontre avec Violette. L'histoire affligeante qui la conduisit à faire sa connaissance la première fois laissait place ce coup-ci à une rencontre lavée de tout préjugé. Elle portait sur cette femme un tout nouveau regard...

Elle vit donc arriver une bien jolie jeune femme. Son regard s'attarda sur la douceur candide de son beau visage, l'irisation claire de ses grands yeux, sa chevelure si flamboyante, et ce corps gracile, harmonieux. Andréa fut agréablement surprise ! Où était donc passée cette femme tant marquée par ses épreuves lors de leur première entrevue ?

« Je comprends que mon fils puisse être séduit ! », pensa-t-elle secrètement.

Milaine et Théo lui firent une immense fête en arrivant, un ravissement pour cette vieille dame qui aurait donné cher pour avoir de tels petits-enfants...

Andréa prépara pour l'occasion un bon goûter avec des surprises pour les enfants. Un magnifique nécessaire à dessins et peintures pour chacun d'eux. Elle leur raconta comment ce diablotin de Marc chipait les crayons et cahiers au magasin lorsqu'il était petit !

Milaine et Théo, heureux, serraient leur cadeau dans leurs mains fébriles d'excitation.

— Oh, merci mamie Andréa, cria Théo, c'est trop beau ! Moi aussi je vais faire comme parrain !

Les adultes ne purent que rirent de voir le bonheur de ce petit homme.

— Tenez Violette, ceci est pour vous, un petit souvenir de ma part, remettant un joli papier doré à son invité.

Marc souriait de bonheur, il trouvait que sa mère était une femme merveilleuse !

— Oh, mais il ne fallait pas, ça me gêne ! répliqua Violette.

— Mais je vous en prie, ce n'est vraiment pas grand-chose, sourit tendrement Andréa.

Violette découvrit un joli châle aux arabesques d'un ton vert et prune, un mélange de soie et mohair, magnifiquement ouvragé et chaud. Les joues de Violette rosirent de bonheur, jamais elle n'avait eu un accessoire vestimentaire d'une telle beauté et de cette qualité !

— Andréa, il est magnifique, je suis tellement embarrassée, posant une main sur sa joue brûlante d'émotion.

Elle enlaça spontanément Andréa pour la remercier, une larme roulant au coin de ses yeux.

— Oh, mon petit, ce n'est rien, quand vous le porterez, vous penserez un peu à moi !

— Oui, et même sans le mettre ! Je ne vous oublierai jamais, Andréa, encore merci pour tout.

Marc fit un sourire complice à sa mère, puis se retourna vers Violette.

— Suis-moi, Violette, je vais te montrer quelque chose, demanda-t-il avec son magnifique sourire.

Andréa comprit alors que son fils voulait la conduire à son atelier de peinture. Plus qu'un atelier, sa tanière, son refuge, le seul endroit au monde où il pouvait laisser son âme transcrire la beauté du monde, ou plutôt, la vision de son monde.

— Qui veut jouer à la bataille ? en profita Andréa, à présent seule avec les enfants.

« Moi, moi ! », retentirent des petites voix joyeuses dans le joli salon aux tons chauds où régnait une atmosphère douce et apaisante.

On ne pouvait que se sentir en sécurité dans cette agréable maison. Violette savait à présent pourquoi Marc venait souvent rendre visite à sa mère si aimante. Elle avait su rendre cette demeure tellement conviviale, à l'ambiance toute particulière. Rassurante, légère, réconfortante. Elle donnait envie de s'y calfeutrer comme dans un nid duveteux pour y revivre des souvenirs tout aussi exquis.

Violette aurait pu y vivre des siècles...

— Mais où m'amènes-tu, Marc ? s'interrogea Violette, tirée par la main comme une petite fille.

— C'est une surprise ! tout heureux de l'effet certain qu'allait avoir son amie.

Ils passèrent par un couloir qui conduisait à l'arrière de la maison d'où l'on apercevait une magnifique verrière. On pouvait apercevoir des plantes exotiques d'une hauteur irréelle, d'un vert lumineux dû à une exposition de choix derrière ces grandes baies vitrées. Marc ouvrit la porte d'où des odeurs de vernis, peintures et solvants divers s'échappaient à profusion. Violette fut saisie par ce spectacle majestueux qui s'ouvrait devant elle...

Des toiles de toutes tailles trônaient un peu partout. Certaines étaient finies, d'autres en attente de l'être, quelques-unes en phase de séchage ou de vernissage.

Elles s'exposaient élégamment à la lumière du jour. Des éclats de couleurs illuminaient ses pupilles tel un feu d'artifice. Des teintes chatoyantes, obscures ou claires, un camaïeu explosif qui vous donnait le tournis, se jouant de formes diverses. Ciels orageux ou ensoleillés, paysages d'hiver ou alors d'été, ruisseaux limpides ou déchaînés, fleurs sauvages dansant au vent ou savamment arrangées en un joli bouquet, portraits joyeux ou bouleversants, corps drapés ou dénudés… Il y en avait pour tous les goûts. Jamais elle n'avait encore vu autant de beautés à la fois !

Elle s'approcha pour vérifier la signature élancée pour lire, « MarKoir ».

— C'est magnifique, Marc, quel talent, quel travail ! se retournant vers lui, ses grands yeux offrant le regard candide d'un enfant.

— Merci, Violette, ça me touche beaucoup. Ça peut sembler le vrai bazar, mais j'aime travailler dans cette cacophonie frénétique ! Et encore, c'est bien mieux rangé ici qu'à mon atelier parisien où je travaille plus régulièrement. Je m'y retrouve toujours contrairement à ce que l'on pourrait croire, riant de lui-même.

Violette frôlait de ses doigts les multiples pots de pinceaux de toutes formes et hauteurs, des palettes dont la croûte de peintures séchées formait des petits cratères colorés laissés par un volcan déchaîné. Elle se trouvait projetée dans un Nouveau Monde, se sentant comme Alice au pays des merveilles… Oui, c'est bien ce à quoi elle pensait, un émerveillement !

Puis, elle aperçut un chevalet trônant fièrement au milieu de la verrière, recouvert d'un drap blanc.

Marc suivit son regard et son cœur s'accéléra. Là se trouvait sa surprise… Il y avait travaillé des nuits entières, jusqu'à atteindre la perfection de son modèle, juste de mémoire, jusqu'à ce qu'il puisse se perdre d'émotions dans l'image que lui reflétait son tableau…

— C'est pour toi, Violette, mon cadeau d'adieu, pour que tu ne m'oublies pas, se raclant la gorge pour masquer son émoi.

— Pour moi ? Oh, Marc, comme c'est touchant ! Mais comment pourrais-je t'oublier même sans ce présent ? Son regard empli de curiosité. Mais, qu'est-ce que c'est ? prenant un air mutin…

Il positionna Violette bien en face du tableau, lui demandant de fermer les yeux, et dans un geste sec, il arracha le drap qui cachait son trésor.

— Tu peux ouvrir les yeux maintenant, lui souffla-t-il dans le creux de l'oreille, si près, qu'elle put sentir son souffle chaud et caressant au creux de son cou.

Marc ne regardait pas sa toile, non, il regardait son modèle bien vivant, palpitant, enivrant, attirant, à portée de ses yeux, de ses mains, de son corps. Il avait tellement envie d'elle à ce moment précis, qu'il dut faire un effort incommensurable pour ne pas la prendre dans ses bras.

Violette posa ses mains sur ses joues en ouvrant grand la bouche, comme une fillette découvrant ses cadeaux de Noël sous le sapin. Sa poitrine se soulevait dans une respiration au souffle rapide, son cœur palpitait dans un tam-tam infernal, et ses yeux s'embuèrent dans une ivresse émotionnelle intense.

Marc, quant à lui, cessa de respirer. Le plaisir ressenti sur l'instant suffisait à lui seul à le rendre ivre de bonheur !

— Marc, mais... c'est moi ! C'est... c'est magnifique ! balbutia la jeune femme. Même si je trouve très gênant de devoir parler de moi ainsi, mais tu as si bien réussi les expressions, les formes, les couleurs ! J'ai l'impression que je vais sortir du tableau, comme si ce face-à-face allait fusionner en une seule et même personne ! Est-ce le tableau qui m'absorbe ou est-ce moi qui l'aspire ? Et cette lune si particulière, d'un roux rougeoyant, corallin, cuivré, donne un reflet flamboyant à l'ensemble !

Violette détacha son regard de la toile pour enfin plonger ses yeux dans ceux de Marc.

Il était tout aussi ému, et ne pouvait entendre un meilleur compliment que celui qu'elle venait de lui dire. Elle avait une facilité à exprimer ce qu'elle ressentait, une sensibilité si touchante, si vraie ! Cela faisait encore plus ressortir sa beauté mystique...

— C'est une lune rousse, celle qui irradie la terre d'une lueur d'un rouge orangé peu commun. Tu as su le décrire si parfaitement ! C'est un mélange cuivré de tes yeux et cheveux, une déesse entre ciel et terre, une océanide sortie des flots... C'est ainsi que je te vois Violette. Tu éclaires ma vie depuis que je te connais, mes jours, mes nuits, mes toiles aussi, montrant du doigt son tableau.

Cette huile représentait Violette, lascivement allongée entre terre et mer, le corps drapé d'un voile opaque blanc, laissant deviner ce que chacun avait envie d'imaginer. De douces vagues léchaient ses longues jambes au galbe parfait, ses bras abandonnés sur le sable blanc aux sillons laissés par le vent. Ses cheveux ondulaient comme des serpents se mouvant autour de son corps, illuminés par la clarté de la lune pour en faire ressortir ce roux orangé tel un feu ardent. Ses grands yeux mystérieux lançaient des flammes de sensualité, et sa bouche couleur cerise à peine entrouverte relevait impudiquement le teint laiteux de sa peau...

La beauté à l'état pur.

— Violette, tu es ma jolie lune rousse ! C'est ainsi que j'ai appelé ce tableau. Lune rousse. Tu es si belle, si douce. J'ai besoin de toi, laisse-moi t'aimer, je t'en prie, l'enlaçant pour l'embrasser fougueusement.

Elle ne chercha pas à le repousser, au contraire, elle se blottit plus fortement contre lui, jusqu'à sentir la chaleur de son corps, la crispation de ses muscles, l'envie qu'elle lui suscitait. Son corps vibrait, lâchant une envolée de papillons au creux de ses reins, de son ventre. Des frissons parcouraient son être tout entier, à fleur de peau, à fleur de corps, à fleur de cœur. Elle avait tellement envie de lui, elle avait tellement besoin d'être aimée pour ce qu'elle était, une femme à part entière, vraie, lascive, confiante ! Ce qu'elle ne fut et ne connut jamais jusqu'alors !

Mais elle devait s'empêcher de céder à la tentation. Demain serait un autre jour, une autre vie...

— Oh Marc, non, je ne peux pas, je te l'ai expliqué, c'est trop compliqué, trop tôt... ou trop tard, je ne sais plus ! Je suis à un tournant important de ma vie et je dois vraiment réussir ce départ, pour mes enfants, pour Lison, mais aussi pour moi-même. Surtout, ne m'en veux pas. Si seulement ma vie avait été différente, alors, peut-être, sans doute...

— Ne dis plus rien, Violette. Je ne forcerai pas le destin et je ne perturberai pas ta nouvelle vie, restons de bons amis alors, d'accord ?

C'est ainsi qu'ils prirent congé de l'hospitalité d'Andréa et surtout de sa générosité. La mère de Marc se demandait si elle les reverrait un jour, ces petits lui avaient tellement empli le cœur de bonheur.

— Bonne route à vous, je vous souhaite tout le bonheur du monde, vous le méritez. Surtout, revenez me voir si vous passez dans la région, la maison vous reste grande ouverte !

Elle serra très fort les enfants dans ses bras. Ils comprirent qu'un nouveau destin se jouait en cet instant pour eux aussi.

— Tu viendras nous voir dans notre nouvelle maison, mamie Andréa, on jouera à la bataille ! s'exclama Théo, ravalant son chagrin comme un vrai petit homme courageux.

— Mais bien sûr mes chéris, Marc me conduira jusqu'à vous, mais quand vous serez bien installés !

— Hein, parrain, tu me porteras Andréa à ma maison ? insista Théo, désirant une confirmation.

— Tu m'amèneras, Théo, reprit Milaine, rangeant dans un coin de sa tête cette promesse de visite.

— Promis juré ! répondit Marc, plongeant son regard dans celui de Violette pour sceller ce pacte, et peut-être plus encore…

Au 48 rue du Canal, Lison attendait le retour de ses amis et de Ronald. Elle tournait en rond depuis plus de trois heures, un poids à la place de l'estomac. Elle se sentait nerveuse et aurait tellement voulu savoir ce que son bel inspecteur avait sous-entendu…

Chapitre XII

Le jour J

Le jour se levait à peine, un brouillard opaque et humide s'échappait du canal pour s'épancher dans les jardins, arrosant les maisons, s'invitant dans les moindres recoins de la ruelle. Très tôt ce matin, devant la maison, un utilitaire était garé dans l'attente de son chargement.

La veille au soir, le propriétaire vint pour faire l'état des lieux. Il fut agréablement surpris de trouver un logement aussi rutilant malgré sa vétusté ! Il demanda à ce qu'on lui laisse les clefs dans la boîte aux lettres en partant. Il remit à Violette le chèque de caution, en précisant bien tout de même qu'il aurait pu la lui rendre seulement dans deux mois ! Mais, elle en avait plus besoin que lui, et jamais il ne trouverait une locataire aussi sérieuse, lui confia-t-il.

Les deux femmes se regardèrent, étonnées. Cette bienveillance ne lui ressemblait pas. Un homme pour qui l'argent passait avant tout…

« Tout arrive un jour ! », s'en amusa Violette, discrètement.

Il faisait froid et humide dans l'appartement, aussi, les enfants étaient vêtus d'une grosse veste, et leurs petits cous étaient enroulés dans une écharpe bien chaude. Ils avaient le nez qui coulait depuis la veille. Violette et Lison s'activaient pour se réchauffer. Tout était prêt pour le grand départ avec ses rêves et ses promesses d'une vie meilleure.

Une seule ombre au tableau. Abandonner deux hommes qui leur déclarèrent, la veille, leurs flammes, chacun à leur manière ! Aucune des deux jeunes femmes ne voulut se laisser aller à ses sentiments et ouvrir son cœur, il était trop tard pour succomber.

Une seule chose comptait à présent. Partir loin d'ici dans une vie à la sève nouvelle et vigoureuse !

Marc et Ronald vinrent les aider à charger le véhicule, mais aussi, pour leur dire au revoir. Ils tombèrent amoureux bien malgré eux, un de la jolie rousse, l'autre de la belle brune, ne pouvant refréner leurs sentiments jour après jour, mais aujourd'hui, ils étaient très tristes de les voir partir.

Quand ils arrivèrent, ils trouvèrent la petite famille sautillante dans le salon, laissant échapper de leur expiration, un souffle de vapeur blanc et épais. Après s'être affectueusement salués, ils se mirent aussitôt au travail. S'activer leur permettait de se réchauffer, mais surtout, de ne pas trop s'épancher sur ce départ imminent.

Les enfants devaient rester dans la petite cuisine où ils coloriaient bien gentiment pour ne pas entraver les allers-retours des adultes dans un va-et-vient de cartons, valises et lourds objets. Tout ceci se faisait sans les plaisanteries habituelles, dans un silence préoccupant. Personne n'avait le cœur à discuter ou rire. Une chape lourde plombait les relations d'ordinaire si joyeuses.

En à peine une heure, l'utilitaire fut chargé et l'appartement fermé à clefs, ces dernières déposées comme convenu dans la boîte aux lettres.

La toile peinte par Marc pour Violette, fortement emballée et protégée, fut calée en dernier à l'arrière de l'utilitaire, bien à l'abri des fortes vibrations.

Lison et Ronald apprécièrent un bon moment ce chef-d'œuvre et furent époustouflés, gratifiant Marc de compliments non feints.

Amélie, la vieille voisine, n'ayant rien manqué de ce ballet matinal dans sa rue habituellement bien calme, s'approcha de Violette timidement.

— Je voulais vous souhaiter un bon aménagement et beaucoup de bonheur à vous et votre petite famille ! On ne se parlait pas beaucoup, mais vous faisiez partie de mes journées. Vous voir partir, passer, revenir, parler avec vos enfants et surtout, les entendre rire, me donnait la conviction d'être encore vivante ! Vous allez laisser un grand vide dans notre rue, confia une Amélie plus peinée qu'elle n'aurait pu le croire elle-même. À cet âge-là, l'on n'aimait pas que la vie change vos habitudes…

Violette la remercia chaleureusement et invita les enfants à l'embrasser. Lison et les deux hommes en firent tout autant avec courtoisie, cette vieille dame était si touchante.

— Tenez les enfants, c'est pour le voyage, rajouta la voisine, leur remettant deux sucettes au lait achetées le matin même avec son pain.

Après bien des remerciements, Amélie s'éclipsa comme elle était venue, sans bruit et précautionneusement, pour ne pas faire un faux pas le long du trottoir cabossé.

Une fois le chargement terminé, Ronald proposa d'aller boire un café chez lui, chahutant volontiers Violette en lui stipulant qu'il y avait un immense parking juste en bas de son appartement où elle pourrait garer sa camionnette sans encombre… Toute la fine équipe s'amusa beaucoup de cette boutade !

Marc finit par avoir pitié d'elle en voyant la tête qu'elle faisait.

— Veux-tu que je prenne le volant jusque chez lui ? demanda-t-il, toujours aussi prévenant.

C'est ainsi que Lison et Milaine montèrent dans la voiture de Ronald, et Théo resta avec sa maman et Marc, fièrement installé entre eux deux dans le gros véhicule. Marc en profita tout en conduisant pour expliquer quelques détails du tableau de bord et de conduite à son amie, le gabarit particulièrement.

L'ambiance était à nouveau au rendez-vous, chacun plus détendu se laissant aller à la plaisanterie. Il y avait pourtant des regards qui ne trompaient pas entre les deux couples, des échanges furtifs, mais intenses, ceux qui remplaçaient les trop belles paroles !

Ronald avait une nouvelle à leur annoncer. Il l'avait gardée pour la fin afin de ne pas perturber ces derniers instants.

— J'ai à vous dire quelque chose d'important, une nouvelle qui devrait vous soulager, en tout cas, je l'espère, même si ce n'est pas ce qu'il y a de plus gai pour ce dernier moment passé ensemble.

Mais avant l'annonce, il invita les enfants à aller voir un dessin animé sur la chaîne Disney Chanel. Ils ne se le firent pas dire deux fois !

Les paires d'yeux étaient rivées aux siens, attendant la suite. Quelle pouvait bien être cette nouvelle qui les concernait tous ?

— Lison, tu sais qu'il y a eu une sale histoire hier après-midi, pour laquelle j'ai dû partir en catastrophe. J'en suis désolé du reste, j'ai dû t'abandonner un long moment, mais c'est ça la vie d'un flic, grimaçant à sa propre remarque. Voilà, il y a eu une rixe vers le café de Paulo, deux hommes en sont venus aux armes blanches, laissant un mort. C'était un ancien de la bande à Paulo, un certain Jo, que vous connaissiez du reste, avec un certain… Sylvain. C'est lui qu'on a retrouvé sans vie. Je suis navré de devoir vous l'annoncer ainsi.

Violette porta une main au cœur par la violence de cette annonce et Lison resta la bouche grande ouverte sans pouvoir dire un seul mot.

Marc se leva pour prendre les épaules de Violette en les massant doucement tandis que Ronald prit la main de Lison pour la sortir de son hébétude.

— Ça veut dire que… ni Sylvain ni Paulo ne pourront venir hanter notre nouvelle vie ? s'essaya Lison, encore sous le coup.

— C'est cela, vous êtes entièrement libérées de votre passé. L'avenir est devant vous, mesdames, une belle vie, et une sérénité bien méritée… et beaucoup d'amour ! regardant en coin Lison. Je sais que c'est difficile pour toi, Violette, tu accuses le coup et c'est normal, mais je suis certain que ce deuil sera libérateur pour la suite.

Violette acquiesça, elle commençait juste à remettre ses idées en place…

— Merci Ronald ! Je ne sais pas dans quel ordre on aura tout ce que tu nous souhaites, mais l'espoir fait vivre ! Merci en tout cas d'avoir pris le temps de nous dire tout ça avant de partir, même si je sais que l'enquête policière n'est pas terminée pour toi, souligna-t-elle, reconnaissante. On repart à zéro, ça, c'est certain, mais je ne vous cache pas que ça me fait drôle de savoir que Sylvain a fini sa vie ainsi. Il était bien trop jeune pour mourir, et c'est aussi une part de ma jeunesse qui meurt avec lui, pensant surtout à Milaine. Mais je suis bien consciente qu'il n'aurait rien apporté de bon à notre fille, et il aurait sûrement entretenu ses rancœurs à mon égard avec acharnement. Ainsi va la vie, je tourne la page définitivement cette fois-ci ! Décidément, la mort est le seul moyen de me faire avancer, on dirait ? Ma mère, puis Sylvain. La seule personne que j'aurais tant aimé garder près de moi est celle qui est partie bien trop tôt, mon tendre père…

Violette resta dans ses réflexions comme figée dans le temps.

Personne ne releva, par respect pour ses souvenirs personnels, mais aussi, pour cette jolie fillette qui était née de la liaison avec Sylvain…

Marc se sentait tout aussi ému pour sa jolie rousse, mais au fond de lui, il fallait bien le reconnaître, heureux de la savoir enfin libérée de son passé. Cela pourrait changer beaucoup de choses dans leurs relations futures. Il voulait y croire encore…

— Buvons le café de l'amitié, que cette dernière dure très longtemps, malgré la distance qui va nous séparer. À vous, mesdames ! s'esclaffa Ronald.

Tous levèrent leurs tasses, les yeux chargés d'émotion.

— Je crois qu'il va falloir prendre la route, les amis, ça va être un peu long avant d'arriver ! coupa Lison en se levant pour donner le signal de départ.

— Surtout que la conductrice n'est pas vraiment certaine d'arriver, renchérit Violette, ragaillardie.

Les enfants entendirent la dernière phrase de leur mère en revenant du salon.

— On va pique-niquer sur la route, hein, maman, tu as promis ! rappela Théo sur le qui-vive.

— Ah bon ! Mais qui a dit ça ? plaisanta leur mère.

— Mais c'est toi maman, reprit Milaine, tu as oublié ? Oh non, ce n'est pas juste !

— Mais oui, les enfants, on s'arrêtera pour midi à mi-chemin, une promesse c'est une promesse ! Votre maman vous fait marcher, répondit Lison, se forçant à plaisanter alors qu'elle se sentait si attristée de devoir quitter Ronald.

— Je suis encore désolé, violette, insista Ronald, j'espère que cette nouvelle ne te trouble pas trop pour conduire, j'aurais peut-être dû attendre…

— Non, tu as bien fait, coupa-t-elle avec empressement. Je sais à présent que rien ni personne ne pourra troubler notre route. Encore merci pour tout, Ronald.

Les hommes se levèrent également, un pincement au cœur. C'était le moment le plus difficile et douloureux. Ils se regardèrent, cherchant le courage dont ils avaient besoin mutuellement. Ils étaient devenus de bons amis et s'étaient trouvé des points communs au fur et à mesure de leurs rencontres, mais le plus incroyable, c'est qu'ils étaient tombés amoureux le même jour des jolies sœurs de cœurs…

Les enfants s'installèrent au milieu du siège avant du véhicule, Théo choisit le côté de la conductrice, Milaine, celui de sa marraine. Pendant ce temps, Marc amena Violette derrière l'utilitaire pour avoir un peu d'intimité…

Lison et Ronald restèrent un petit moment à l'appartement pour se dire au revoir. Il lui fit promettre de lui donner des nouvelles, et qu'il espérait la revoir bien vite. Il ajouta qu'il sera toujours là pour elle au besoin. Ils scellèrent dans un long baiser langoureux une promesse que chacun ne pouvait encore dire si elle serait tenue…

Marc avait la gorge serrée. Jamais il n'aurait pensé souffrir autant du départ de cette femme.

Sa jolie lune rousse allait lui laisser un grand vide.

— Oh, Marc, ne sois pas triste, on sera à quatre heures de route tout au plus. La maison est grande, tu pourras venir nous voir quand tu le souhaites, et les enfants seront si contents !

— Et toi, en auras-tu envie, Violette ? murmura-t-il en lissant ses longs cheveux soyeux de ses doigts fébriles.

— J'aurai toujours envie de te voir, de t'entendre, de te savoir près de moi, Marc, tu ne dois pas en douter et tu vas beaucoup me manquer aussi.

Leurs bouches, assoiffées d'amour et d'envie l'un de l'autre, se délectèrent d'un baiser ardent qui leur emplit le cœur de sentiments violents. Une larme coula silencieusement au coin des yeux mi-clos de Violette qui venait de ressentir le déchirement poignant de s'éloigner de cet homme. Oui, elle l'aimait, elle le savait en l'instant.

— Promets-moi de ne pas m'oublier, et si le destin nous le permet, nous nous retrouverons, mon cœur, susurra Marc au creux de son oreille.

— Je te le promets, si mon cœur doit battre d'amour, ce sera pour toi, Marc, et alors, tu le sauras. Encore merci pour tout, se précipitant vers la portière du véhicule pour s'installer au volant.

Au même moment, Lison, les joues rosies et le cœur battant la chamade, prit place du côté passager, bien calée contre Milaine.

Les hommes restèrent un long moment sans parler, le regard rivé vers l'horizon… De gros nuages gris et menaçants assombrirent le ciel, comme si la tristesse s'était installée dans l'univers. Ce fut Ronald qui rompit le silence.

— On va s'en boire un p'tit, je crois qu'on en a bien besoin nous deux ?

— Ce n'est pas de refus, Ronald, il m'en faudra même deux ! lui tapant l'épaule en se dirigeant vers l'appartement redevenu si calme tout à coup.

En entrant dans le salon contemporain de ce célibataire endurci, Marc aperçut la petite voiture rouge dans un coin de la pièce.

— Oh, zut, Théo a oublié sa voiture préférée, la ramassant et la serrant fort dans sa paume de main comme pour s'imprégner encore de la proximité de la petite famille.

— Tu sais quoi, Marc, ça nous fera une occasion de la lui ramener ! faisant un clin d'œil complice à son ami.

Ils comprirent tous deux à ce moment-là qu'ils n'avaient pas l'intention de rester trop longtemps sans aller les voir, ce qui leur réchauffa le cœur instantanément.

— On a l'air comme deux adolescents, tu ne trouves pas, Marc ?

— C'est tout à fait ça, Ronald, j'aurais même dit… comme deux cons !

Ils s'esclaffèrent de l'image qu'ils avaient d'eux-mêmes !

L'amour était vraiment surprenant…

Le véhicule roulait sans encombre sur l'autoroute, Violette ne dépassant pas les 100 km à l'heure. Aussi se faisait-elle doubler régulièrement. Elle trouvait la conduite de l'utilitaire peu agréable, le disant trop large, trop long et surtout trop bruyant !

Théo, profitant tout naturellement de son statut de mâle, râla plusieurs fois pour que sa mère roule plus vite, il ne supportait pas d'être si souvent dépassé.

— Et bien moi, personne me doublera, j'irai vite, comme Marc !

— Pff, n'importe quoi, Marc roule doucement, il t'a même dit pourquoi, Théo ! répondit Milaine en haussant les épaules.

Les femmes ne purent que sourire à cet intermède…

Ils s'arrêtèrent manger sur une aire d'autoroute aux abords de Tours, à mi-chemin. Il y soufflait un vent glacial, ce qui écourta leur pause. L'équipée engloutit leurs sandwichs rapidement. Après être passés aux toilettes les uns derrière les autres, ils reprirent la route. La pluie s'invita, ce qui fit encore ralentir le véhicule. Violette se plaignit alors du mauvais fonctionnement des essuie-glaces qui faisaient un « couic » agaçant à chaque passage !

Pour détendre quelque peu l'atmosphère du moment, Lison se mit à chanter, bien vite suivie par les enfants, ce qui remit le sourire sur le visage de Violette. La pluie n'avait qu'à bien se tenir, les fausses notes fusaient à foison, mais qu'importe, le bonheur était là !

Après plus de trois heures et demie de route, le paysage s'ouvrait sur des champs de culture découvrant des serpentins d'eau, en plein cœur du parc naturel régional du Marais poitevin.

Violette se mit en devoir d'expliquer à Lison et aux enfants la vie de la région et ses richesses.

« Arçais se trouve sur une partie du Marais inondable, appelé également la Venise verte, entourée et traversée de rigoles et de canaux. C'est un grand labyrinthe bordé de peupliers qui autrefois en faisait sa richesse économique. Aujourd'hui, le tourisme apporte à la région de sérieux revenus, avec ses divers embarcadères qui proposent des balades en barques traditionnelles maraîchines appelées aussi barques plates. On y trouve également une restauration régionale, des parties de pêches, des gîtes et chambres d'hôtes... »

Les enfants s'étaient tus pour écouter leur maman raconter leur nouvelle vie, même s'ils n'en comprenaient pas tous les termes.

— On montera dans le bateau plat nous aussi, maman ? demanda Théo qui avait bien retenu le sens du mot plat.

— Mais, bien sûr, mon chéri, souvent même, mais au printemps, pour qu'il fasse plus chaud !

Il était vrai que cette saison n'était pas propice aux festivités d'un mois de novembre. Il faudrait attendre les premiers rayons de soleil printaniers pour reverdir les prairies, se jouer des reflets scintillants de l'eau, et profiter du climat doux, ensoleillé et tempéré du Marais poitevin. D'avril à la fin octobre, la vie battrait son plein, que ce soit à vélo, à cheval, à pied, en barque... Il y en aurait pour tous les goûts et tous les âges !

— Quelle belle région, Violette ! Comment as-tu pu la quitter ? Regardez les enfants comme c'est beau ! s'esclaffa une Lison déjà séduite.

— Tu sais Lison, une seule personne suffit à gâcher la beauté d'un lieu autant qu'une vie ! se remémorant sur l'instant le comportement vil de sa mère... Et attends de voir tout ça sous le soleil ma belle, tu vas faire exploser tes pupilles ! s'amusa Violette.

— Les quoi, maman ? demanda Milaine

— Qu'on va en avoir plein les yeux, mes chéris ! reprit Lison en riant.

Le véhicule laissa le bourg d'Arçais, pour prendre une petite route sur huit cents mètres environ. Violette stoppa la voiture devant un portail en bois gris clair, découvrant en partie un grand parc boisé et un pan d'une maison.

— Nous sommes arrivés ! s'écria Violette, des émotions et les souvenirs remontant bien malgré elle...

Lison qui serrait les clefs du paradis dans ses mains, descendit ouvrir le grand portail et le referma derrière le passage de l'utilitaire. Ce geste lui fit prendre conscience qu'ici, ce serait un refuge bien à eux, infranchissable pour qui n'y serait pas invité, et qu'ils s'y sentiraient en sécurité. Jamais sa vie ne serait assez longue pour remercier sa grande sœur de cœur qui lui aura offert cette part de rêve ! Elle laissa échapper des larmes de bonheur en se dirigeant vers la maison…

La maison, bâtie en pierres sur deux étages, au toit de tuiles rouge et aux nombreuses fenêtres closes par des volets en bois de la même teinte que le portail, entre gris et blanc, ressemblait à une maison de maître. On pouvait y voir un porche attenant aménagé en cuisine d'été qui donnait sur un merveilleux parc arboré. Au fond du terrain passait un petit canal dont l'eau rejoignait le Marais.

— Mais c'est grandiose, Violette, la maison est magnifique et le parc absolument ravissant. Qu'il doit faire bon vivre ici quand il fait beau ! s'esclaffa Lison, séduite par les lieux.

— C'est vrai, dès le mois de mai, nous vivons dehors, et ce, jusqu'à la fin octobre. Tu verras au printemps, Lison, comme c'est magnifique, avec les saules pleureurs qui viennent presque chatouiller ton cou lorsque tu t'y allonges juste en dessous, avec le scintillement et la fraîcheur du cours d'eau, le chant des oiseaux, les fleurs. Et ce vent doux d'ouest qui te rappelle qu'on est très proche de l'océan. Sans oublier ces adorables moustiques, s'amusa-t-elle ! Je me demande comment j'ai pu vivre aussi loin si longtemps, devenant de plus en plus nostalgique... Allez, venez, je vais vous faire visiter. Les enfants, vous êtes prêts ?

— Oui, maman, vite, ouvre, on veut voir où on va dormir ! répondit Milaine, surexcitée.

La maison était chauffée, bien plus pour chasser l'humidité que pour combattre le froid. Le notaire, ayant gardé un double des clefs à la demande de la nouvelle propriétaire, s'était assuré que la révision de la chaudière et le ramonage furent effectués par le plombier habituel. Celui-ci laissa donc tourner la chaudière en bas régime pour la venue de la famille. Violette ne manquerait pas d'aller remercier le notaire, au demeurant plus serviable que sympathique. Elle irait également régler sa note chez le plombier...

L'entrée desservait une grande cuisine aménagée en bois couleur miel, au sol en carrelage beige moucheté à l'aspect vieilli, ce qui rendait l'ensemble rustique et chaleureux. Juste en face, une salle à manger et un salon, le tout aménagé avec un goût certain. Les meubles, de style Louis Philippe, se composaient d'une table ronde avec six chaises en tissu, d'un buffet à deux vitrines laissant entrevoir une collection de porcelaines de Gien et verreries en cristal d'Arques. Sur une commode trônait une lampe

Tiffany de toute beauté aux arabesques colorées, et un bonheur du jour avec son fauteuil en moleskine bordeaux complétait cet espace. La partie salon était composée d'un canapé et de deux fauteuils en cuir crème de très belle facture, avec au centre, une grande table basse carrée, au plateau en merisier marqueté. Lampes de salon, cadres, bibelots finissaient le décor. Des tentures orangées encadraient chaque fenêtre à petits carreaux, projetant un effet lumineux, voire ensoleillé dans la pièce.

Violette ne reconnaissait plus du tout le mobilier, sa mère ayant fait pas mal de changements depuis son départ. Mais il fallait lui reconnaître, à défaut d'une fibre maternelle, un goût certain pour l'ameublement et la décoration !

Elle se mit à regarder quelques photographies murales encadrées. L'une de la propriété un jour de grand soleil, l'autre de sa mère jouant le batelier sur une barque plate, puis d'une troupe d'amis, réunis autour d'un arbre de Noël, qu'elle n'avait jamais vus… Pas une seule photo d'elle, sa fille unique, ni de ses petits-enfants, ni même de son père ! Comme si cette femme avait désiré effacer son propre passé des murs de cette maison…

Chaque année pourtant, Violette lui envoyait une photographie de ses enfants avec une carte de bonne année, prenant également de ses nouvelles. Cela lui serra un peu plus le cœur.

« Pourquoi as-tu été si dure avec moi, pourquoi as-tu eu tant de haine, maman ? », se demanda-t-elle, malheureuse...

— Ça va, Violette, tu as l'air toute bizarre ? s'inquiéta Lison, connaissant trop bien son amie pour savoir quand elle avait une mauvaise pensée.

— Ça va... juste des souvenirs qui remontent... ça fait si longtemps. Mais ça va passer ! se justifia-t-elle, en lui souriant.

— On va en haut, maman ! cria Théo, suivi de près par sa sœur, s'élançant dans l'escalier balancé tout en chêne, magnifiquement tourné.

— Doucement, n'allez pas tomber, répondit-elle.

Les deux femmes finirent de regarder la pièce servant de bureau où se trouvait un divan qui pouvait faire office de lit d'appoint, ainsi qu'un cabinet de toilette attenant avec douche. Juste à côté du bureau, les toilettes. Elles montèrent ensuite à l'étage où se trouvaient quatre grandes chambres, agréablement chauffées. La chaleur s'engouffrait immanquablement par la cage d'escalier.

L'une d'entre elles laissa particulièrement Violette interloquée. Rien n'avait changé ! Sa chambre était restée dans son jus, telle qu'elle l'avait quittée en s'enfuyant. Elle retint un sanglot. Lison se rendit compte de son émoi et prit les enfants pour visiter les autres chambres afin de laisser son amie tranquille.

Violette s'approcha de son bureau où se trouvaient comme si elle s'en était servi la veille, sa brosse à cheveux, ses barrettes dorées, du maquillage, et une eau de toilette à la violette, sa préférée. Elle ouvrit les tiroirs pour y trouver son journal intime, ses stylos, des photos d'écoles, de vacances avec son père… Toute sa vie se trouvait là, l'attendant depuis tout ce temps !

Elle saisit sur une étagère deux livres en cuir reliés. « Sans famille » et « La case de l'oncle Tom ». Ses livres de chevet lorsqu'elle était toute jeune. Puis, ses yeux s'attardèrent sur des titres bien alignés. « Les quatre filles du docteur March, Les allumettes suédoises, L'auberge de l'ange gardien, La petite fadette, Les malheurs de Sophie », et bien d'autres encore, comme si tous les livres qu'elle avait tant aimés n'attendaient que de fines et délicates mains viennent un jour les rouvrir à nouveau… Ces lectures qui firent rêver Violette, de sa plus tendre enfance à l'adolescence, et même jeune fille ! Elle pensa alors que Milaine serait bientôt en âge de commencer à en lire certains. Comme ce serait amusant de voir ses yeux pétiller d'émoi et de plaisir. Transmettre de mère à fille, n'est-ce pas la plus belle chose au monde qui soit donnée à une maman ?

Elle sortit de ses songes pour voir que son lit était fait, au couvre-lit tendu impeccablement, propre et frais, comme si sa mère, pendant ces longues années, attendait qu'elle revienne y dormir. Elle ouvrit son armoire et fut tout aussi surprise d'y trouver tous ses vêtements.

Douze années bien rangées, sans un faux pli, sans une poussière, sans un objet personnel manquant. Douze années sans un soupçon d'absence. Cela semblait si étrange, et en telle contradiction avec le comportement de sa mère !

Elle essuya les larmes qui roulaient sur ses joues en feu. Elle venait de basculer dans un passé si proche à présent, l'avant d'après, l'après d'avant, elle ne savait plus dans quel sens se trouvait sa vie ? Sûrement dans une autre dimension où l'on pouvait se perdre si vite. Elle pouvait toucher son passé du bout des doigts, le sentir, le respirer... Mais pouvait-elle encore le haïr à ce point ?

Elle sursauta et sortit de ses pensées en entendant les enfants se disputer dans une chambre. Elle alla aider Lison à régler un problème qui semblait très sérieux et bien trop bruyant.

— Non, c'est ma chambre, celle-là ! criait Théo, enragé.

— Non, ce sera la mienne, reprenait Milaine, agacée.

La mère haussa immédiatement le ton en arrivant vers eux.

— Alors, celle-ci sera celle de Lison, comme cela, il n'y aura plus aucun souci, coupa-t-elle autoritairement, et l'on ne revient pas là-dessus, c'est bien compris ?

Les deux enfants furent surpris par le ton inhabituel de leur mère, mais marquèrent tout de même leur déception par une moue attendrissante, ce qui amena un sourire intérieur aux deux femmes.

Ils finirent donc la visite des deux autres chambres dans le calme. L'une était à petites rayures vert et jaune, l'autre à petites fleurs rose et blanc, ce qui facilita le débat.

— Celle-ci sera parfaite pour Milaine, tu es d'accord, Théo ?

Le petit garçon approuva de la tête tout en faisant remarquer.

— De toute façon les fleurs c'est pour les filles, alors !

— N'importe quoi, les rayures aussi ! ajouta sa sœur.

— Bien, on organisera un décor personnalisé un peu plus tard, si vous voulez bien, les enfants. Mais pour le moment, il faut sortir tous les cartons du camion.

La petite équipe, enfin calmée, finit par visiter la salle de bain qui se composait de deux grandes vasques et d'une large baignoire, avec dans son coin, des toilettes.

— Et bien, dis-moi, c'est un château ici, tu m'avais caché ça ! s'amusa Lison en redescendant au rez-de-chaussée.

— Il y a eu des arrangements faits depuis mon départ, mais je dois dire que ma mère n'a pas lésiné sur la qualité des travaux et ameublements en douze ans. Elle a dû se faire plaisir, et ma foi, ça l'aura occupée, seule dans cette grande maison. Je n'ai jamais su comment elle employait ses journées puisqu'elle ne répondait jamais à mes lettres, je n'avais jamais de nouvelles de sa part !

— En tout cas, c'est toi qui vas en profiter à présent, et tu le mérites bien, ça n'a pas toujours été rose pour toi ! lui rappela gentiment son amie.

Après une pause-café pour ces dames et un bon lait chaud pour les enfants, l'après-midi fut consacré à vider le véhicule qu'il fallait rendre le lendemain matin dès 9 heures. Les cartons s'empilèrent dans le bureau du rez-de-chaussée en attendant d'être distribués dans les pièces correspondantes…

Violette décida de passer voir le notaire dès le lendemain matin après avoir été régler la facture du plombier et fait quelques courses au supermarché.

En début d'après-midi, les enfants iraient visiter leur nouvelle école.

La vie allait se mettre doucement en place, chacun prenant ses marques…

Lison désirait gagner sa vie en travaillant dans la vente. Il lui faudrait s'acheter une voiture pour être autonome. Elle avait déjà prévenu Violette qu'elle ne comptait pas vivre sur son dos et encore moins avoir la sensation de profiter de la situation.

Violette lui fit comprendre que rien ne pressait pour le moment.

Quant à elle, elle pensait rester un peu tranquille afin de prendre ce nouveau rythme doucement avec les enfants, ensuite elle verrait. L'argent pour le moment ne manquait pas, même si elle ne souhaitait pas le jeter par les fenêtres, elle le respectait bien trop.

Tous ces nouveaux projets donnaient des ailes aux deux jeunes femmes qui décidèrent de savourer au maximum cette nouvelle vie !

L'avenir leur appartenait, à elles d'en faire quelque chose de bien et d'agréable. L'objectif premier étant d'être joyeusement réunis pour ce premier Noël poitevin en famille qui arrivait à grands pas...

Chapitre XIII

L'amour s'invite à Noël

Les vacances de Noël arrivaient bien vite avec ses préparatifs et sa bonne humeur.

Après un mois de novembre bien pluvieux, décembre désirait offrir un froid sec et ensoleillé, ce qui était bien plus plaisant pour faire quelques balades en famille.

Les enfants se plaisaient beaucoup dans leur nouvelle école et ils se firent très rapidement de nouveaux amis. Madame Sicard, la nouvelle maîtresse de Milaine, fut très surprise du niveau de cette élève de grande section maternelle, et surtout, de son intelligibilité innée. Elle avait constaté qu'il lui aurait été très aisé de suivre un cours préparatoire. Il faudrait en reparler dans quelque temps, avait-elle précisé à la maman. Théo prouva bien vite qu'il était un petit garçon entêté et déterminé, mais également un grand charmeur qui faisait oublier bien vite ses autres défauts !

Dans cinq jours, la fine équipe jouira d'une longue quinzaine de vacances en famille pour profiter de grasses matinées sous une couette bien chaude. Il faudrait peaufiner les décorations de la maison, passer les commandes au père Noël, et surtout, organiser les repas de fêtes. Chacun avait une idée bien précise pour ces événements festifs...

Violette et Lison savouraient leur nouveau bonheur. Il fallut tout d'abord agencer la maison au goût de leurs nouveaux propriétaires, et surtout, y installer leurs affaires personnelles. Quelques meubles changèrent de places, quelques cadres photo furent remplacés par des nouveaux, les tiroirs et placards furent entièrement vidés pour être triés.

Violette se débarrassa de tout ce qui pouvait lui rappeler trop fortement sa mère.

C'était malheureux de le reconnaître pour cette fille unique, mais la présence matriarcale transpirait encore bien trop dans sa maison...

Les chambres trouvèrent chacune un agencement personnalisé. D'abord, celles des enfants où les jouets envahissaient une grande partie des étagères et meubles. Dessins et cadres furent accrochés aux murs. Les enfants firent montre d'un désir très précis du rangement et de la décoration de leur nouvel univers, heureux d'avoir leur propre chambre. Cela ne les empêchait pas de passer la nuit dans le même lit, surtout pour Théo qui désirait que sa sœur lui raconte de belles histoires pour s'endormir paisiblement tout près d'elle. On ne changeait pas les habitudes aussi facilement !

Lison avait désiré transformer le bureau du rez-de-chaussée en chambre afin de laisser à la petite famille une certaine indépendance à l'étage. Bien entendu, Violette s'y opposa fortement, mais son amie resta intransigeante. Elle prétexta des insomnies régulières, lui provoquant des levers répétés afin d'aller boire, regarder la télévision ou prendre une douche. Bien que septique, Violette finit par capituler. Qu'à cela ne tienne ! La maîtresse des lieux décida donc de monter le BZ du bureau dans la chambre à l'étage pour le remplacer par un vrai et confortable lit, malgré les protestations de Lison.

— Mais qui est la patronne ici, mademoiselle Lison ? Tu auras un bon lit douillet, comme tout le monde ! justifia Violette en riant.

La quatrième chambre était donc devenue un nouveau bureau ou une chambre d'appoint.

Quant à la chambre de Violette, elle resta dans son jus. Elle avait juste ajouté ses affaires déménagées à celles déjà en place. Elle accrocha en face de son lit, juste au-dessus de la commode, le joli tableau peint et offert par Marc. Cela lui sembla vraiment bizarre au début de voir sa propre image ainsi exposée, puis les soirs passants, elle ne voyait plus qu'une superbe femme offerte à une lune rousse flamboyante…

Retrouver ainsi sa chambre d'enfant la rendait nostalgique, car les souvenirs de sa jeunesse, les bons comme les mauvais, remontaient à profusion lorsqu'elle se couchait dans son lit. Elle se rappelait les soirs où son père venait la chatouiller avant de s'endormir pour finir par lui déposer un doux baiser sur son front. Pendant ce temps, sa mère, restée en bas, s'époumonait à dire que ce n'était pas l'heure à l'amusement !

« Comme s'il y avait eu un moment propice pour jouer ? », repensait amèrement Violette.

Seule, bien au chaud sous l'édredon de plumes, elle pensait souvent à Marc, en se demandant ce qu'il pouvait bien faire à ce même instant. Ils s'étaient téléphoné deux ou trois fois déjà, mais elle n'osa pas lui dire combien elle aurait aimé l'avoir près d'elle. Son sauveur, son héros, son ami, son amour surtout, car aujourd'hui, elle était certaine de l'aimer.

Souvent le soir, après le coucher des enfants, bien installées au salon à regarder la télévision, les deux jeunes femmes se laissaient aller aux confidences…

Lison s'avouait amoureuse de Ronald, et se plaisait à raconter encore et encore, la nuit d'hôtel et les beaux vêtements qu'il avait pris soin de lui offrir alors qu'elle ne possédait plus rien. La facilité qu'il avait de faire abstraction de son passé et de sa mauvaise vie, la traitant comme une princesse, la surprenait encore. Elle rêvait chaque nuit de lui depuis leur rencontre, d'un amour nouveau et sincère, d'une vie à deux, de projets de couple, de cette envie de bébé… Mais, tout cela n'était qu'un fantasme irréalisable !

Alors Violette la rassurait en lui disant qu'elle vivait la même chose de son côté avec Marc et se débattait avec des sentiments tellement forts !

— Mais un jour, l'amour frappera à notre porte, ma Lison. Il faut croire en l'avenir à présent, affirma une Violette rassérénée.

— J'espère que tu dis vrai, je le souhaite tellement, pour nous deux, s'épancha Lison, à demi convaincue par ces certitudes. La vie l'avait tellement tirée vers le bas, qu'elle n'osait plus regarder vers le haut !

Alors, enveloppées dans un plaid bien chaud, elles buvaient une bonne tasse de café en regardant pour la énième fois, « Orgueil et Préjugés » de Jane Austen, une histoire d'amour romanesque. Elles emporteraient chacune jusque dans leur lit, des rêves et des sentiments secrets, pour en profiter encore un peu avant de s'endormir…

Au cœur du village d'Arçais, qui comptait six cents âmes environ, certains habitants ne connaissaient pas vraiment la fille de la défunte Navarot, et ils se posaient bien des questions sur ce couple de femmes avec deux enfants. Ils en avaient conclu qu'elles devaient être des lesbiennes, ce qui fit jaser à tout va !

Ce n'était pas commun, voire, la première fois, qu'une telle situation se rencontrait dans ce petit village si paisible.

Ceux qui savaient qui était Violette, cette jeune fille partie sans jamais revenir et qui avait délaissé sa mère après la mort de son père, étaient également surpris de la voir revenir sans mari, avec deux enfants en bas âge, et qui plus est, une jeune femme à son bras... Quelle histoire !

Il se disait même qu'il n'était pas surprenant que la mère n'eût jamais voulu la recevoir avec cette tare sexuelle...

Violette et Lison se rendirent bien compte des regards soupçonneux sans vraiment savoir pourquoi. Quelques-uns osaient saluer l'enfant du pays revenue, mais sans adresser un mot à sa moitié.

Ce fut à la boulangerie que Violette apprit le pourquoi de ce comportement villageois. La boulangère, madame Sarrasin, avait connu cette enfant toute petite quand elle venait ici même avec son père acheter le pain.

— Et bien, quelle belle femme tu es devenue, Violette, et tu as deux beaux enfants, dis-moi ! Ce sont le jour et la nuit, on ne dirait pas deux frères et sœurs ! attendant une réponse qui ne vint pas. Je te revois toute gamine quand tu venais avec ton père, vous étiez si proches, mais c'est si loin tout ça ! On n'a plus que revu ta maman, bien seule, une fois veuve, pauvre femme...

« Nous y voilà ! », pensa sans surprise, Violette.

— Oui, j'adorais venir ici, papa m'achetait toujours une sucette, il était si gentil avec moi, il me manque terriblement encore, retrouvant l'odeur agréable et le goût sucré de cette confiserie coulant dans sa gorge. Quant à maman... ne finissant pas sa phrase, refusant de rentrer dans son jeu.

— Ça, c'est sûr ! Ça a été plus dur avec ta mère, je l'ai toujours su. Peut-être n'a-t-elle pas accepté ta situation, tout simplement ? lança sans retenue madame Sarrasin.

Violette sentit un soubresaut dans la poitrine, que voulait-elle dire exactement ?

— De quelle situation parlez-vous ?

— Et bien... gênée tout à coup. De ton histoire avec ta compagne ! Tu sais, pour les gens de mon âge, et même dans un village comme le nôtre, c'est difficile d'imaginer votre façon de vivre, entre filles quoi ! Alors, pour une mère... enfin, tu vois ce que je veux dire ?

Violette partit dans un fou rire qui la revigora instantanément, laissant la boulangère dubitative.

Elle reprit ses esprits pour lui expliquer.

— Mais vous n'y êtes pas du tout, madame Sarrasin ! Lison est ma meilleure amie, la marraine de ma fille, Milaine, pouffant encore sous le coup de ce qu'elle venait d'entendre. Ses parents sont décédés, elle n'a plus de famille et elle est seule au monde ! Alors, j'ai décidé qu'elle vienne s'installer ici avec nous, tout naturellement. Et quand bien même, où serait le mal ? Elle cherche un emploi si ça vous intéresse, c'est une très bonne vendeuse ! Elle a sa voiture, elle est indépendante et très courageuse. C'est fou ce que les gens peuvent penser comme stupidités parfois, mais ça ne m'étonne pas, ils ont une imagination débordante, cela doit être dû à l'ennui ! En ville, personne n'y aurait prêté attention, les joues rosies non de honte, mais d'étonnement.

— Oh, je suis vraiment désolée, Violette, si j'avais su, j'aurais fait taire immédiatement ces ragots. Mais tu peux compter sur moi pour réparer ces calomnies ! Quelle tristesse pour ton amie, que la vie est dure pour certaines personnes. Tu me pardonnes, ma petite, je ne voudrais pas que tu aies mauvaise opinion de moi ?

— Les gens ont une drôle de mentalité et jugent bien trop vite ! Mais oui, je vous pardonne, madame Sarrasin, vous pourrez prêcher la bonne parole à tout vent afin que mes enfants soient épargnés par ces ignominies ! Je voudrais un pain et deux beignets, je vous prie, coupant court à la conversation.

Madame Sarrasin, rouge de confusion, servit Violette avec empressement.

— Les beignets, c'est pour moi, un petit cadeau de bienvenue pour tes enfants. À bientôt Violette, mes amitiés à ton amie ! essayant de se racheter une bonne conduite.

C'est ainsi que Violette rapporta à Lison sa conversation avec la boulangère, ce qui fit éclater de rire son amie. Jamais elle n'aurait pensé à un tel dessein. Elle se rendait souvent au bourg ou dans les communes avoisinantes, mais jamais elle ne fit cas du regard des gens, elle s'en moquait bien. Cela venait sûrement du fait qu'elle avait toujours vécu en ville, et dans un milieu peu respectable…

Depuis qu'elle avait sa voiture, une Ford Fiesta grise, pas neuve, certes, mais encore en bon état, Lison pouvait se déplacer comme elle le désirait pour chercher du travail dans les commerces environnants, mais pour l'instant, aucune proposition ne lui avait été faite. Elle ne se décourageait pas pour autant, elle était très motivée et obstinée pour continuer ses recherches.

Heureusement qu'elle put passer son permis de conduire lors de ses après-midi où elle était censée se reposer, en cachette de Paulo ! Elle obtint du premier coup code et permis, payés avec l'argent économisé. Tous les billets laissés en douce par ses fidèles clients, en secret des comptes de Paulo. Conduire était resté une sécurité, pour plus tard, mais elle n'avait jamais pu s'acheter un véhicule. Et à ce jour, elle s'en félicitait encore, fièrement installée au volant de sa voiture.

Elle aimait beaucoup aller récupérer les enfants à l'école pendant que Violette préparait le goûter. Chacune avait des tâches bien précises et cela donnait une bonne harmonie à la vie quotidienne, sans jamais avoir l'impression de s'étouffer mutuellement.

Ce vendredi, sonnaient les vacances de Noël. Les enfants étaient surexcités en voyant Lison qui attendait dans sa voiture devant l'école. Elle descendit les réceptionner au portail comme le précisait le règlement.

— C'est les vacances, c'est les vacances, Lison, chantait Théo, tout joyeux.

— Marraine, regarde, on a tous nos dessins, s'esclaffa Milaine, tenant une pochette fabriquée en papier peint contenant tous ses trésors.

On entendait des « Bonnes vacances, les enfants, bonnes fêtes ! » lancées à la cantonade par les maîtresses d'école. La bonne humeur se répandait entre cour et portail comme une traînée de poudre, laissant sur chaque visage un sourire prometteur de festivités joyeuses.

La maison était très joliment décorée. Violette, en triant un placard, retrouva deux cartons contenant toutes les décorations accumulées au fil des ans. Certaines avaient déjà servi dans sa petite enfance et elle revit son père la soulever dans les airs pour fixer la grande étoile au sommet du sapin. Elle sortit également des petits anges en carton collé, un père

Noël à la barbe de coton, des étoiles habillées de papier doré, tout ceci réalisé par ses petites mains d'enfant. Une émotion vibrait dans tout son être…

Des guirlandes étaient suspendues un peu partout, de l'intérieur jusqu'aux fenêtres extérieures, avec sur leurs rebords, de jolies bougies posées dans des pots de confiture vides, afin que le père Noël puisse bien voir leur maison. Il ne restait plus que le sapin à acheter et à décorer, ce qui était prévu en milieu de semaine prochaine.

— Pourquoi pas maintenant ? demanda Théo, déçu de devoir attendre.

— Parce qu'il tomberait toutes ses aiguilles avant la fin des vacances, mon chéri, et ce serait bien dommage ! laissant une réponse des plus satisfaisante aux enfants.

Les achats étaient clôturés et les menus décidés. La semaine allait être remplie d'occupations culinaires pour grands et petits. Lison voulut participer aux frais généraux, mais Violette s'y opposa sévèrement.

— Tant que tu ne travailles pas, tu ne paies rien, c'est bien compris ? insista Violette.

— Mais, je ne veux pas vivre à tes crochets. Puis, depuis l'achat de ma voiture, ma cagnotte est vide, sans compter l'argent que tu m'as prêté pour m'aider à la financer et que je compte bien te rembourser rapidement, jusqu'au dernier denier ! Et tout ça parce que je n'ai pas encore trouvé de travail. Je ne peux pas faire ce que je veux et ça m'énerve, tu ne peux même pas t'imaginer ! répliqua Lison, excédée.

— Ça va Lison, j'ai des revenus suffisants, donc il n'y a aucune urgence, je survivrai, nous survivrons ! Qui plus est, je suis mère isolée avec deux enfants donc j'ai quelques aides, et tu sais que j'ai pas mal d'argent de côté. On y arrive bien, nous quatre, tu ne trouves pas ? la consola-t-elle, touchée par cette spontanéité franche et généreuse. Alors, arrête de t'inquiéter pour tes finances pour le moment. Demain sera un autre jour…

— Ce n'est pas une raison, je te dois tellement, Violette, si tu savais ! Ma vie n'y suffira pas pour te rendre tout ce que tu m'as donné, essuyant une larme au coin des yeux.

Violette la prit dans ses bras et l'étreignit affectueusement en lui rappelant qu'elle était sa sœur, son unique famille, et qu'elles se devaient de se protéger mutuellement, quoi qu'il en coûte ! Aujourd'hui, c'était elle qui avait les finances, mais en contrepartie, Lison lui rendait des tas de services, alors non, elles ne se devaient rien du tout…

Ce mercredi soir, femmes et enfants partirent au marché de Noël dans une commune pas très loin d'Arçais, à Coulon. Cette cité de caractère, riche en patrimoines, était très vivante et attirait énormément de monde par sa réputation et sa ferveur. Tout y était fait pour les touristes, et ces derniers ne regrettaient jamais d'être passés par la capitale de la Venise verte !

Certes, en ce mois de décembre, les habitants avaient repris possession de leur tranquillité après l'afflux estival, mais il régnait ici l'envie et le goût de rendre leur bourg attrayant et vivifiant pour ces fêtes de fin d'année. Aussi, sur cette jolie place de l'église, les petits bancs proposaient des produits régionaux. Pineau des Charentes, farci poitevin, escargots, mogettes, miel, sirop d'angélique, fleur de sel, sablés, préfous, brioches traditions… Il y en avait pour tous les goûts et toutes les bourses !

Les enfants regardaient un étalage où se vendaient des santons fabriqués en bois pour habiller la crèche. Théo porta son dévolu sur le petit Jésus couché sur la paille et Milaine sur le petit âne gris qui pourrait le réchauffer. Violette céda volontiers. C'était leur premier Noël sans ne devoir toucher qu'avec les yeux, désirer sans posséder, et surtout, sans jamais réclamer ! Les enfants voyaient d'eux-mêmes que les temps avaient changé en leur faveur, mais ils restaient instinctivement raisonnables quant à leurs demandes.

Leur maman se réjouissait de pouvoir leur faire plaisir, c'était son plus grand bonheur aujourd'hui. Les enfants serraient leurs trésors emballés dans un papier cadeau avec un air d'Angelot.

Ensuite, il fallut choisir un sapin, pas trop grand, pas trop petit, bien équilibré, fier et solide ! Ils mirent un bon quart d'heure à dénicher le parfait roi des forêts qui se cachait derrière les plus grands et les plus gros.

« Celui-ci sera magnifique ! », s'esclaffa Violette, les joues en feu après avoir bu un vin chaud avec Lison, pour se réchauffer.

Les enfants dégustaient de gros marrons grillés qui leur noircissaient le bout des doigts et du nez.

— Il faut rentrer les enfants à présent, il fait bien trop froid et la nuit va nous surprendre !

Violette n'aimait vraiment pas conduire tardivement en cette saison, même s'il était assez rare d'avoir de fortes gelées et encore moins de la neige dans cette région.

Les deux jours précédant le réveillon de Noël, les enfants firent un pain d'épices, des madeleines du Gâtinais parfumées au miel, et des truffes au chocolat. Ils adoraient ces instants familiaux en cuisine, et Théo se montrait très attentif et consciencieux pour une fois.

Violette farcit une canette fermière et fit cuire à feu doux des mogettes, ces délicieux haricots blancs qui subissaient plusieurs réchauffes afin de s'épaissir et s'attendrir tout en s'aromatisant d'ail, persil et jambon vendéen.

Lison cuisit au four une terrine de foie de volaille lardée et parfumée au cognac, qui laissait s'échapper une délicate odeur.

La bûche de Noël, une génoise fourrée d'une ganache au chocolat et décorée par les enfants, se léchant les doigts à chaque manipulation, était à leurs yeux une œuvre d'art ! Ils raclèrent le fond de la casserole, chacun avec une petite cuillère. Théo, comme à son habitude, essaya d'en prendre un peu plus que sa sœur, ce qui valut une dispute très bruyante et fortement chocolatée, leurs bouches sauvagement badigeonnées par ce délicieux nappage.

Les cadeaux étaient pliés et enrubannés par les deux jeunes femmes, une tâche effectuée tardivement le soir pendant que les enfants dormaient. Elles gardaient secrets l'une comme par l'autre leurs paquets personnels. Lison, en catimini, avait acheté un présent pour remercier sa bienfaitrice, et Violette en fit de même pour déclarer à sa protégée toute son amitié...

Tout était impeccablement organisé et réalisé, ce qui rendait les deux amies heureuses et fières.

Ce Noël serait de loin le plus beau de leur existence !

— Si nous allions à la messe de minuit, violette, ce serait le tout premier Noël traditionnel et magique de ma pauvre vie, demanda Lison.

— Mais, c'est une très bonne idée, Lison. Je n'aurais jamais osé te l'imposer ! Les enfants vont être si heureux. Il y a une crèche vivante et aussi un duo musical violon-clavecin accompagné par une chorale, ce sera magnifique ! répondit Violette, enchantée.

Elles annoncèrent la nouvelle aux enfants qui s'étaient allongés sous le sapin pour regarder clignoter les petites lumières. Les deux santons étaient fièrement installés dans la crèche, le petit âne réchauffant le doux jésus de son souffle chaud. Violette dut raconter de nombreuses fois l'histoire de la naissance de Jésus tant les enfants s'en délectaient.

« Et c'est pour ça que le père Noël vient voir les enfants, parce qu'il est trop content, alors il porte des cadeaux à tout le monde ! », s'écria Théo, les bras grands ouverts avec un air angélique.

Cela toucha énormément sa maman qui lui répondit qu'elle n'avait jamais vu d'anges aussi beaux que ses deux enfants qu'elle aimait plus que tout au monde…

— Nous commencerons à dîner avant d'aller à la messe, sinon vous auriez trop faim, les enfants. Au retour, nous prendrons les desserts et une boisson chaude. Le père Noël sera sans doute passé en notre absence, aussi nous pourrons découvrir nos cadeaux ! s'amusa Violette, tellement heureuse à la perspective de cette soirée.

Les enfants trépignaient de joie et Lison avait une folle envie de faire comme eux.

« Comme c'est plaisant de vivre un tel bonheur, je suis au pays des fées ! se répétait Violette intimement, n'en revenant pas encore de pouvoir vivre ces joies familiales si simples, et pourtant si grandioses à ses yeux. Dommage que ma mère n'ait jamais su partager ces moments-là avec moi, son regard était toujours si dur ! » se rappela-t-elle subitement.

Le dîner fut succulent et les estomacs devenus bien trop lourds. Il était donc judicieux de faire une coupure en se rendant à la cérémonie du village comme convenu, afin de mieux apprécier le dessert et les chocolats en revenant.

Il y avait beaucoup de monde en la petite église, et même s'il y faisait relativement froid, la chaleur et le bonheur de chacun réchauffaient les corps et les âmes !

La messe était très émouvante, la musique et les chants de Noël magnifiquement interprétés, la crèche superbement représentée. Milaine et Théo n'avaient pas assez de leurs deux yeux et deux oreilles pour tout voir et entendre, tous leurs sens exacerbés au plus haut point. Leur regard brillait, leurs petits doigts rythmaient les événements, leur souffle rejetant une fine vapeur blanchâtre s'accélérait. Ils étaient deux petits êtres secoués de bonheur, d'intensité et de sensibilité…

Avant de sortir, ils allèrent allumer une bougie en pensant très fort aux gens disparus, malheureux ou démunis. Violette pensa très fort à son papa en cet instant, Lison remercia le seigneur de cette nouvelle et douce vie…

Et c'est ainsi que la petite équipe rentra vite à la maison pour finir les festivités. Le ciel, pendant la cérémonie, s'était alourdi d'un blanc opaque et laiteux, présageant de la neige dans les prochaines heures.

« Un Noël blanc, quoi de plus merveilleux ! », pensa Violette, émerveillée.

Les enfants furent les premiers à rejoindre la porte d'entrée, suivis de près par Lison, puis de Violette qui gara la voiture et referma le portail. En revenant vers eux, elle entendit des exclamations de surprise et de joie.

Lison la regardait d'un air interrogateur.

— Que se passe-t-il, les enfants, enfin ? demanda Violette, toute proche à présent.

— Regarde maman, le père Noël est passé, regarde ces gros cadeaux ! cria Théo, émerveillé.

— Il y en a beaucoup même ! reprit Milaine, le nez rougi par le froid.

Violette et Lison restèrent muettes, mais elles se demandaient bien ce que cela voulait dire. Elles haussèrent les épaules et finirent par se décider à rentrer tous les cadeaux et les enfants dans la maison bien chaude.

— Regarde maman, il y en a aussi sous le sapin ! s'écria Théo, sautant de joie. Partout, il y en a partout !

— Et bien, je ne sais pas comment a fait ce père Noël pour porter tous ces paquets, mais il est vrai qu'il y en a vraiment beaucoup ! s'amusa Lison, ahurie.

Violette fronçait les sourcils, elle ne comprenait toujours pas d'où venaient ces paquets posés devant la porte d'entrée. Était-ce une surprise de Lison ? Si c'était le cas, elle cachait bien son jeu.

— Les enfants, déshabillez-vous et mettez vos chaussons, on ouvrira les cadeaux dans un petit moment, je vais préparer les desserts et une boisson chaude. Tu viens m'aider, Lison ?

Une fois seules dans la cuisine, elles échangèrent sur ce mystère. Ni l'une ni l'autre n'était responsable de cela.

Alors qui ?

— C'est peut-être la commune, tu es seule avec deux enfants, lui rappela Lison.

— Mais tout de même, le portail était fermé à clef, personne n'oserait passer par-dessus pour entrer dans la propriété ! Et je te signale que pratiquement tout Arçais était à la messe.

— Ce n'est pas faux ! Alors, le père Noël existe vraiment, il est descendu du ciel, et paf, il a posé les cadeaux, et hop, il est reparti comme il est venu, en traîneau ! se moqua son amie dans des gestes théâtraux.

— Que tu es bête, franchement ! Crois-tu que les enfants puissent les déballer ? Qu'en penses-tu, toi ? s'inquiéta Violette.

— Bien, je voudrais voir ça qu'ils ne les ouvrent pas. Bien sûr que oui ils le peuvent ! Tu ne vas pas jeter ces présents par-dessus le portail, que je sache ? repartant vivement au séjour avec le plateau de pâtisseries, Violette dans ses pas avec celui des boissons.

Les enfants, à genoux sous le sapin, essayaient de deviner ce qu'il pouvait bien y avoir dans les paquets cadeaux, lorsque trois coups retentirent à la porte, ce qui les fit tous sursauter.

Théo fila dans les jupes de sa mère, quant à Milaine, elle attrapa la main de sa marraine. La peur venait de s'installer subitement dans la pièce.

— Mais qui ça peut bien être à plus de 23 heures ? se demanda Violette, devenue blême.

— Il ne vaut mieux pas ouvrir, reprit Lison. On ne sait jamais, si c'était…, la voix chevrotante.

Elles se fixèrent un instant, les yeux emplis d'effroi, les replongeant dans un passé encore bien trop proche et douloureux…

« HO, HO, HO », s'écria une grosse voix derrière la porte.

— C'est le père Noël, chuchota Théo, transi de peur.

— Bon, restez ici, je vais voir, décida Violette, prenant son courage à deux mains.

Elle prit une grande inspiration et se dirigea d'un bon pas vers la porte d'entrée pour ouvrir.

Quelle ne fut pas sa surprise de trouver sur le perron, Marc et Ronald saisis de froid, les visages rougis, leur souffle lâchant une vapeur blanche, et le regard empli de malice !

— Mais, ce n'est pas vrai, que faites-vous ici, et comment êtes-vous rentrés ? Mais… si je comprends bien, c'était donc vous les cadeaux devant la porte ? finit-elle par demander à voix basse pour que les enfants ne puissent pas entendre, enfin soulagée d'avoir une réponse à ce mystère.

Les deux hommes éclatèrent de rire, fiers de leur farce.

Lison, Milaine et Théo montrèrent prudemment le bout de leurs nez à la porte, et enfin, explosèrent de joie, chaque enfant sautant dans les bras des deux hommes.

Lison se tenait les joues rosies d'émotion et de bonheur de voir Ronald devant elle.

« Dieu qu'il est beau ! », pensa-t-elle secrètement.

— Je crois qu'un petit garçon a oublié une chose très importante, et j'ai pensé que ce serait bien de la lui ramener en personne ! Théo, si tu veux bien mettre ta main dans ma poche, s'il te plaît ? s'amusa Marc.

Théo, tout surpris et intimidé, enfonça sa main prudemment dans le veston de Marc pour en sentir un objet métallique tout froid. Quand il aperçut sa petite voiture rouge, un de ses jouets préférés, il laissa éclater sa joie pour sauter au cou de Marc.

— Oh merci, parrain ! Je l'ai cherché partout, partout ! s'esclaffa le petit garçon.

Violette en fut très touchée.

Chacun laissa enfin exploser la joie de se revoir en un éclat d'embrassades et de mots doux. Comme ces deux couples avaient envie de se serrer dans les bras, de s'embrasser, de se toucher, de s'aimer. Mais, en adultes responsables, et pour préserver les enfants, ils surent contenir leurs attirances et rentrer joyeusement dans la maison dont la chaleur fut bienfaitrice pour les deux hommes…

Ils avaient passé la soirée à attendre que la petite famille soit enfin rentrée. Ils savaient pertinemment qu'elle passerait ce premier Noël ici, à savourer le bonheur d'un paisible foyer. Jamais la crainte d'être venus pour rien ne les effleura une seconde malgré la distance à parcourir.

La soirée fut très joyeuse et remuante entre la visite des lieux, l'ouverture des cadeaux, la dégustation des gâteaux accompagnés du champagne apporté par les visiteurs.

Les enfants avaient fini par s'endormir sur le canapé, entourés de leurs jouets. Marc se proposa de les monter dans leurs chambres afin qu'ils passent une longue nuit réparatrice, car demain serait un autre jour de fête et d'excitation.

Ronald et Marc prirent chacun un enfant sous les yeux contemplatifs et admiratifs des deux jeunes femmes. Que c'était agréable de se retrouver, surtout pour fêter Noël.

C'était plus que ça encore. Féerique, magique, miraculeux !

Une fois seuls, ils purent enfin échanger librement et tendrement. Chaque couple, installé face à face sur les canapés, leur permit de se rapprocher, se tenir les mains, se dévorer des yeux, sentir la chaleur de leurs corps, de leurs souffles…

La magie de Noël se chargea d'amour, ce qui en faisait une fête encore plus émouvante et bouleversante, un instant de vie que jamais ils ne pourraient oublier.

— Mais, vous auriez dû nous prévenir, on ne serait pas allés à la messe et l'on aurait pu manger tous ensemble ! affirma Violette.

— Et notre surprise, alors ? J'avoue que lorsqu'on a vu la maison fermée, on a eu un grand moment de solitude ! Mais les bougies sur les rebords de fenêtres étaient allumées, donc, on en a conclu que vous n'étiez pas si loin. Alors, on a enjambé le portail, puis posé les cadeaux pour que les enfants soient émerveillés à leur retour. Ensuite, on a filé dans un troquet pour prendre un en-cas et un café chaud. On avait très froid, on peut vous l'avouer à présent, expliqua Ronald. Sans compter que le barman nous regardait comme si l'on avait garé notre traîneau sous sa fenêtre ! Ronald amusant la joyeuse équipe.

— Et quand nous sommes revenus, on a enfin vu de la lumière, bien soulagés du reste. On a sauté pour une deuxième fois le portail et... vous connaissez la suite ! s'enquit Marc, tout ému.

— Ce fut une belle réussite pour petits et grands, il faut le reconnaître. Quel bonheur de vous avoir avec nous ! avoua Violette en posant sa tête sur l'épaule solide et douce à la fois de Marc.

Ils discutèrent ainsi jusqu'à ce que leurs yeux ne tiennent plus ouverts. Ils décidèrent d'aller dormir quelques heures, sachant que les enfants seraient réveillés et accaparants tôt le matin pour essayer leurs nouveaux jouets...

Sans se poser de questions, chacun des couples rejoignit leur chambre respective, comme de jeunes mariés, heureux d'aller se coucher, main dans la main, avec, dans les yeux, une lueur de désir et une promesse de plaisir inassouvi. Leur amour était neuf et ardent.

C'est ce que ces quatre êtres connurent intensément cette nuit-là. Un amour enfin libéré, savoureux, tendre et fort à la fois, qui marquerait à tout jamais corps et cœurs...

Violette resta étendue près de Marc, encore étonnée d'avoir vécu cette union comme si pendant ces trois années de solitude et d'abstinence, sa virginité était restée intacte ! C'est comme si sa chair avait refoulé à tout jamais la bestialité subie par ces hommes que lui avait envoyés Paulo. Même le dernier assaut lors de sa séquestration lui paraissait loin et irréel. Son corps chaud et félin, encore secoué par l'intensité de cette étreinte, restait plaqué langoureusement contre celui de l'homme qu'elle venait d'aimer.

Le plaisir avait rosi si joliment ses joues, ses lèvres sensuelles avaient laissé échapper des petits cris indécents de plaisir, ses yeux flamboyants brillaient plus que d'habitude, d'un éclat que seul l'amour pouvait donner, et sa chevelure soyeuse couleur feu était étalée sur l'oreiller.

Elle était telle la Vénus de l'amour.

Marc ne pouvait détacher son regard, ébloui par une telle beauté. Il en avait si souvent rêvé, que ce soir, il n'osait croire que c'était vrai, que ça venait réellement de se passer. Ce bonheur nouveau venait de lui donner toute la force, toute la sève, tout l'espoir qu'un homme avait besoin afin de croire en l'avenir, de croire en l'amour, pour réaliser une vie magnifique.

— Ma jolie lune rousse, jamais je ne pourrai plus te laisser ! Me passer de toi me serait impossible. Mes nuits auront toujours besoin de ta lumière à présent, je t'aime tellement Violette, s'épancha Marc, amoureusement.

— En plus d'être peintre, tu es poète ? le taquina-t-elle. Oui, je veux bien être cette lune rousse qui éclaire tes nuits, tes jours, ta vie, la terre entière ! Je t'aime aussi Marc, encore plus que ça. Mais je ne sais pas comment nous allons pouvoir continuer nous deux, on est si loin l'un de l'autre, tu as ta vie à Paris, ta mère à voir bien souvent et la pauvre, elle a besoin de toi aussi ! Moi, j'ai les enfants, Lison, ma nouvelle vie ici, répondit Violette, interrogative et songeuse.

— Il n'y a aucun obstacle quand on aime, on y arrivera, fais-moi confiance, prenant délicatement ses lèvres pour sceller à ce baiser une promesse d'amour. Laisse-nous un peu de temps pour nous organiser, d'accord ?

Dans la chambre du rez-de-chaussée, Lison venait de connaître une jouissance qu'elle n'aurait jamais pu imaginer... Elle en avait pourtant connu des hommes, mais sans jamais ressentir du plaisir. Ça n'avait été qu'un boulot, certes, mais un sale boulot !

Mais un homme aussi doux et prévenant que Ronald, ça, c'était incroyable, inimaginable. Elle aurait pu croire à une première fois tant cette union fut surprenante et exaltante. Elle était redevenue une jeune femme prête à offrir son corps à l'homme de son cœur, l'élu, son futur, son amour... Une première fois que rien n'effacera, même quand elle sera très vieille et ridée. Et lorsqu'elle fermera définitivement les yeux, ce sera pour penser à cette première fois avec cet homme étendu ce soir à côté d'elle...

Ronald, de son côté, avait eu l'impression de tenir dans ses bras un bouton de rose jamais éclos. Cela l'émut énormément, et ce fut avec mille précautions qu'il lui fit l'amour. Quel ne fut pas son bonheur de lire sur le visage de Lison, la surprise, l'émotion, le plaisir, et enfin la jouissance. Il ne quitta pas une seule seconde ses yeux à demi clos, pour y décrypter toutes ses sensations, ses envies, son plaisir. Comme il l'aimait sa sauvageonne, comme il voulait l'aimer toute une vie !

— Ma belle Lison, si tu savais ce que tu m'as offert ce soir ? Je suis comme ce nouveau-né blotti dans les bras de cette jeune femme qui lui a donné la vie, la force, l'amour. Je ne veux plus vivre sans toi, Lison, laisse-moi t'aimer encore et encore, toujours plus fort, jusqu'à ma mort. Je veux te faire reine, je te veux mienne ! souffla-t-il d'une voix rauque et sensuelle.

— Tu viens de m'offrir le plus beau rêve d'une vie, et même si cela devait s'arrêter à l'instant, je pourrai mourir heureuse ! Je n'ose pas penser à demain, ce soir me suffit Ronald, et je t'aime aussi mon cœur, osa Lison, ne se reconnaissant pas elle-même.

Elle se sentait une toute nouvelle femme, quelqu'un de bien, et surtout, bigrement amoureuse !

Ils s'unirent à nouveau dans une ivresse éternelle, laissant exploser cet amour nouveau…

Deux chenapans se levèrent tôt ce dimanche matin de Noël. Quelle ne fut pas leur surprise de voir Marc préparer la table du petit déjeuner. Il y avait du chocolat chaud, du café, des croissants, des pancakes, du jus d'orange, et ça sentait si bon !

Théo se léchait déjà les babines pendant que Milaine regardait de ses yeux ronds cet homme magicien.

— Mais c'est toi qui as fait tout ça, Marc ? finit-elle par demander de sa petite voix.

— Et oui, je suis l'associé du père Noël, et il m'a tout appris, tu sais ! s'amusa-t-il.

Théo, d'habitude si remuant, resta les bras ballants, l'air sidéré, ce qui amusa tendrement Marc. Décidément, il adorait ces deux gamins !

— Regarde, Marc, il y a deux autres petits paquets sous le sapin ce matin, c'est pour qui ? Le père Noël est revenu dans la nuit ? s'étonna Milaine.

— Ah, j'avais donc bien vu ce matin, je ne rêvais pas ! Allons voir ça. Oh, regardez, je crois bien que c'est pour maman et Lison, oui, le père Noël a dû repasser dans la nuit, mais je n'ai rien entendu ! Il perd un peu la tête cette année, vous ne trouvez pas ? Vous voyez qu'il a besoin d'un coéquipier tel que moi.

— Oh ? s'esclaffa Théo, ben ça alors ! Je vais le dire à maman, partant dans une course folle à l'étage pour tout lui raconter.

Milaine, quant à elle, resta un moment à réfléchir, septique, tout en regardant Marc…

Le petit déjeuner fut joyeux, à la hauteur de ce qu'espérait le second du père Noël…

Lison et Ronald avaient les traits tirés par une courte nuit, mais du bonheur plein les yeux.

Violette resplendissait, et son amie ne lui avait jamais vu ce sourire épanoui et ce regard de braise.

« L'amour rend beau et il peut faire bien des miracles ! », pensa-t-elle, intimement.

Violette se disait la même chose de Lison à ce moment précis. L'amour lui allait si bien, donnant à son regard noir un éclat particulier, un éclat de bonheur qu'elle ne lui avait jamais vu.

« Pourvu qu'elle ne souffre pas, qu'elle ne connaisse plus la déception, qu'elle soit enfin heureuse. Je préférerais souffrir pour elle s'il le fallait ! », pensa-t-elle sourdement.

Puis, à l'appel des hommes et à la grande joie des enfants, ce fut le moment d'aller voir de plus près les deux paquets qui attendaient sagement sous le sapin.

Théo fit fièrement la distribution à chacune des deux femmes.

Milaine était fébrile.

Violette et Lison se regardèrent bien étonnamment, puis ouvrirent leur délicat présent. L'une découvrit une magnifique bague en or jaune surmontée d'une opale orangée, brillante et superbement sculptée en forme de lune, pendant que l'autre découvrait l'anneau en or blanc, surmontée d'un spinelle noir à facettes projetant mille éclats.

— Mais c'est de la folie, Marc ! ne sut que répliquer Violette, troublée.

— Oh c'est juste le père Noël qui l'a décidé ainsi, moi, je n'y suis pour rien ! jetant une œillade aux enfants éblouis. Mais je dois dire qu'il a bon goût ma foi !

« Une lune rousse ourlée d'or », susurra Marc en tenant délicatement la main de Violette.

Lison se jeta au cou de Ronald, ce qui fit écarquiller les yeux de Milaine qui, décidément, ne cessait de s'étonner de la joie éparpillée comme un feu d'artifice dans cette maison !

— Vous voilà fiancées, mesdames ! s'amusa Ronald. Le père Noël prend toujours de bonnes et sages décisions, donc un grand merci à lui ! prenant tendrement la main fine et tremblante ornée du magnifique bijou.

« Noire et brillante comme ses yeux », constata Ronald, baisant la main délicate de Lison.

Milaine et Théo n'en revenaient pas. Le père Noël était vraiment surprenant dans cette nouvelle maison, et il rendait les gens tellement heureux…

Chapitre XIV

Pour le meilleur et pour le pire

Marc admirait son futur atelier de peinture dans la grande verrière qui avait été construite entre la maison et le canal.

Le Marais poitevin compterait désormais sur la présence d'un peintre de renom dans sa belle région.

« Le soleil y pénétrerait à flot ce prochain printemps », pensa-t-il, heureux.

Cela s'était fait tout naturellement après les fêtes de Noël et du 1er de l'an. Ronald et lui passèrent une merveilleuse semaine avec les deux jeunes femmes et les enfants, une semaine inoubliable pour tous !

Malheureusement, ils durent repartir sur Montargis. Ronald devait reprendre le travail, et Marc, rendre visite à sa mère qu'il avait laissée seule pour la première fois pour les fêtes de fin d'année. Mais, Andréa ne lui en voulait absolument pas, trop heureuse de voir son fils enfin amoureux et si vivant ! Cela valait bien un tel sacrifice, mais elle avait promis de se rattraper quand il rentrerait.

Elle avait préparé pour son retour un réveillon de roi, ce 3 janvier, avec des mets délicieux, des cadeaux, et beaucoup d'amour !

Marc dut lui raconter toute sa semaine de vacances dans les détails, ou presque... Leur arrivée tout d'abord, ce qui fit beaucoup rire Andréa. Puis l'étonnement des enfants, la joie de Noël, les jolis plats préparés par ces dames. Il était intarissable tant son bonheur était là, explosant devant les yeux rougis de sa mère.

— Je suis si heureuse pour toi, mon garçon, même si je sais que je vais te perdre un peu plus !

— Comment ça, me perdre ? Je ne t'abandonnerai jamais, maman, tu le sais bien ! répliqua Marc un peu contrarié. Puis, tu te rends compte que tu gagnes une fille et deux enfants adorables ? Toi qui voulais être grand-mère, te voilà servie !

— Oui, c'est formidable mon garçon, j'en suis si heureuse ! Mais rien ne te retient ici, ta vie est auprès d'eux à présent, tu ne dois pas laisser le temps t'échapper mon chéri, il ne t'attendra pas ! Tu es à un âge le plus savoureux de ton existence. Après, tu sais, ça passe si vite... s'épancha Andréa, un voile nostalgique dans le regard. Profite, ne perds pas une minute, et si je te sais heureux, c'est là mon plus grand bonheur et ma plus belle victoire !

— Oh, maman ! serrant sa mère très fort dans ses bras. Tu feras partie de notre bonheur, je t'en fais la promesse ! Tiens, regarde plutôt ce que le père Noël du Poitou t'a rapporté, et celui du Loiret également ! Tu es une sacrée veinarde, tu as droit à deux pères Noël cette année, prenant un air enfantin et taquin.

Andréa retrouva sur l'instant le petit garçon qu'il avait été…

Elle ouvrit le premier cadeau joliment enrubanné pour découvrir une magnifique photo de Marc et Violette, debout devant un sapin tout illuminé, avec les deux enfants assis à leurs pieds. Ils étaient tous si heureux, avec un sourire exquis. Une carte était jointe, joliment décorée par les enfants et où Violette avait inscrit d'une écriture soigneusement élancée.

« Avec toute notre amitié, de notre part à tous les trois, ce petit présent pour être plus près de nous. Avec nos meilleurs souvenirs, à très bientôt, Violette, Milaine, Théo »

— Comme c'est gentil, et quelle délicatesse ! C'est vraiment quelqu'un de bien, je n'en ai jamais douté du reste, je lui téléphonerai dès ce soir pour la remercier.

Elle défit le second paquet, celui-ci plus petit, pour admirer, logée dans un écrin de velours, une magnifique broche en or, en forme de feuille, avec en sa nervure centrale, des petits éclats de rubis. Andréa posa sa main sur son cœur, les joues rosies par l'émotion.

— Il ne fallait pas mon petit, c'est bien trop beau et trop cher, enfin ! C'est une folie, mon garçon. Tu ne dois pas dépenser ton argent pour moi, une si vieille dame, essuyant d'un doigt tremblant une larme au coin des yeux.

— C'est drôle ce que tu me dis, toi qui as toujours été si généreuse avec moi, toujours là quand ça n'allait pas et malgré tout, si encourageante ! Je te dois tout, maman. Mes études, ma réussite, mon succès, et à papa aussi, ça, je ne l'oublie pas, je ne l'oublierai jamais, mais ça, tu le sais déjà. Puis, tu me soutiens encore cette fois-ci, pour l'amour que je viens de trouver, et ça, ça n'a pas de prix, ma petite maman. Et sache que tu n'es pas une vieille dame, mais une bien charmante personne, très chère à mon cœur.

Marc était très ému par tout l'amour que ses parents avaient su lui donner, et il eut en cet instant, une vive pensée pour ce père absent…

— Alors, toi et moi, nous sommes pareils ! s'esclaffa Andréa, souriant tendrement à ce fils unique qu'elle avait toujours trouvé si parfait.

Ce fut ce soir-là, près de sa mère, que Marc sut qu'il devait rejoindre définitivement Violette à Arçais. Il pourrait y travailler sans problème, devant assurer juste quelques expositions à Paris dans l'année. D'ailleurs, il comptait bien emmener Violette avec lui, cela leur ferait passer des moments agréables à visiter la capitale. Même avec les enfants, ce serait vraiment amusant…

Les semaines qui suivirent à Arçais passèrent avec des projets pleins la tête ! Tout d'abord, faire construire une belle verrière sur le terrain pour y faire son atelier de peinture d'ici le mois de juin.

Violette était enthousiasmée par cette idée, et savoir Marc vivre ici, avec elle, comblait ses rêves les plus secrets.

Lison ne se sentait plus à son aise avec Marc dans la maison, comme si elle violait l'intimité du couple. Elle venait de trouver un emploi de vendeuse dans une boutique de prêt-à-porter, ce qui lui allait à merveille ! Elle avait le bagout inné, ce qui amenait toujours de belles ventes. Son employeur était agréablement surpris et plus que satisfait de sa nouvelle employée.

Donc, Lison loua à deux kilomètres de chez Violette, une petite maison de campagne qui avait beaucoup de charme, avec un petit jardin et une terrasse. Ce qui l'avait séduite le plus, c'était cette magnifique cheminée pour les soirées d'hiver, son rêve ! Elle ne put la meubler entièrement au début, l'argent lui faisait encore défaut, mais, comme elle disait si souvent, « Paris ne s'est pas fait en un jour ! ».

Ronald prit l'habitude de venir voir Lison un week-end sur deux, enfin lorsqu'il n'était pas d'astreinte. Bien souvent, ils se retrouvaient tous chez Violette pour manger, papoter ou s'amuser... Mais, chacun des deux couples savait préserver leur indépendance, ce qui n'entachait en rien leurs réelles complicité et amitié...

Ce printemps arriva très vite, comme si le bonheur pressait le lever du jour, forçait les rayons du soleil, soufflait la douceur du vent, égayait le chant des oiseaux, agitait le clapotis de l'eau, intensifiait l'éclat des couleurs...

La vie avait une saveur si particulière, que même les enfants quittèrent leurs chrysalides pour se transformer en deux merveilleux papillons. Ils étaient devenus plus confiants, plus sûrs d'eux, plus grands et si heureux. Non qu'ils ne l'étaient dans leur vie d'avant, mais, ce nouvel élan d'une vie à la campagne, du bonheur de leur mère, de la venue de Marc et de la présence proche de Lison et Ronald, comblait leur existence, mais surtout, ils étaient devenus une vraie famille !

Violette remarquait combien Théo s'était calmé, et au contraire, comment Milaine se laissait à être enfin une enfant de six ans. Ils se plaisaient dans leur nouvelle école et la liste des petits amis préférés s'allongeait régulièrement. Ils étaient souvent invités pour un anniversaire, et quand ils rentraient, c'était un débit de paroles incessantes et joyeuses ! La vie lui paraissait si belle et lumineuse, qu'elle se pinçait bien souvent pour voir si elle ne rêvait pas. Son cœur était tellement rempli d'amour, qu'elle avait peur qu'il en explose...

Violette arriva derrière Marc sans faire de bruit. Il admirait le travail réalisé dans le jardin, confiant et heureux. Elle l'enlaça de ses bras chauds et délicats.

— C'est magnifique, Marc ! Cette verrière a trouvé sa place, comme si la nature l'avait toujours attendue.

Il était vrai que la construction de verre n'était qu'un point d'union entre maison et ruisseau, reflétant le balancement du feuillage, le soleil, le scintillement de l'eau et la clarté du ciel.

— On entre pour voir ? Je t'attendais pour passer la porte de l'antre de mes délires artistiques !

Ils pénétrèrent en riant dans la verrière déjà baignée de soleil. Marc, irrémédiablement séduit par l'endroit, commença à expliquer où il mettrait ses chevalets, ses étagères, ses tables de travail...

Il avait un espace très appréciable et il lui tardait de prendre ses pinceaux et toiles pour s'amuser des formes et couleurs. Il était excité comme un gamin, et cela réchauffait le cœur de Violette.

— Tu sais quoi ? Je verrai même les étoiles descendre gentiment jusqu'à moi pour me dire bonsoir, et je verrai chaque matin le soleil venir me dire bonjour ! Mais le plus improbable, je verrai chaque instant que dieu fait, cette jolie lune rousse qui éclaire ma vie. Je t'aime ma chérie, merci pour tout ça !

Ils s'unirent dans un baiser fougueux, abandonnant leurs corps à leur envie, leur plaisir, leur bonheur. Même les mots n'auraient pu avoir la force de cette union physique, électrique, explosive, les laissant essoufflés et surpris de leur audace…

Ce premier week-end de juin, Marc et Ronald décidèrent de faire leur demande en mariage, et ils comptaient bien se marier dans la petite église poitevine le même jour. Ils étaient liés à la vie à la mort, par la même histoire, le même passé, le même avenir…

Après le procès de Paulo en février dernier, Ronald était vite venu annoncer la grande nouvelle.

Paulo avait pris quinze ans ferme !

Les femmes firent vite le calcul…

— Cela veut dire qu'il aura dans les 70 ans quand il sortira, il devrait être calmé, répliqua Violette.

— Ou mort ! osa Lison, ce qui fit rire les jeunes gens.

Paulo, à l'ombre pour un bon moment, Sylvain mort et enterré, Montargis rayée de la carte, le soulagement était à son apogée. La vie devenait un long fleuve tranquille. Il n'y avait donc aucun obstacle à présent pour ces deux femmes, qui avaient eu si peu de bonheur avant aujourd'hui.

Le bonheur, les deux hommes en avaient une quantité impressionnante en réserve, et ils comptaient bien leur en donner à profusion…

Ils retinrent une table dans une auberge de bonne presse pour faire leur demande en mariage. Marc était reparti chercher sa mère pour passer quelques jours avec eux. Mise dans la confidence, elle garderait les enfants ce soir-là. Quel plaisir pour elle d'avoir ces deux petits êtres à aimer, elle se sentait une grand-mère à part entière ! Mais, elle espérait secrètement que Marc devienne père à son tour, même s'il l'était par procuration à présent. Il était un beau-père adorable, attentionné, aimant. Il s'était si vite attaché à Milaine et Théo.

Violette en remerciait le ciel chaque jour tant cela lui gonflait le cœur.

— Maman, parrain, on va jouer à la bataille ce soir avec mamie Andréa ! cria Théo en tournant autour de la table.

Il avait tout naturellement décidé d'appeler ainsi sa nouvelle grand-mère et c'était un délice à entendre pour cette femme.

— Et on fera des crêpes aussi, reprit Milaine.

Andréa était radieuse et si ravissante, comme si dix années s'étaient littéralement et miraculeusement envolées. C'était un tel plaisir de garder les enfants pour la soirée…

Les deux couples étaient confortablement installés à une petite table juponnée de blanc, dans un joli décor d'antan. Le bois, la fonte, les chaises paillées, la vieille faïence bleue, les bougeoirs, tout donnait une ambiance savamment calculée, une autre époque dans la modernité… On s'y sentait bien dès qu'on y posait un pied.

Les mets, tous aussi succulents les uns que les autres, étaient proposés à la carte, en privilégiant une cuisine régionale et traditionnelle. Le couple de restaurateurs tenait leur talent de leurs parents, qui eux-mêmes, le tenaient des leurs. Un savoir-faire ancestral qui coulait dans leurs veines depuis des générations.

Le repas fut délicieux, généreux, et le vin du pays léger et fruité. La patronne vit comme convenu, le signal discret fait par les deux hommes pour le couperet final. Un gâteau en forme de cœur fait de petits choux à la crème caramélisés accompagné d'un excellent champagne.

— Que c'est beau, regarde Violette ! s'écria Lison, en voyant sur un chariot poussé par le serveur, le magnifique dessert.

Tous les regards de la salle se tournèrent vers leur table.

— A toi l'honneur Marc, je t'en prie ! proposa Ronald, surexcité.

Marc se leva, posa un genou à terre, et demanda assez maladroitement et timidement, mais avec dans les yeux un éclat particulier, la main de Violette. Elle devint rouge d'émotion et dans un oui non retenu, se jeta à son cou !

Ronald à son tour se leva, très cérémonieusement s'accroupit, et fit sa demande à Lison. Elle ouvrit grand la bouche et ses yeux se noyèrent de larmes, et sans pouvoir dire un seul mot, fit juste un signe vif de tête, ce qui fit éclater de rire tous les clients séduits et touchés par ces deux demandes en bonne et due forme ! Puis, dans un élan général, tout le restaurant se mit à applaudir pendant que le cœur de choux s'embrasait de petites bougies pétillant en tous sens.

Ronald prit la parole en son nom et celui de son ami.

— Voilà, nous avons une dernière requête à vous demander, ou plutôt non, à vous imposer ! souriant à la cantonade. Nous voulons, enfin, nous désirons, Marc et moi, nous marier le même jour et dans la même église, ici, à Arçais, et… avec vous, bien entendu, jolies demoiselles.

Les jeunes femmes pouffaient comme des petites filles. Les clients ne cachaient pas leur amusement.

— Nous scellons nos vies comme les quatre mousquetaires. Un pour tous, tous pour un ! conclut Ronald levant sa coupe de champagne.

Les deux femmes se jetèrent dans les bras l'une de l'autre et pleurèrent en silence. Elles seules savaient vraiment pourquoi, alors que la salle applaudissait à tout va…

Andréa repartit après une dizaine de jours, elle craignait de trop s'habituer à vivre entourée de toute cette gentille famille. Il fallait qu'elle reprenne son rythme de femme seule, avec la promesse de revenir tout de même ! Puis, elle avait des tas de choses à préparer pour ces deux unions, des surprises qu'elle savourait d'avance… Elle se disait qu'elle pouvait partir tranquille à présent, son fils aurait une adorable épouse pour combler ses jours et ses nuits, elle l'avait tant espéré. Puis, Violette était une bru parfaite, attachante, intelligente et une bonne mère. Au diable le passé, qu'une personne ose venir un jour lui en faire la remarque, elle saurait bien quoi répondre !

« Le passé ne devrait jamais assombrir l'avenir et chaque individu a droit à sa part de bonheur. Que celui qui n'a jamais fait d'erreur lève la main ! ». Voilà ce que répondrait Andréa à qui tenterait de s'y frotter !

Oui, son fils avait beaucoup de chance d'avoir rencontré une femme telle que Violette, ils étaient faits l'un pour l'autre, une certitude qui ne se démentirait jamais…

Violette râlait toute seule, elle n'arrivait pas à faire ce qu'elle avait décidé ce matin-là. Elle dut s'époumoner pour demander de l'aide.

— Marc, peux-tu venir m'aider s'il te plaît ? Je n'arrive pas à déplacer une trop lourde malle au grenier !

— J'arrive, ma douce, c'est comme si c'était fait !

En triant les affaires du grenier, elle retrouva des choses auxquelles elle ne s'attendait pas. Sa mère avait conservé tous ses vêtements de bébé, ses jouets, des photos par centaines, des lettres, toutes ses lettres, celles-là mêmes auxquelles elle n'avait jamais répondu ! C'était tellement surprenant, déconcertant, à l'opposé de son comportement le long de toutes ces années.

Connaissait-elle vraiment sa mère ? Elle se le demandait de plus en plus souvent ! Plus elle s'appropriait la maison, plus le fantôme de ses parents s'invitait dans sa nouvelle vie... Cela ne l'effrayait pas, mais la troublait plutôt. Elle apprenait à apprivoiser le passé, certains objets, certains détails, et cela lui procurait un indéniable apaisement, comme si les mauvais moments devenaient plus doux, plus supportables.

C'était comme si sa mère avait laissé un fil invisible que seule Violette pouvait suivre d'une pièce à une autre, du parc au ruisseau, du cimetière à la maison, du ciel à son cœur. Comme pour lui envoyer un signe, un message, une approche plus douce, plus cordiale, plus... maternelle. Mais Violette doutait encore tellement, les mauvais souvenirs essayant de prendre le dessus sur les meilleurs. Elle se posait encore tellement de questions...

Ce fut ce jour-là justement, au moment même où il lui semblait tenir du bout des doigts ce fil tissé si fin pour le commun des mortels, que ses pas la menèrent jusqu'au grenier. Sous des tas de boîtes et de cartons qu'elle déplaça, sans savoir ce qu'elle cherchait vraiment, elle aperçut une malle en rotin qu'elle ne connaissait pas, ou alors, elle avait oublié. Elle était venue si rarement dans cette partie de la maison lorsqu'elle était enfant, elle en avait peur.

Pour avoir plus de lumière et de place, il fallait déplacer ce coffre au centre de la pièce, car les souspentes étaient bien trop sombres et basses pour y voir quoi que ce soit, avec l'impossibilité de se mettre debout. Un faisceau de clarté provenait de l'unique lucarne de la pièce.

— Et voilà qui est fait, madame est servie ! Veux-tu que je t'aide à l'ouvrir et à la vider ? demanda Marc toujours aussi prévenant et serviable.

— Ça ira, merci, je préfère découvrir seule, si tu veux bien, lui donnant un petit baiser salé.

— Si tu as besoin, tu cries et j'accours ! lui rendant un baiser qui laissa un doux sourire sur le visage de sa promise.

Marc s'éclipsa, comprenant très bien le besoin de sa future épouse à être seule pour repartir vers ses souvenirs, revivre ce passé si douloureux. Il espérait tant qu'un jour elle se sente enfin apaisée. Si seulement sa mère avait pu lui dire qu'elle l'aimait, une seule fois, si seulement…

Violette ouvrit la malle, les mains tremblantes, comme si un pressentiment animait ses craintes.

« Mais que je suis bête, que peut-il bien m'arriver et que puis-je bien trouver ? Je connais tout de la vie de mes parents, de mon enfance ! », essayant de se donner plus de courage encore.

Elle découvrit un paquet de lettres bien ficelé, un dossier avec écrit sur la couverture, au feutre noir, « *VIOLETTE* ». Elle sortit une boîte métallique ancienne, assez lourde du reste, une vieille boîte à gâteaux dont le décor s'était en partie effacé avec le temps. Et enfin, un cahier, vieux et jauni, comme ceux qu'avaient les écoliers autrefois.

Elle s'assit en tailleur, ne sachant par quoi commencer. Cela ressemblait plus à une chasse au trésor des fonds de mer, qu'après des années de fouilles et de multiples plongées, enfin, on apercevait un premier scintillement, timide, faible, suivi rapidement par d'autres, plus violents, plus distincts, éblouissants, guidant son investigateur jusqu'à lui… Il était là, entier, tout rouillé, resté patiemment couché sur son flanc, enfoui depuis des décennies, souhaitant enfin délivrer tous ses secrets et ses richesses. Il avait attendu si longtemps qu'une belle âme vienne enfin jusqu'à lui.

Le trésor de Violette…

Elle saisit la lourde boîte qui ne voulait pas s'ouvrir, s'amusant encore un peu à faire durer son plaisir, son secret, et ce duel en fût encore plus excitant. Violette montra toute sa détermination, et dans un dernier effort, enfin, le couvercle capitula pour s'ouvrir largement. Quelle ne fut pas sa stupeur en découvrant des pièces lançant des éclairs scintillants, dorés, élégants, nobles.

« On dirait des pièces d'or ! », pensa Violette sous l'emprise d'une forte émotion.

Une feuille de papier jauni pliée en quatre était posée juste au-dessus. Elle la déplia délicatement pour y lire…

« Mon petit trésor, ma jolie Violette, ma fille adorée, j'espère qu'un jour tu pourras lire ces quelques mots qui sont bien plus importants que ces pièces d'or. C'est un bien que je tiens de mon père et que j'ai gardé précautionneusement comme on garde un trésor toute une vie, pour toi, ma petite fleur. Si tu le trouves aujourd'hui, c'est que je n'aurai pas eu le temps de te le donner ! Je te souhaite heureuse, tu le mérites tant. Comme tu dois être jolie, ma petite fille de feu. Ça n'a pas toujours été facile, nous deux, mais surtout, il ne faut pas en vouloir à ta mère, elle porte un secret qui l'aura étouffée bien trop longtemps, pour ne pas dire toute sa vie, sûrement… Sans doute te l'aura-t-elle livré à ce jour, en tout cas, je l'espère ? Je sais que je suis dans ton cœur comme tu es dans le mien. Profite de la vie, elle n'est pas toujours facile, mais on en sort toujours grandis… comme tu m'as fait grandir, toi, ma petite reine… Je suis devenu père dès le premier regard que j'ai posé sur toi ! Je t'aime

tellement, ici ou ailleurs, je t'aimerai toujours. Ton seul et unique papa. »

Violette avait les yeux brouillés par de lourdes larmes qui s'écrasaient en petits rebonds sur le contenu de la boîte ! Elle avait du mal à concentrer ses idées. De quel secret parlait son père, et que devait-elle pardonner à sa mère ? Pourquoi aurait-elle été étouffée par celui-ci comme le lui disait cette lettre ? Qu'aurait-elle dû lui livrer qu'elle ne fit jamais ? Elle n'arrivait pas à comprendre, en tout cas, pas encore...

Elle préféra passer à la suite contenue dans le coffre. Aux lettres, au vieux cahier, aux photos, pour en apprendre encore davantage. Parce qu'à présent, c'est ce que désirait le plus Violette, savoir...

Et c'est dans une ivresse insoutenable qu'elle se mit à lire chaque lettre, une correspondance qui lui était destinée, mais qui n'avait jamais été postée, encore un comportement bien particulier de la part de sa mère.

Violette avait du mal à croire ce qu'elle lisait.

Il y était écrit.

« Je te demande pardon, je t'ai aimée en secret de mon passé, et surtout, je n'aurais pas dû te faire souffrir de mon erreur, de ma rancœur. Je ne t'ai jamais dit combien mes petits-enfants étaient beaux et que j'aurais tellement aimé les serrer dans mes bras,

des bras si vides. Le bonheur dans une famille est difficile à atteindre lorsque l'on traîne une faille trop incrustée sur son destin dès la naissance, ta naissance, ma fille. Je n'ai pas pu me résoudre à oublier et tu en as bien que trop souffert, et tu en souffres encore... Oui, je t'ai fait souffrir autant que j'ai pu souffrir moi-même. On a partagé la même douleur toi et moi, sauf que toi, tu ne le méritais pas et tu ne savais pas pourquoi. Un homme que tu aimes plus que tout au monde, celui que tu appelles, papa, aura su combler à sa mesure ce manque d'amour pour toi. C'était ton ange gardien et je l'ai beaucoup aimé aussi, sache-le ! Me pardonneras-tu aujourd'hui ou est-ce déjà trop tard ? Tout aura été tellement trop tard dans cette vie que je maudis. Je maudis mon destin, je maudis ta souffrance, je maudis l'amour abusé, bâclé, oublié, renié, mais, toi, ma fille, surtout ne me maudis pas, tu n'es responsable de rien ! Sache à tout jamais que je t'aime !
Ta maman. »

Sa mère s'épanchait, se racontait, se livrait, comme jamais Violette l'avait entendue parler de son vivant. En quelques lignes, elle lui disait plus de mots d'amour qu'en une vie entière ! C'était bien la voix de sa mère qu'elle venait d'entendre tout en la berçant de ses bras doux et chauds. Violette en était très émue, touchée au plus profond de son âme.

« Mais, pourquoi si tard, pourquoi quand je n'ai plus personne, que je me retrouve orpheline ? On aurait pu tant s'aimer nous trois, mon Dieu, quel gâchis, quelle perte de temps, un temps que je ne pourrai jamais rattraper ! » constata Violette avec effroi.

Les yeux noyés de larmes, la petite fille qu'elle était redevenue essayait de lire encore et encore ces mots qu'elle avait toujours rêvé d'entendre, enfant...

Ils étaient là, retranscrits pour l'éternité, rien que pour elle...

Dans le dossier « Violette », elle trouva des écrits de son père, des poèmes, de magnifiques textes sur le bonheur d'être père, sur l'amour... Il déclarait sa flamme à sa mère, lui rappelant combien il serait heureux de s'occuper de ce bébé qui à ses yeux serait comme le sien, il l'aimerait tout autant, sinon plus, et il la remerciait pour ce cadeau du ciel, ce bonheur futur...

« Mais pourquoi dit-il que je serai comme son enfant à ses yeux ? », pensa alors Violette, très troublée.

Ses joues la brûlaient, ses yeux larmoyaient et elle avait si chaud, bizarrement trop chaud, et en même temps, elle sentait des frissons lui traverser la peau. Son cœur battait fort, bien trop vite, elle avait peur qu'il ne lâche subitement, et alors, si elle mourait à cet instant, elle n'aurait pas toutes les réponses à ses questions, elle ne saurait jamais vraiment ?

Les heures filèrent à la vitesse de l'éclair. Le temps n'avait plus de sens, plus de loi, plus de rythme... Violette se trouvait dans un monde parallèle, dans un trou noir, dans l'au-delà, dans l'infini.

Lettres, cahier d'école, vieilles photographies, tout était éparpillé autour d'elle, toute une vie, toutes leurs vies. Les secrets, les non-dits, les regrets, tout était là... Sauf eux.

« Pourquoi me laisser seule maintenant ? J'ai tant besoin de vous, j'ai tant besoin que vous m'aimiez, vous deux ! Je me sens si seule, si petite, si fragile. J'ai besoin de votre amour pour grandir, aidez-moi à vous retrouver, à me retrouver ! » pria de tout son être Violette, ne saisissant plus la réalité...

C'est à ce moment-là que Marc revint dans le grenier bien trop sombre et étouffant à cette heure. Elle ne l'entendit pas arriver, fixant un point invisible, le souffle rapide, le teint blême.

Marc en fut effrayé et la prit dans ses bras.

Elle sursauta.

— Mais tu es gelée, ce n'est pas normal avec la chaleur qu'il fait ici ! Viens, redescendons, tu me diras ce qui ne va pas. Tu as besoin de respirer et de boire un verre d'eau. Ma pauvre chérie, que t'est-il arrivé ?

Comme une enfant docile, elle le suivit jusqu'à leur chambre. Il lui ôta ses chaussures, l'allongea sur le lit et la recouvrit d'une couverture pour la réchauffer. Il lui parlait tendrement, comprenant qu'elle avait découvert des choses du passé qui l'avaient fortement perturbée, mais il était loin de se douter de ce qui allait suivre…

Il alla lui chercher un verre d'eau qu'elle lapa comme un chaton, puis il s'allongea à côté d'elle pour la prendre dans ses bras et la bercer doucement.

Violette éclata alors en sanglots, laissant aller son chagrin dans les bras de l'homme le plus doux du monde. Elle savait qu'elle pouvait compter sur lui, pour tout, pour toujours.

Elle lui raconta alors entre deux sanglots les écrits de son père, enfin celui qu'elle croyait être son vrai père, elle ne savait plus qui il était vraiment. Le coffret rempli de pièces d'or, les photographies d'elle, enfant, avec ses parents, et aussi toutes celles de Milaine et Théo, bien rangées par année, avec les cartes de vœux qu'elle envoyait chaque début d'année et qui restaient sans réponse. Tout était précautionneusement gardé…

Elle parla du journal intime de sa mère où elle racontait comment ses parents l'avaient rejetée alors qu'elle attendait un enfant. L'enfant d'un jeune homme qui lui avait fait croire à un amour idyllique et pour qui elle n'avait pas su résister, pour lui prouver à quel point elle l'aimait, plus que tout ! Mais l'amour s'était évanoui aussi vite qu'il s'était enflammé. Quand ce garçon apprit qu'elle attendait un enfant de lui, il la quitta sur le champ, sans se retourner, sans jamais lui donner un signe de vie ni prendre de ses nouvelles, encore moins du futur enfant.

La honte, la culpabilité, le regard des autres et la colère haineuse de ses parents, c'est tout ce qui lui restait. Elle ne put assumer ni y faire face. Alors, fautive et accablée, elle finit par fuir à tout jamais ses parents, son village, ses souvenirs honteux. Elle erra sur les routes, sans un sou, sans savoir où aller, seule, malheureuse comme la pierre, et abandonnée de tous. Son ventre s'alourdissait d'une honte injuste, la haine emplissait son cœur, et elle n'apercevait au bout de sa route que la mort pour abréger ses souffrances…

Ce fut au bout de plusieurs jours de faim, de peur et de froid, qu'un homme la trouva endormie au pied d'un arbre, épuisée, sans force, pratiquement sans vie. Il la ramena chez lui et la soigna. Il lui rendit un souffle de vie, un souffle d'espoir, un souffle de dignité. Ce fut ce même homme qui mit au monde l'enfant qu'elle portait et prit soin de la jeune maman jusqu'à ce qu'elle soit remise sur pied. Les semaines passant, il tomba bien vite amoureux de cette jeune fille perdue dans un monde si cruel. Il avait tant à lui offrir, il voulait lui prouver que l'univers n'était pas seulement un gouffre obscur et douloureux…
Il adora immédiatement comme son propre enfant la petite fille qui venait de naître au creux de ses mains. Le sang du bébé se mélangea comme par magie au

sien pour s'infiltrer dans son cœur, dans son corps, dans son âme. Il étouffa d'un amour débordant devant cette petite créature si vivante, toute chaude, douce et délicate.

Il lui donna le prénom de Violette, car c'était les premières petites fleurs délicatement colorées et odorantes qui longeaient le mur de sa maison de pierres.

Puis, il finit par épouser la jeune maman, encore si fragile et passive, subissant la maternité et la vie comme on subit une journée d'orages ou de tempête, calfeutrée, tourmentée, résignée.

Mais ce qu'il aimait le plus au monde, c'était cette enfant rose, tendre, réconfortante, n'étant que tendresse et amour, et dont il s'occupait volontiers.

Il était devenu père, le plus beau cadeau que la vie ait eu à lui offrir...

— Tu connais la suite... Mais, je comprends mieux pourquoi je l'ai toujours considéré comme mon sauveur, mon héros, mon ange gardien. C'était un homme si bon et si doux. Il est encore plus grand et plus beau aujourd'hui à mes yeux. Un seigneur chevaleresque !

Violette serrait la main de Marc si fortement qu'elle en avait les jointures blanchies. Elle était dans un tel état émotionnel.

Il l'écoutait sans rien dire, retenant sa respiration, se remplissant de tendresse. Il était là, juste pour elle.

— Il m'a reconnue dès ma naissance comme si j'étais sa fille, c'est pour cela que je n'ai jamais pu me douter, personne ne savait du reste ! Je n'ai jamais connu la famille du côté de ma mère, on ne m'en parlait jamais du reste, et je pensais même qu'elle était orpheline. Je voyais bien qu'il y avait un truc bizarre chez elle, qu'elle ne m'aimait pas comme les autres mamans ! Alors je me disais que j'étais une vilaine petite fille, que j'avais fait ou dit quelque chose de mal. Je comprends mieux aujourd'hui, elle m'en a toujours voulu d'avoir vu le jour, d'être le fruit indigne de ce premier amour déçu, douloureux, scandaleux ! Oui, j'ai dû rester la honte de sa vie, l'imposture de sa jeunesse… Si elle ne supportait pas que je vive de si bons moments avec mon père, ces petits moments volés, c'est qu'elle voulait cet homme pour elle seule, par peur de le perdre, encore ! Elle craignait que je lui vole une part d'amour, une part d'elle-même. Je lui rappelais trop son erreur, sa faiblesse, sa souffrance. Et cet homme qui savait, comprenait, ne lui en tenait jamais rigueur. Il faisait tout son possible pour qu'elle oublie, se construise, lâche prise. Mais cela aura été en vain. Pauvre papa, il aura bien dû souffrir lui aussi ! Si seulement j'avais pu savoir… si seulement, s'épancha Violette, dont les mots ne pouvaient plus se tarir, telle une source qui rejaillissait subitement du plus profond de la terre pour reprendre sa course vive et éternelle… Elle m'écrivait de longues lettres qu'elle n'a jamais postées, où elle me disait qu'elle m'aimait, qu'elle trouvait si beaux mes enfants, qu'elle regrettait. Mais pourquoi ne pas me l'avoir dit avant, en face, de son vivant ? J'aurais été si heureuse ! J'aurais pu tout entendre, tout comprendre, tout pardonner, l'aimer tout simplement...

Marc la berçait, sentant les sursauts de ses sanglots contre son corps. Les tremblements pourtant invisibles, à peine perceptibles, se répercutaient sur sa peau. Sa douleur se répandait dans ses veines, sa fragilité se fracassait dans son propre cœur. Il l'absorbait toute entière, il l'aimait tellement...

— Chut, calme-toi, ça va aller, ma chérie. Je trouve bien ce que ton père a fait, c'est un acte d'amour magnifique et c'est ça qu'il faut retenir. J'étais certain que ta mère t'aimait aussi, et elle a dû s'en vouloir toute sa vie. Par sa froideur, c'est elle-même qu'elle punissait, elle s'interdisait d'aimer. Elle a déçu sa famille, elle a été rejetée et elle était si jeune, elle a porté cette honte toute sa vie, coupée de son lien familial, de sa maison, de son enfance, de ses amis ! D'ailleurs, n'avait-elle pas rangé et gardé précautionneusement le trésor de son mari, pour toi ? Elle aurait pu le dilapider, ne rien te laisser. Dans cette malle, il y a tout l'amour d'une mère qu'elle n'a pas su te dire, Violette, c'est ça qu'il faut que tu retiennes. Elle savait que tu la trouverais bien en place dans ce grenier, elle t'y attendait pour tout te révéler. Ils t'aimaient tous les deux, chacun différemment, certes, mais tu n'avais pas la maturité pour prendre du recul. Aujourd'hui, tu le peux, ma chérie, et je suis certain que tu pourras pardonner et comprendre, je t'y aiderai, ma jolie lune rousse…

Violette laissa couler ses larmes, des larmes moins amères. Marc avait raison, elle comprenait aujourd'hui le lourd fardeau de sa mère. Si seulement elles avaient pu en parler toutes les deux, surtout après la mort de son père, elles se seraient réconciliées pour ne plus être seules, abandonnées, car c'était bien ce qui s'était passé, un abandon mutuel !

— Quel gâchis Marc ! Je sais qu'on ne peut pas refaire le passé, mais si je pouvais le redorer un tant soit peu, cela me ferait un bien fou, m'ôterait un poids terrible de culpabilité. Ma vie aurait été si différente, Marc. Je m'en veux tellement aujourd'hui que j'en connais les raisons ! J'aurais dû être plus vigilante, plus magnanime, plus réceptive, tout aurait été tellement plus facile. C'est à moi que je ne pourrais plus pardonner, je crois.

— Tu le pourras, tu y arriveras, et tu sais comment ? lui demanda-t-il tendrement.

Violette secouait la tête comme une enfant que le chagrin épuisait.

— En aimant tes enfants très forts, en restant la maman que tu es, ne change pas surtout, ne change rien ! Tu es la gardienne du passé à présent. La maison, le canal, les arbres, les objets, même ce petit grenier, il est là l'amour que tu as cherché si longtemps, lui donnant un baiser doux et chaud qui recolla en un éclair le cœur brisé de Violette. Et si l'histoire n'avait pas été ainsi ma chérie, on ne se serait pas connu, et c'est moi aujourd'hui qui serais le plus malheureux des hommes.

— Oh, Marc, tu es un ange, je t'aime tellement.

Elle répondit à son étreinte pour se noyer dans cet amour si protecteur, si vrai, si puissant, lui rappelant combien son père le fut pareillement pour elle, car au final, elle n'avait eu qu'un seul papa, un adorable papa...

« Maman, je n'ai pas pu te comprendre, tu n'as pas su me parler, mais je te pardonne. Aujourd'hui, je sais, je comprends, et je vous aime, vous deux, toi et papa ! ».

Violette se sentait enfin prête pour affronter l'avenir avec le passé. L'un ne pouvant pas aller sans l'autre, l'autre ne pouvant pas être sans l'un.

Elle venait de grandir d'un seul coup !

— Merci Marc ! Je suis prête et je suis sûre d'une chose, de t'aimer à en mourir...

Ce matin-là, Violette et Marc avaient rendez-vous dans un cabinet d'expertise numismatique à La Rochelle, pour faire évaluer la valeur de la cassette de pièces d'or. Ils avaient bien consulté sur internet des sites spécialisés, mais il y avait bien trop de pièces répertoriées, ils voulaient être sûrs…

L'homme les reçut courtoisement et fut abasourdi quand il découvrit le bien à évaluer. Il saisit une pièce, puis deux, et trois, les regardant sous toutes les coutures avec une loupe éclairante fixée sur son front. Il se mit alors à les frotter et les gratter sur un support. Il donnait l'impression de surjouer son professionnalisme.

Violette retenait son amusement. Elle crut même à un moment qu'il allait croquer quelques spécimens de son trésor à pleines dents, pour voir s'il ne s'agissait pas de pièces en chocolat !

Il releva la tête en fixant le couple avec, dans le regard, un éclat tout particulier. Comme si des brisures d'or avaient elles-mêmes irisé ses pupilles !

— Vous détenez un trésor inestimable, madame. Ce sont bien de magnifiques Louis d'or dans leur état d'origine. Regardez ce côté de la pièce avec la tête enfantine de Louis XIV laurée avec une mèche longue, et vous voyez, là, vous pouvez lire l'année de frappe. 1652. Ici, la croix formée de quatre groupes de deux L, adossés sous une couronne coupant la légende, cantonnés de quatre lys. Dans son centre, ici, une lettre d'atelier à l'envers… Magnifique, c'est magnifique !

Le numismate était absorbé par son descriptif, ému de ce qu'il tenait dans ses mains revêtues de gants d'un blanc immaculé, qui rendait à l'or une rondeur et une couleur toutes particulières et uniques. Des gouttes de sueur perlaient sur son front et l'on pouvait sentir toute l'excitation émotionnelle de ce spécialiste.

— Je ne sais pas d'où vous détenez ces pièces, madame, mais vous avez dans cette boîte une valeur de neuf cent mille euros à la louche, voire plus si vous les vendiez individuellement à de grands collectionneurs ! Je peux me permettre de vous demander ce que vous comptez en faire, car je suis bien entendu preneur ? Mon prix serait d'un million d'euros, je m'y engage. Prenez le temps d'y réfléchir, mais sachez que vous ne pouvez garder cela chez vous, ce serait un très grand risque tout de même ! Soit, vous le laissez bien à l'abri dans un coffre à la banque, soit, vous le négociez rapidement. Si vous décidez de le garder, vos descendants se comporteront comme vous aujourd'hui, en le faisant évaluer à nouveau, puis ne sauront pas quoi en faire… C'est ainsi que des trésors, comme celui-ci, traversent les siècles, souriant aimablement, espérant secrètement arriver à posséder ce bien.

— Mon père le tenait de ses parents, et eux-mêmes, de leurs parents. Je ne sais pas comment cela est arrivé dans notre famille, mais le fait est qu'il est bien à moi à présent ! J'ai trouvé une lettre dans cette boîte, tenez, vous pouvez la lire, tendant à l'expert le document jauni plié précautionneusement en quatre.

Il lut la lettre d'un œil discret.

— Gardez bien cet écrit surtout, si l'on vous demandait des justificatifs, on ne sait jamais avec l'administration ! Les lois ont changé vis-à-vis des déclarations sur ce genre de valeur, mais il faut toujours rester prudents. En tout cas, ma proposition tient toujours, chère madame…

Violette et Marc firent le tour de la ville et se promenèrent sur le vieux port. La Rochelle était un endroit magnifique d'où l'on apercevait le célèbre Fort Boyard. La vue à 360° sur l'océan du haut de la Tour Saint-Nicolas était à couper le souffle. Ils avaient les mollets durcis par les quarante-deux mètres de hauteur à grimper, passant quatre étages avec chacun, des salles, des corridors, la petite chapelle… Tout ici avait été pensé afin de circuler d'une salle ou d'un étage à l'autre par des escaliers indépendants. Ainsi, seigneurs ou capitaines se déplaçaient sans croiser leurs soldats, qui eux-mêmes, pouvaient communiquer en criant des ordres par des oculus servant aussi de monte-charge ! Sculptures, cheminées, terrasses, tout était remarquable et chargé d'histoire. Quand enfin, on arrivait au sommet, l'océan, la ville, l'humanité, le monde tout entier vous appartenaient ! Marc embrassa tendrement sa Fée Mélusine, la légende lui prêtant cette construction ingénieuse, scellant leur amour face à cette immensité…

Puis ils reprirent le chemin de la maison, pensant qu'ils avaient dans le coffre de la voiture une belle petite fortune…

— Crois-tu que je devrais toutes les vendre ces pièces ? Marc, que ferais-tu si c'était toi ? demanda Violette, avec une confiance sans faille pour cet homme.

— Difficile à dire… je pense que j'en vendrais quelques-unes, le cours étant très intéressant avec une fiscalité allégée, puis, j'en garderais quelques-unes pour les enfants. J'ai toujours entendu dire qu'il ne fallait pas mettre tous ses œufs dans le même panier ! lui faisant un clin d'œil complice.

— Tu as raison, je sais ce que je vais faire à présent ! l'embrassant furtivement sur la joue pendant qu'il se concentrait sur la route.

Le ciel était d'un bleu azur, l'air très doux et le soleil si généreux. Par cette belle journée qui allait sceller quatre belles âmes en la petite église d'Arçais, le bonheur était à son apogée. Il se propageait volontiers dans la maison, dans la nature, dans le village, et bien au-delà encore, et surtout, dans tous les cœurs, témoins de ces deux unions.

Le passage à la Mairie fut très protocolaire et assez rapide, bien que le maire fût très heureux d'accueillir deux jeunes couples et leurs enfants dans sa commune. C'était toujours bon de voir s'installer la jeunesse, pour l'école, les commerces, le village.

Les cloches sonnaient à tout vent pour propager la bonne nouvelle, pour avertir le monde que l'amour avait encore une fois eu raison de l'homme ! Quoiqu'il se passe, quoiqu'il arrive, au cours de tous ces siècles, de bons ou de mauvais, de révérencieux ou d'ironiques, de concrets ou d'absurdes, de beaux ou de laids, l'amour en sortait toujours vainqueur !

Et l'amour, ce jour, il pouvait s'en ramasser à la pelle tant il y en avait...

Les mariées étaient vêtues d'une longue robe en dentelle écrue à fines bretelles, laissant leurs bras fuselés dénudés. Sur le devant, un décolleté plongeant garni d'une soie jouait sur la transparence, et en son dos, un long V dévoilait une peau satinée. La taille était élégamment ajustée par une ceinture de petites roses d'un rouge foncé, laissant s'échapper dans une cascade de soie et de dentelle, une farandole de plis élégants.

Violette et Lison avaient choisi les mêmes toilettes, chaussures, gants, bouquets, coiffures... La seule différence fut la chevelure d'un noir de geais pour l'une et d'une rousseur flamboyante pour l'autre. Elles étaient magnifiques, les joues rosies de bonheur et leur peau dorée par les premiers rayons de soleil faisaient ressortir encore plus le côté sauvage de Lison, et les taches de rousseur de Violette.

À leurs cous, brillait un louis d'or serti, fixé sur une chaîne d'or en maille forçat. Juste avant la cérémonie, dans la chambre où se préparaient ces dames, Violette offrit à sa sœur de cœur une pièce d'or montée et la fixa à son cou.

— Je trouvais que ton cou serait dénudé, ma jolie Lison ! déclara Violette avec un petit air mutin.

— Pas plus que le tien, je te ferais remarquer, répliqua Lison, un peu étourdie par l'éclat du collier, se rendant compte brusquement de la folie de son amie. Mais tu es folle Violette, je ne peux pas accepter, c'est beaucoup trop, des larmes perlant au coin des yeux.

— Chut, ton maquillage va faire désordre si tu continues, et pour te rassurer, regarde…

Violette mit à son cou le même collier-pendentif que celui offert à l'instant.

— Voilà, pas de jalouse comme ça ! lui lançant une œillade.

— Tu es une petite joueuse, toi ! répliqua Lison joyeusement.

Elles se serrèrent fort, riant et pleurant à la fois, dans un frou-frou de soie et de mousseline, en se jurant une amitié longue et sincère, que personne ne saurait entacher…

Au cœur de la petite église, deux hommes attendaient le cœur battant leurs promises. Ils étaient vêtus d'un costume écru laissant apparaître au-dessous, un gilet d'un blanc satiné. Pour compléter leur élégance, ils portaient une cravate rouge foncé, et une rose du même ton fixée à la pochette.

À leur annulaire droit, une chevalière surmontée d'un louis d'or brillait de tous les feux. Un cadeau de Violette, en souvenir de leur pacte d'amitié et d'amour. « Un pour tous, tous pour un ! ».

Ils étaient beaux comme des Dieux, les yeux brillants d'amour, retenant leur souffle en voyant s'approcher leurs futures épouses, leurs reines, leurs déesses...

C'était une première en cette petite église de voir célébrer deux mariages en même temps. Le prêtre d'un nouveau temps fut lui-même enthousiasmé et excité par cette double union. Les gens du village s'étaient déplacés en nombre, par curiosité certes, mais surtout pour apprécier ce joli spectacle !

Andréa Renoir était fière et heureuse, assise au premier rang, élégamment vêtue d'un tailleur écru, les cheveux tirés en un chignon qui lui donnait un air princier. C'était encore une très belle femme, qui rajeunissait de jour en jour, comme si le bonheur grandissant de son fils lui ôtait des années. Elle était si heureuse pour lui, et aussi pour son ami Ronald et les deux jeunes femmes.

Elle trouvait ces deux couples charmants et d'une si bonne entente. Son fils avait trouvé en Ronald plus qu'un ami, un frère ! Marc avait beaucoup de chance d'avoir rencontré Violette, trouvant par là même, deux adorables enfants, des amis, une région paisible et un avenir prometteur, se rassurait-elle intimement. Qui plus est, il pouvait travailler dans un environnement magnifique avec un paysage reposant et verdoyant. Oui, Andréa était la mère la plus heureuse en ces lieux !

À la droite d'Andréa se trouvaient les parents de Ronald, des enseignants à la retraite, incroyablement relax et détendus. Ils ne comprirent jamais vraiment pourquoi leur fils était entré dans la police. Ils ne l'avaient élevé ni dans la rigidité ni dans l'interdit. Ils partaient du principe qu'un enfant devait se construire avec ses propres erreurs, tomber, se relever et s'en trouver ainsi grandi ! Ils comprenaient encore moins cette vie de célibataire endurci toutes ces années passées, ayant prôné eux-mêmes toute leur vie, l'amour, le plaisir et la paix... Ils étaient de vrais soixante-huitards. L'on pouvait presque voir gravé sur leurs fronts « Peace and love » ! Aussi, furent-ils extrêmement soulagés de voir leur fils enfin s'engager, car à leurs âges, ils désiraient surtout devenir très vite des grands-parents terriblement branchés...

Madame et monsieur Léonnard étaient présents, ces gens si bons et compréhensifs qui donnèrent du travail à Violette à un moment de sa vie où elle en avait le plus besoin, sans jamais la juger. Ils ne pouvaient qu'être des invités d'honneur. Ils acceptèrent avec une joie vraie et spontanée ce privilège accordé !

Se trouvaient également les nouveaux employeurs de Lison, très honorés de cette invitation et tellement satisfaits de leur nouvelle employée. Elle redorait l'enseigne de leur boutique et attirait toujours plus de clients fidèles !

Quelques amis, un très bon collègue policier de Ronald, ainsi que quelques amis peintres de Marc, et son dévoué agent responsable des expositions et galeries…

Depuis que Marc vivait dans le Poitou, il avait dû prendre une personne pour gérer sur Paris et autres grandes villes, ses rendez-vous, ses projets, les commandes. Cela lui permettait de se concentrer à sa peinture, mais aussi, de profiter de sa petite famille…

Violette et Lison avançaient, majestueuses, se tenant par le bras, ayant refusé toutes deux, qu'un autre bras puisse les conduire jusqu'à la nef. Milaine, dans sa jolie robe de princesse en mousseline écru et rouge, tenant un petit panier de pétales de roses rouges, essayait de marcher sur le pas quelque peu anarchique de Théo. Le garçonnet, apprêté dans un costume assorti à la robe de sa sœur, dont les petites mains nerveuses et pressées renversaient quelque peu une bonne partie des pétales sous l'air désapprobateur de sa sœur, essayait de garder le rythme de la marche nuptiale. Ils étaient adorables ! Milaine suivait la traîne de tulle blanc de sa marraine, son frère celle de sa maman. Théo faisait très attention de ne pas marcher dessus, sa maman n'aurait pas été contente, se répétait-il consciencieusement.

Il avait demandé à sa mère la fois où cette dernière leur avait annoncé son mariage.

« Mais, si tu te maries avec mon parrain, je l'appelle comment moi, alors ? Papa ou parrain ? », les sourcils froncés et l'air sérieux.

Cela les amusa sur le moment, mais, après réflexion, Marc lui répondit qu'il pourrait l'appeler comme il en aurait envie, ce qui laissa Théo très perplexe. Le garçon déclara qu'il devait encore y réfléchir…

La cérémonie fut très touchante et l'échange des vœux émouvant. Andréa ne sut contenir ses larmes, soutenue par la mère de Ronald. L'amour avait toujours eu le chic de faire fondre ces dames ! Nostalgie, regret, envie… qui pouvait le savoir ?

Les cloches sonnèrent et s'éparpillèrent dans Arçais pendant que les pétales de roses retombaient en virevoltant nonchalamment sur le parvis de l'église. Des applaudissements joyeux retentirent lorsque les baisers traditionnels furent échangés sous le porche. Les festivités s'engageaient, l'amour pouvait être fêté gaiement.

Le repas du midi avait été prévu dans l'auberge poitevine où les hommes avaient fait leur demande en mariage, ayant gardé un merveilleux souvenir des lieux et des mets. Andréa eut quelques exigences quant au menu, désirant ce qu'il y avait de mieux en la matière. Elle avait aussi commandé en bien trop grand nombre, de jolies boîtes de dragées placées à côté de chaque convive, sans oublier le maire et le curé. Elle avait également fait fleurir chaque centre de table.

Les parents de Ronald tinrent à offrir la pièce montée et le champagne. Chacun désirait faire plaisir à sa manière, et cela toucha grandement Violette et Lison qui avaient été si peu habituées à être autant choyées.

Elles n'en revenaient toujours pas de ce bonheur qui avait réussi à détrôner leur maudit et douloureux passé…

Violette eut une forte pensée pour ses parents tout le long de cette magnifique journée. Comme ils auraient été fiers d'elle. Elle était certaine qu'ils auraient beaucoup aimé Marc. Mais qui ne pouvait l'aimer du reste ?

Le lendemain, elle prit une magnifique corbeille de fleurs composée, principalement de violettes, pour la déposer au cimetière où reposaient ses parents.

« Ces violettes pour vous rappeler que je vous aime et que je prendrai bien soin de votre amour. Vous êtes dans mon cœur pour toujours… »

Épilogue

— Tu es prête, chérie, on va finir par être en retard, Paris nous attend, le succès aussi ! répéta pour la énième fois Marc, tout excité.

Une exposition était organisée dans une grande galerie parisienne, un exposant de toiles contemporaines, privilégiant les nouveaux talents français. Sa propriétaire, Isabel, fut immédiatement séduite par le travail de Marc qu'elle avait remarqué plusieurs fois lors de manifestations diverses sur l'Art contemporain. Les commandes de ce peintre en vogue résultaient à présent du bouche-à-oreille, et son carnet d'adresses se remplissait de noms prestigieux. Son agent avait du pain sur la planche, les rendez-vous et propositions affluaient de toutes parts, et Marc ne devait plus que se concentrer sur ses toiles afin de suivre le rythme des demandes. Son travail, à son grand regret, grignotait de plus en plus sur le temps passé avec Violette et les enfants…

— Encore une minute, chéri, je n'arrive pas à me faire à l'idée de laisser Julia, elle me manque déjà ! s'esclaffa Violette tout en regardant tendrement sa dernière-née, une jolie poupée qui tenait trait pour trait à sa maman. Une magnifique petite fille de cinq mois, douce et paisible. Marc s'amusait à dire qu'ils avaient un trio d'un choix exceptionnel, un beau brun, une douce blonde et une lumineuse petite rousse !

Les enfants furent très heureux d'avoir une petite sœur, Milaine jouait avec bonheur à la petite maman. Quant à Théo, il était fier d'être resté le seul garçon de la maison, privilégiant ses rapports d'homme à homme avec « papa-parrain ». Il trancha dès le demain du mariage en associant les deux noms en expliquant d'un air décidé que Marc serait toujours son parrain et aussi son papa. La proposition fut adoptée à la majorité ! Quant à Milaine, elle décida de continuer à appeler Marc par son prénom, pour le moment…

Andréa vint pour plusieurs jours garder les enfants. Il était entendu que Lison assurerait les trajets d'école matin et soir, profitant de son congé maternité. Elle passerait une partie de la journée avec Andréa, à deux, c'était bien plus facile et tellement plus plaisant pour s'occuper de leurs tendres amours.

Le bonheur d'être maman comblait sa vie ! Sa vie ? Lison n'aurait pu l'imaginer aussi belle, remplie d'un amour vrai et fort, et d'une famille toute à elle, rien qu'à elle…

Ronald avait réussi à se faire muter l'hiver dernier, juste avant les fêtes de fin d'année, ne supportant plus sa position de « célibataire géographique ». Il réussit à avoir une mutation pour un rapprochement familial au Commissariat de police de Niort, à une vingtaine de kilomètres d'Arçais.

Lison entamait alors son septième mois de grossesse et il avait eu la chance de pouvoir être présent pour les deux derniers mois, les plus longs de toute son existence, et surtout, pour vivre la naissance de leur fils !

Un petit Enzo vit le jour trois mois après Julia. Violette et Lison furent si heureuses d'attendre un enfant en même temps, scellant chez leurs enfants le même lien qu'elles avaient l'une pour l'autre.

Marc et Ronald partageaient leurs joies, mais aussi, leurs inquiétudes, eux deux pères pour la première fois ! Marc avait pourtant considéré Milaine et Théo comme les siens dès le début. Ils formaient une jolie famille, attirant sourires et compliments des gens croisés au hasard d'une promenade. Leur bonheur et leur fierté inondaient le Marais poitevin, toujours plus verdoyant et lumineux…

— Ma lune rousse est-elle enfin prête à vivre des folies à la capitale ?

Andréa et Marc s'amusaient à voir Violette retarder son départ.

— Ne vous inquiétez pas, Violette, je prendrai bien soin de votre trésor et je ne serai pas seule, j'ai Milaine, une vraie petite maman en second, et Théo, en homme très impressionnant ! répliqua Andréa pour détendre l'atmosphère. Et puis, Lison viendra chaque jour passer un moment, elle et Ronald sont si près d'ici, qu'en deux minutes, ils seraient rendus si j'avais un souci.

— Bien, c'est très bien, on file alors ! On vous appellera ce soir… et n'hésitez pas à me téléphoner au besoin ! Merci, Andréa, vous savez, vous avez toute ma confiance, la rassura Violette qui essayait de taire son angoisse.

Après une dernière tournée d'embrassades, Marc fila vite vers la voiture en tenant le bras de sa femme fermement de peur qu'elle ne change d'avis.

Une fois dans la voiture, Violette retrouva son calme, elle ne voulait pas gâcher ce beau voyage, son époux en était si heureux. Il le désirait tellement depuis si longtemps, qu'elle n'osa pas le lui refuser.

« Ne sois pas idiote, cinq petits jours, ils vont passer bien vite », se rasséréna-t-elle.

Elle s'en voulait à présent de ne pas ressentir cette même angoisse envers ses deux grands, comme elle les appelait à présent, puis se ressaisissant, se convainquit que c'était là la preuve qu'ils pouvaient être responsables et sages avec leur petite sœur !

Milaine avait eu la délicatesse, sentant sa mère si désemparée à l'idée de laisser Julia, de lui dire avec sa maturité légendaire. « Je suis là, maman, je m'occuperai de Julia avec mamie Andréa, tu peux partir tranquille ! ». Violette l'avait serrée dans ses bras, si émue devant la bonté de sa fille.

Théo quant à lui fut ravi. Il adorait son rôle de petit mâle unique, incarnant une autorité tout aussi unique !

— Pourquoi souris-tu, ma douce, à quoi penses-tu ? demanda Marc en contemplant le profil joliment dessiné et si délicat de sa femme.

— Aux enfants ! À qui, pourrais-je bien penser d'autre ? lui jetant un regard mutin. Ils sont tellement délicieux, tous les trois ! Milaine est une parfaite petite maman et Théo, un vrai garde du corps. Julia ne risque rien, Andréa peut dormir sur ses deux oreilles !

Ils éclatèrent de rire devant ce tableau si touchant et complaisant...

Les cinq jours passèrent à une vitesse grand V, aussi bien à Paris pour ce couple amoureux, que pour la famille restée dans le Poitou.

Violette et Marc vécurent des jours idylliques, entourés de gens à la relation professionnelle, certes, mais aussi amicale. En dehors de la présentation de l'Artiste MarKoir à la galerie qui attira énormément de visiteurs et où Marc signa de belles ventes, il y eut des soirées magnifiques dans des lieux tout aussi splendides.

Violette n'en revenait pas de tant de luxe et de beauté, de lumières et féeries... Promenades nocturnes en bateau-mouche, théâtres, concerts, repas dans les plus beaux restaurants parisiens, et des nuits d'hôtel enivrantes ! La mode parisienne, un mythe ? Non. Les femmes étaient d'un chic élégant, à la française, et les hommes étaient d'une telle galanterie...

Elle fit des efforts surhumains pour ne pas repenser aux sales types qu'elle dut supporter avant sa nouvelle vie, avant Marc. Une époque qu'elle ne pourrait pourtant jamais oublier. Marc était le tremplin entre ces deux existences et elle voulait profiter de la deuxième intensément, amoureusement...

Pendant ce séjour de rêve, elle s'offrit à Marc sans pudeur, il l'aima sans retenue. Leur amour était comme aux premiers jours. Vrai, fort, victorieux. Le bonheur régnait en maître et ne démentait pas leur choix de s'unir et s'aimer pour toute une vie.

Violette, à force d'analyse et d'un travail régulier sur elle-même, sut adoucir ce passé qui la tenait prisonnière d'un manque d'amour maternel, dû à la honte de sa mère d'attendre un enfant par une naïveté et une faiblesse de jeunesse. Tout ceci semblait aujourd'hui amnistié, et cela, grâce à un père exceptionnel qui sut, au-delà de son absence, rétablir la vérité et le pardon. Ne dit-on pas que l'on a droit à une seconde chance ? Elle leur laissa pour l'éternité, avec tout l'amour qu'elle leur portait…

Sa chance à elle, aujourd'hui, c'était Marc, cet homme qu'elle aimerait jusqu'à sa mort, n'ayant pas assez de mots pour lui dire toute sa reconnaissance et tout l'amour qu'elle lui accordait…

À Arçais, l'ambiance était tout aussi agréablement mouvementée. Lison ramenait de l'école chaque fin d'après-midi, Milaine et Théo, ravis de retrouver Julia, Enzo et Andréa. Ils étaient tous très sages, faisant très attention à ne pas trop fatiguer leur si gentille mamie.

Milaine adorait raconter des histoires à sa petite sœur qui la dévorait des yeux pendant que Théo racontait des histoires de ses héros préférés à Enzo. Andréa et Lison pouvaient pendant ce temps, papoter sereinement en dégustant un thé avant que la jeune maman et le poupon repartent vers leur petit nid douillet retrouver Ronald.

La soirée était très bien organisée. Après un temps de détente, Andréa faisait les devoirs avec Milaine, pendant que Théo dessinait sagement. Ensuite, un bon dîner était servi, suivi par le biberon de Julia, pour terminer par une toilette et le pyjama pour tout le monde !

Avant de s'endormir, il fallait se plier au rituel d'une partie de bataille, et enfin procéder au coucher des deux petits joueurs pour ne pas dire, tricheurs !

Andréa savourait leur filouterie, cela lui rappelait tellement Marc au même âge.

Julia était un bébé qui dormait la nuit pratiquement onze heures d'affilée, mangeait à heures fixes et s'occupait à ses jouets d'éveil en dehors de son sommeil. Mais ce qu'elle préférait par-dessus tout, Julia, c'était regarder sautiller, parler et s'amuser Milaine et Théo. À aucun moment, elle ne montra son mécontentement pour l'absence de sa maman. La maisonnette était tellement remplie de joie et d'amour ! Andréa s'en félicita, elle n'aurait pu supporter de voir sa petite-fille malheureuse.

Aussi, chaque midi, chaque soir, quand le téléphone sonnait, Andréa avait la fierté de pouvoir dire à Violette que tout se passait pour le mieux, que les enfants étaient adorables, bien occupés entre l'école, la visite de Lison et Enzo, les jeux et les bons repas ! Elle rajoutait, avant de raccrocher, qu'ils devaient profiter de leur escapade, et que tous les embrassaient bien fort !

Violette était donc rassurée, et Marc, secrètement, remerciait sa mère de sa générosité et sa délicatesse. Il possédait les deux plus merveilleuses femmes de sa vie... non, quatre à présent ! Une épouse charmante, délicieuse, une mère aimante et dévouée, deux fillettes absolument adorables ! Quant à Théo, il était un garçon joyeux et décidé, un partenaire de vie merveilleux, son fils...

La dernière représentation à la galerie était attendue avidement par une surprise de l'artiste, laissant en haleine les admirateurs et organisateurs… Marc avait fait tenir secret une immense toile recouverte d'un drap blanc et avait affirmé que son œuvre serait admirée le tout dernier jour. Violette elle-même ne savait pas de quoi cela en retournait et était dans la même fébrilité que les invités de ce jour…

Après un discours de remerciement pour le soutien des professionnels qui gravitaient autour de lui et de son art, pour les gens qui le suivaient pas à pas dans ses créations, pour tous ceux et celles qui chaque jour lui donnaient l'envie de peindre, mais aussi et surtout, pour son épouse qui lui permettait d'exercer sans jamais entraver son travail, il demanda enfin qu'on dévoile sa dernière œuvre…

Le silence se fit tout à coup, les gens retenaient leurs souffles, et Violette, qui avait bu les paroles du discours de son tendre et bel époux, leva les yeux vers l'objet qui attisait toutes les convoitises.

Le drap blanc glissa lentement, planant comme s'il refusait de toucher le sol, dans un doux et léger bruissement. Puis, lâchant prise, le tissu s'étala en cascade aux pieds des admirateurs. Les yeux rivés sur la toile, semblant oublier de respirer, ils ressemblaient à des statues de pierre. L'effet de surprise passé, les statues reprirent vie, laissant échapper des exclamations de surprise et d'admiration…

Seule Violette ne pouvait plus voir le tableau, ni Marc, ni les gens autour d'elle, tant ses yeux s'embuèrent. Sous le coup de la stupeur, ses joues s'étaient enflammées, son cœur battait si vite, son émoi était si intense, qu'elle crut en mourir sur l'instant !

Là, devant ses yeux, sur une immense toile, Marc avait recréé le tout premier tableau qu'il avait peint pour elle avant qu'elle ne déménage, à la différence, que cette femme allongée sur le sable fin avait dans les yeux des reflets de sérénité et de bonheur, ses cheveux aussi flamboyants que la lune étaient maintenus par une couronne de violettes, l'eau clapotait à ses pieds en renvoyant des éclats d'or, et son ventre était intensément tendu, prêt à donner la vie…

Marc avait immortalisé Julia avant même qu'elle ne vienne au monde, dans un élan de couleurs et de lumières indescriptibles…

L'âme de toute une vie se trouvait impudiquement, mais si joliment exposée au regard du monde. Violette avait une main posée sur son ventre vide et pourtant, elle pouvait presque en sentir les battements d'un petit cœur, d'un petit être…

Des applaudissements, des exclamations de félicitations et de contentements sortirent Violette de ses pensées, et dans un geste forcé, elle retira la main de son ventre. Elle chercha Marc de ses yeux noyés de reconnaissance. Il était là, à quelques mètres, la regardant avec une lueur d'amour qui éclaboussait la terre, le ciel, l'univers tout entier. Il lui tendit les bras où elle se précipita sous les cris d'une jubilation contagieuse.

Un ciel constellé aux éclats rougeoyants s'infiltra dans chaque être, chaque recoin, chaque âme…

L'amour se laissa caresser par le temps, emporter par le vent, absorber par l'humanité… Pur, cristallin, étincelant, généreux, grandiose, signant à tout jamais son passage, ici ou ailleurs, sur cette terre ou dans l'au-delà.

Mais surtout, en cet instant plus particulièrement, les cœurs de Violette et Marc, bondés de bonheur, esquissaient vers l'infini, une promesse éternelle, celle d'une lune rousse…

Remerciements

Les personnages sont de pure fiction, mais, je n'ai de cesse dans mon écriture à peindre le portrait de femmes fortes et courageuses, des personnages attachants.

L'amour est bien entendu toujours présent, en grand vainqueur, malgré les difficultés de la vie. L'amour, n'est-ce pas ce que chacun d'entre nous a un jour, au moins une fois dans sa vie, croisé ou trouvé, gardé ou perdu, mais jamais oublié, bien enfoui au plus profond de son cœur ? Continuez à aimer surtout et répandez le bonheur…

J'ai fait de mon mieux pour respecter les lieux et descriptifs des endroits où j'ai posé mes valises quelques années, aussi bien dans le Loiret que dans le Poitou. Deux régions différentes, mais tout aussi attrayantes.

Merci à mon époux, François, pour sa patience, son enthousiasme, son aide, ses lectures ô combien nombreuses et ses encouragements pour que mon récit aboutisse !

À mes enfants et petits-enfants, et aux générations suivantes, qui, je l'espère grandement, apprendront à aimer, et partageront mes histoires en cherchant dans le ciel du soir, le spectacle grandiose d'une lune rousse...

À mes lecteurs, qui, je le souhaite de tout mon être, auront pris un réel plaisir et dépaysement à lire ce roman.

Je vous promets un nouveau récit très prochainement, pour mon plaisir d'écrire et surtout, pour votre plaisir de lire.

Les Enfants de la grange Tome 1 et 2 sont disponibles en attendant de nous revoir...

Bien amicalement à vous, à très bientôt, je l'espère... Moi, c'est une promesse !

Table des matières

Chapitre I	Les bonnes nouvelles
Chapitre II	Des pleurs calfeutrés
Chapitre III	La chambre des supplications
Chapitre IV	Un amour destructeur
Chapitre V	Un client peu ordinaire
Chapitre VI	Un voisinage soupçonneux
Chapitre VII	La bienveillance d'un homme
Chapitre VIII	Une complice précieuse
Chapitre IX	L'enquête libératrice
Chapitre X	Quand les sentiments s'en mêlent
Chapitre XI	Le passé ressurgit
Chapitre XII	Le jour J
Chapitre XIII	L'amour s'invite à Noël
Chapitre XIV	Pour le meilleur et pour le pire
Épilogue	Fin

Dicton de Charente

« Quand la lune rousse est passée, on ne craint plus la gelée »